Japanische Märchen

Japanische Märchen

Herausgegeben und übersetzt von
Noriko Ogita und Florence Bovey

Anaconda

Die Deutsche Nationalbibliothek verzeichnet diese Publikation
in der Deutschen Nationalbibliografie; detaillierte bibliografische
Daten sind im Internet unter http://dnb.d-nb.de abrufbar.

© 2016 Anaconda Verlag GmbH, Köln
Alle Rechte vorbehalten.
Umschlagmotiv: Torii Kotondo (1900–1976), »Japan: ›A nap‹« (1933),
Pictures from History / Bridgeman Images
Umschlaggestaltung: Druckfrei. Dagmar Herrmann, Bonn
Satz: InterMedia – Lemke e. K., Ratingen
Printed in Czech Republic 2016
ISBN 978-3-7306-0337-6
www.anacondaverlag.de
info@anacondaverlag.de

Inhalt

Die Bergtaubenbrüder

Die kleinen Tauben sagten zu ihrer Mutter: »Mutter, ab jetzt wird wieder der kalte Wind blasen und es wird einsam sein. Und der weiße Schnee wird die Felder völlig bedecken, es wird nichts mehr geben, was unseren Augen Freude macht, nicht wahr? Warum willst du an so einem einsamen Ort leben?« Die Berge, die bis jetzt geleuchtet hatten, und auch die Felder zeigten schon ihre winterliche Ödnis und der kalte Nordwind blies immer noch durch die Federn der Tauben, die auf Zweigen saßen. »So einen guten Platz gibt es wahrscheinlich nirgends sonst. Weil wir hier leben, sind wir in Sicherheit. Natürlich, wenn man auf die Felder in der Nähe der Dörfer geht, gibt es viel Nahrung, Blumen, die euch Freude machen würden, und Gewässer. Aber dort muss man immer auf der Hut sein. Hier sind wir schon lange und haben solche Sorgen nicht. Außerdem tragen die Bäume in den Bergen rote, reife Früchte. Wenn wir über einen Berg fliegen, gibt es Reisfelder, wo genug Nahrung für uns bereitliegt. So einen guten Platz gibt es nirgends ... Ihr solltet niemals daran denken, woandershin zu fliegen.« So ermahnte die Mutter ihre kleinen Tauben. Am Anfang glaubten sie ihrer Mutter und befolgten ihren Rat. Aber nachdem sie allmählich größer und stärker geworden waren, bekamen sie Lust, ein Wagnis einzugehen. An einem sehr sonnigen Tag wollten sie mit Erlaubnis ihrer Mutter einen Berg überwinden und zu den Reisfeldern fliegen. Bisher hatte die Mutter sie immer begleitet, aber da sie dort selten Menschen gesehen hatte, ließ sie ihre Kinder ohne Bedenken dorthin fliegen. Die kleinen Tauben verließen in der Morgensonne ihr Nest und flogen munter hoch in den Himmel. Als sie im Himmel verschwunden waren, seufzte die Mutter. »Ich habe mit Freude darauf gewartet, dass sie aufwachsen, aber wenn sie einmal groß genug sind, werden sie mich verlassen …« Die Taubenmutter fühlte sich einsam, sie flog allein um das Nest herum und wartete auf die Rückkehr ihrer Kinder. Die beiden Taubenkinder dachten nicht an die Gefühle ihrer Mutter. »Großer Bruder, fliegen wir noch weiter irgendwohin? Wenn wir nicht in Richtung des Dorfes fliegen, wäre es in Ordnung …«, sagte der kleine Bruder. »Ah ja, fliegen wir zum Meer … Wenn wir nicht zu spät nach Hause kommen, wird die Mutter wohl nicht mit uns schimpfen«, stimmte der große Bruder zu. Die beiden kleinen Tauben waren sich überhaupt nicht bewusst, etwas Schlechtes zu tun. Sie flogen gleich durch den blauen Himmel in Richtung Meer. Als sie endlich das glänzende Meer lächeln sahen, war die rufende Stimme einer Taube zu hören. Der kleine Bruder blickte zu seinem großen Bruder zurück und sagte: »Großer Bruder, von irgendwoher ruft uns einer unserer Kameraden.« – »Wirklich … wo ist er?«, antwortete der große Bruder. Die Brüder fanden schnell heraus, dass ihr Kamerad auf einem Hügel an der Küste gurrte. Deshalb flogen sie dorthin. Die Taube, die auf dem Hügel gurrte, war viel schöner als die Taubenbrüder. Die Brüder bemerkten, dass sie nicht eine in den Bergen aufgewachsene Taube war. Anders als die beiden lebte sie in einer Stadt. Die schöne Taube fragte: »Gibt es in den Bergen etwas Seltenes und Interessantes?« Der große Bruder vom Berg antwortete: »Jetzt gibt es rote, reife Früchte und auf den Feldern sind sicher noch einige Bohnen übrig geblieben …« – »Woher kommen Sie? Leider habe ich Sie noch nie gesehen«, fragte der kleine Bruder die Taube aus der Stadt. Sie antwortete: »Ich komme sehr selten hierher. Da das Wetter heute ungewöhnlich schön ist, bin ich gekommen, um das Meer zu sehen.« Dann spielten die drei Tauben fröhlich miteinander. Als sie über den Hügel flogen, gab es da auch ein abgeerntetes Feld, auf dem noch viele Bohnen zu sehen waren.

Die Taubenbrüder sagten zur Stadttaube: »Da, so viele Bohnen sind noch auf dem Feld. Bitte bedienen Sie sich.« Aber die Stadttaube sagte stolz, ohne sie aufzulesen: »Wir sind schon satt von Bohnen und Kartoffeln. Wenn Sie mit mir in die Stadt kommen, werden Sie vermutlich erstaunt sein …« Die kleinen Bergtauben wunderten sich und fragten: »Warum? Gibt es so viele Bohnen und Kartoffeln in der Stadt?« – »Die Menschen geben uns alles.« – »Die Menschen?« Die Taubenbrüder wunderten sich immer mehr und dachten: »Wir haben doch geglaubt, die Menschen seien fürchterlich. Es sind die Menschen, die ein Gewehr abfeuern und uns töten. Wurden unsere Kameraden bisher nicht immer von Menschen getötet?« Weil die beiden Bergtauben dieser Meinung waren, überraschte sie die Geschichte der Stadttaube sehr. Die Stadttaube sagte zu den beiden: »Die Menschen haben uns lieb und die Kinder spielen immer mit uns. Wenn Rücksichtslose Steine nach uns werfen oder uns fangen, werden sie wahrscheinlich von den anderen bestraft. Es ist sicherer, lebhafter und unterhaltsamer, wenn Sie in der Stadt leben. Wenn Sie mit mir in die Stadt kommen wollen, nehme ich Sie gerne mit«, sagte die Stadttaube zu den Brüdern. Der kleine Bruder wollte gleich mitgehen, aber der große Bruder dachte, die Mutter würde sich Sorgen machen. Da schlugen weiße Wellen an das Meeresufer und beobachteten die Szene. Aber als sie die nachdenklichen Gesichter der Bergtauben sahen, fanden sie es anscheinend plötzlich komisch und sie riefen lachend: »Gut überlegen. Gut überlegen …« Die Bergtauben sagten: »Heute wollen wir nach Hause in die Berge fliegen. Morgen wollen wir wiederkommen und wenn Sie uns morgen in die Stadt mitnehmen könnten, würden wir uns sehr freuen.« Die Stadttaube war eine freundliche, gute Taube. »Wenn es so steht, klären Sie es zu Hause gut ab, morgen werde ich wieder hierherkommen«, sagte die Stadttaube. Für diesen Tag verabschiedeten sie sich voneinander und kehrten in die Berge und in die Stadt zurück.

Die beiden Taubenbrüder flogen über den Hügel und beeilten sich, in die Berge zu kommen. Dort auf einem Zweig des Baumes wartete die besorgte Mutter im wehenden Wind auf die Rückkehr der Kinder. Nachdem die beiden kleinen Tauben zurückgekommen waren, erzählten sie der Mutter von der Taube, die sie getroffen hatten, und dem Gespräch mit ihr. »Mutter, warum ziehen wir nicht auch in die Stadt?«, fragten die beiden Brüder. Sie antwortete: »Nein, hier ist der beste Platz. Wenn ihr erst einmal in der Stadt seid, könnt ihr nicht einen einzigen Tag ohne Sorgen leben.« – »Aber, Mutter, die Menschen in der Stadt sollen freundlich sein und niemanden fangen oder töten«, sagte der große Bruder. »Und wenn jemand in der Stadt auf uns schießt, soll er von den anderen bestraft werden. Das hat die Stadttaube gesagt«, sagte der kleine Bruder. Die Mutter blieb still und hörte den beiden zu, aber sagte: »Mit einem solchen Kimono könnt ihr nicht in die Stadt fliegen. Sonst wird es sofort klar, dass ihr Bergtauben seid. Und Bergtauben dürfen die Stadtmenschen töten.« Die beiden kleinen Tauben erinnerten sich, dass ihr Kimono im Vergleich zu dem der Stadttaube nicht schön war. Aber sie glaubten nicht, dass das Töten oder Nicht-Töten grundsätzlich von der Schönheit des Kimonos abhing. Daher konnten sie auch einfach nicht glauben, was die Mutter ihnen gesagt hatte. Und am nächsten Tag erinnerten sie sich an die Abmachung mit der Stadttaube. Die beiden flogen wieder in Richtung Meer, nachdem sie ihrer Mutter gesagt hatten, sie würden gleich zurückkommen. Die Stadttaube war schon längst da und wartete auf die Bergtaubenbrüder. An diesem Tag beobachteten die Wellen besorgt die drei Tauben, die bald darauf zu dritt in den Himmel und Richtung Stadt flogen.

Danach tauchten die beiden kleinen Tauben nicht mehr auf. Sie waren in die Stadt geflogen, vermutlich fanden die Stadttauben sie interessant und die beiden erzählten stolz von den Ereignissen in den Bergen … Man wusste nicht, wie es den beiden erging. In den Bergen war der einsame, düstere Schrei der Mutter, die ihre Kinder rief, fast jeden Tag zu hören.

Erst einen halben Monat später, am Morgen nach einem Sturm, erblickten die Wellen jene beiden Tauben wieder, die sich vollkommen erschöpft auf die Sandfläche niedergelassen hatten. Vermutlich waren sie mit heiler Haut aus der Stadt zurückgekommen. »Was ist los, so früh am Morgen?«, fragten die Wellen die beiden erschöpften Brüder. Da sagte der große Bruder keuchend, während er seine ziemlich zerzausten Federn mit dem Schnabel ordnete: »Der Himmel über der Stadt ist ganz rot. Die Taube, die damals hierhergekommen ist, und der Tempel, in dem wir gewohnt haben, alles ist verbrannt. Wir sind mit knapper Not davongekommen.« Die Wellen erschraken, als sie das hörten, und sprangen in die Höhe, um den Himmel in der Ferne sehen zu können. Unterdessen flogen die beiden Tauben zurück in Richtung der Berge.

Mimei Ogawa

Die Mondnacht und die Brille

Die Städte und die Felder schienen ganz von grünen Blättern eingepackt. Es war ein stiller Mondabend. Die Großmutter lebte in einer ruhigen Vorstadt. Sie saß allein unter einem Fenster und war mit einer Näharbeit beschäftigt. Das Licht der Lampe beleuchtete friedlich ihre Umgebung. Die Großmutter war ziemlich alt, daher waren ihre Augen trüb und sie konnte nur mit Mühe das Garn in die Nadel fädeln. Sie hielt mehrmals die Nadel und den Faden gegen das Licht und drehte den dünnen Faden mit ihren runzeligen Fingern.

Das Mondlicht erleuchtete hellblau die Welt. Bäume, Hügel, Häuser und alles andere waren wie in lauwarmes Wasser getaucht. Während die Großmutter so ihre Arbeit tat, träumte sie von ihren jungen Jahren, von den entfernten Verwandten und von der Enkeltochter, die auch an einem anderen Ort lebte. Man hörte den Wecker auf dem Regal ticken, kata, koto, kata, koto, sonst war es ganz still. Nur ab und zu waren Stimmen, vermutlich von Straßenhändlern, oder ein leises Dröhnen wie von fahrenden Zügen zu vernehmen. Die Großmutter saß da, gedankenverloren, ohne sich bewusst zu sein, wo sie war, ruhig und verträumt. Da vernahm sie ein Klopfen an der Tür. Sie horchte mit ihren nicht mehr so guten Ohren in die Richtung, aus der das Geräusch gekommen war. Mit Besuch hatte sie nicht gerechnet. Sie dachte, es seien Windgeräusche. Der Wind blies immer kreuz und quer über die Felder und durch die Stadt. Nun hörte sie unterhalb des Fensters leise Schritte. Ausnahmsweise konnte sie diese wahrnehmen. »Großmutter, Großmutter«, rief jemand. Zuerst meinte sie, ihre Ohren hätten sie getäuscht. Sie blieb sit-

zen und ließ ihre Hände ruhen. »Großmutter, bitte öffnen Sie
das Fenster«, war wieder eine Stimme zu hören. Sie fragte sich,
wer da sprach, stand auf und öffnete das Fenster. Draußen ließ
das blasse Mondlicht die Umgebung taghell erscheinen. Unter
dem Fenster stand ein nicht sehr großer Mann und schaute nach
oben. Er trug eine schwarze Brille und einen Schnurrbart. »Ich
kenne Sie nicht. Wer sind Sie?«, fragte die Großmutter. Als sie
das Gesicht dieses fremden Mannes sah, dachte sie, er hätte das
Haus verwechselt. »Ich bin ein Brillenverkäufer. Ich habe viele
verschiedene Brillen. In diese Stadt bin ich zum ersten Mal gekommen. Ich finde, dass es eine wirklich angenehme, schöne
Stadt ist. Heute ist ein klarer Mondabend, darum gehe ich die
Brillen verkaufen«, sagte der Mann. Da die Großmutter gerade
Schwierigkeiten hatte, die Nadel einzufädeln, fragte sie ihn:
»Haben Sie eine passende Brille für mich?« Er öffnete den Deckel
der Schachtel, die er in der Hand hatte und suchte eine Brille,
die der Großmutter passen würde, nahm bald eine große mit
Schildpattrahmen heraus und gab sie der Großmutter, die am
Fenster ihr Gesicht gezeigt hatte. »Ich versichere Ihnen, dass Sie
damit alles gut sehen können«, sagte der Mann. Auf dem Boden
unterhalb des Fensters, wo der Mann stand, blühten verschiedene
Wiesenblumen. Die weißen, roten und blauen Blüten erschienen
im Mondlicht dunkelgrau und dufteten. Die Großmutter pro-
bierte die Brille an. Sie versuchte die Ziffern des Weckers und
die Schriftzeichen des Kalenders aus der Entfernung zu lesen.
Jedes Schriftzeichen konnte sie deutlich erkennen und sie dachte,
dass sie vor Jahrzehnten als junges Mädchen wahrscheinlich alles so gut hatte lesen können. Sie freute sich sehr. »Ja, die möchte
ich nehmen«, sagte sie und kaufte die Brille. Nachdem sie die
Brille bezahlt hatte, verließ sie der Mann mit seiner schwarzen
Brille und seinem Bart. Als er nicht mehr da war, dufteten nur
die Wiesenblumen in der nächtlichen Luft wie zuvor. Die Großmutter schloss das Fenster und setzte sich wieder an ihren Platz.
Nun konnte sie sehr leicht die Nadel einfädeln. Sie setzte die

Brille auf, nahm sie wieder ab. Ganz wie ein Kind fand sie das interessant, wollte Verschiedenes ausprobieren. Denn die Großmutter, die nicht gewohnt war, eine Brille zu tragen, hatte plötzlich eine Brille und alles sah mit der Brille anders aus als zuvor. Schließlich nahm sie die Brille ab und legte sie neben den Wecker. Als sie merkte, dass es ziemlich spät geworden war und sie schlafen gehen sollte, begann sie die Arbeit wegzuräumen.

Da klopfte wieder jemand an die Tür, ton, ton. Die Großmutter spitzte die Ohren. »Was für ein merkwürdiger Abend. Anscheinend kommt, obwohl es schon so spät ist, wieder jemand vorbei …«, sagte sie und schaute auf die Uhr. Draußen war es durch das Mondlicht hell, aber die Nacht war schon weit vorgerückt. Sie stand auf und ging zum Eingang. Vermutlich wurde mit einer kleinen Hand geklopft, es klang sehr zart, ton, ton. »So spät …« Während sie so vor sich hin murmelte, öffnete sie die Tür. Da stand ein zwölf-, dreizehnjähriges hübsches Mädchen mit feuchten Augen. »Wo kommst du denn her? Warum kommst du so spät zu mir?«, fragte die Großmutter verwundert. »Ich bin bei der Parfümfabrik angestellt. Tag für Tag fülle ich das Parfüm aus weißen Rosen in Flaschen ab und gehe spät in der Nacht nach Hause. Auch heute Nacht habe ich gearbeitet. Da es eine mondhelle Nacht ist, bin ich allein herumgeschlendert. Da bin ich über einen Stein gestolpert und habe mich an einem Finger so sehr verletzt. Es ist so schmerzhaft, ich kann den Schmerz nicht mehr aushalten. Es blutet und hört nicht auf zu bluten. Schon schlafen die Leute in jedem Haus. Als ich an Ihrem Haus vorbeikam, habe ich bemerkt, dass Sie noch aufgeblieben sind. Ich weiß, dass Sie eine freundliche, gutmütige, liebe Frau sind. Deshalb bekam ich einfach Lust, an Ihre Tür zu klopfen«, sagte das hübsche Mädchen mit den langen Haaren. Der Duft des Parfüms war vermutlich in den Körper des Mädchens eingedrungen. Während des Gesprächs nahm die Großmutter den Duft deutlich wahr. »Kennst du mich denn?«, fragte die Großmutter. »Ich komme oft an Ihrem Haus vorbei und sehe Sie nähen«, antwortete das Mädchen. »Ach, du bist ein gutes Mädchen. Zeige mir mal deinen verletzten Finger. Ich werde eine Salbe darauf streichen«, sagte die Großmutter. Und sie ging mit dem Mädchen zur Lampe. Das Mädchen zeigte seinen zarten Finger. Aus dem schneeweißen Finger floss rotes Blut. »Oh, armes Mädchen! Du hast dir den Finger wahrscheinlich am Stein aufgeschürft«, sagte die Großmutter. Aber ihre Augen sahen nur verschwommen und sie wusste nicht, woher das Blut kam. »Wo habe ich die Brille hingelegt?« Die Großmutter suchte sie auf dem Regal. Da lag die Brille neben dem Wecker, die Großmutter setzte sie sofort auf und wollte die Verletzung des Mädchens anschauen. Sie versuchte mit der Brille das hübsche Mädchen, das offenbar oft an ihrem Haus vorbeiging, genauer zu betrachten. Da erschrak die Großmutter. Das war kein Mädchen, sondern ein schöner Schmetterling. Die Großmutter erinnerte sich an eine Geschichte, in der Schmetterlinge sich in Menschen verwandelten und Häuser besuchten, in denen bis spät in die Nacht noch jemand aufgeblieben war. Dieser Schmetterling hatte sich an einem Bein verletzt. »Gutes Kind, komm hierher«, sagte die Großmutter freundlich. Sie ging voraus, durch die Eingangstür und in den Blumengarten. Das Mädchen folgte der Großmutter schweigend. Im Blumengarten waren viele verschiedene Blumen voll erblüht. Tagsüber versammelten sich dort Schmetterlinge und Bienen und es war ein lebhaftes Treiben, aber jetzt schienen alle im Schatten der Pflanzen zu träumen und es war ganz still. Nur das blasse Mondlicht strömte wie fließendes Wasser. Am Zaun drüben blühten die schneeweißen wilden Rosen in dichten Gruppen. »Wo ist das Mädchen?« Die Großmutter blieb plötzlich stehen und drehte sich um. Das Mädchen, das ihr gefolgt war, war leise und unbemerkt verschwunden. »Schlaft gut, ihr alle. Also, ich werde auch schlafen gehen«, sagte die Großmutter und ging ins Haus. Es war wirklich eine schöne Mondnacht.

Mimei Ogawa

Der Traum des Bauern

Irgendwo lebte ein Bauer, der einen Ochsen besaß. Der Ochse war schon alt. Lange Zeit hatte er für den Bauern schwere Lasten gezogen und er arbeitete immer noch. Aber er war älter geworden und konnte nicht wie in jungen Jahren arbeiten, genauso wie die Menschen. Diese verzeihliche Tatsache veranlasste den Bauern nicht dazu, mit ihm Mitleid zu haben. Der Bauer war nicht bereit, mit dem Ochsen, der bis jetzt für ihn gearbeitet hatte, sorgsam umzugehen. Er dachte: »Ich werde so einen unnützen Ochsen schnell weggeben und ihn durch einen jungen, kräftigen ersetzen.« Nach der Erntezeit im Herbst war die Erde von Schnee und Frost hart geworden. Man musste den Ochsen in den Stall führen und ihn bis zum nächsten Frühling ausruhen lassen. Dieser Bauer gönnte ihm nicht einmal eine solche Pause bis zum Frühling und sagte: »In dieser Zeit einem so unnützen Kerl Futter zu geben, ist sinnlos.« Er behandelte den Ochsen grausam, der zwar nicht sprechen konnte, aber die Gefühle der Menschen sehr gut wahrnahm. An einem kühlen Tag holte der Bauer, weil er von einem Pferdemarkt in einer kleinen, etwa 4 Ri* entfernten Stadt gehört hatte, den alten Ochsen aus dem Stall und ging freudig hin, um ihn gegen einen jungen Ochsen zu tauschen. Der Bauer war nicht besonders traurig, sich von dem alten Ochsen zu trennen, der mit ihm Mühen und Sorgen geteilt hatte, aber für den Ochsen war es anscheinend traurig, den Hof zu verlassen. Seine Schritte waren schwerfällig. Nach Mittag erreichte der Bauer die Stadt. Er ging sofort mit

* etwa 16 km

dem Ochsen auf den Markt. Dort gab es junge Pferde, die er gerne haben wollte, und viele verschiedenartige, kräftige Ochsen waren dort angebunden. Von überallher hatten Bauern zum Markt gedrängt. Unter ihnen gab es einen Mann, der ein großes Pferd gekauft hatte und es freudig hinter sich herzog. Der Bauer folgte ihm neidisch mit den Augen. Er wusste nicht, ob er ein Pferd oder einen Ochsen nehmen sollte, aber schließlich meinte er, es sei gleichgültig, ob es ein Ochse oder ein Pferd sei, solange er seinen Ochsen ohne viel draufzulegen tauschen konnte. Er ging hin und her und fragte nach dem Preis, wenn ihn ein Pferd interessierte oder wenn ihm ein Ochse gefiel. »Das ist teuer. Ich kann so etwas überhaupt nicht kaufen«, sagte er mit gesenktem Kopf. »Du, wie konntest du so einen alten Ochsen halten? Niemand würde gern etwas gegen so einen Ochsen tauschen, auch wenn du noch Geld draufzahlen würdest.« Es war ein Händler, der eine Pfeife paffte und verächtlich so sprach. Da sah der Bauer seinen Ochsen, der sich umdrehte und den Kopf hängen ließ, scharf an. »Weil du so aussiehst, werde ich auch für dumm gehalten«, sagte der Bauer ärgerlich. Er ging zu einem anderen Händler und fragte, wie viel Geld er zusätzlich zu seinem Ochsen bezahlen müsste, um ihn gegen einen anderen zu tauschen, und zeigte mit dem Finger auf einen jungen Ochsen. Der Händler war noch kaltherziger als der Mann zuvor. »Du, hier gibt es so viele Ochsen, aber einen so klapprigen Ochsen gibt es hier nicht«, antwortete er nur, er nahm den Bauern nicht ernst. Gezwungenermaßen ging der Bauer mit dem alten Ochsen hierhin und dorthin und konnte sich zu nichts entscheiden. Schließlich dachte er: »Jetzt ist es egal, gegen was für einen Ochsen oder welches Pferd, ich möchte diesen Ochsen tauschen.« Er glaubte sogar, es gäbe dort keinen Ochsen und kein Pferd, die schlechter als sein Ochse seien. Er fand seinen Ochsen wertlos. Der Tag ging langsam zu Ende. Irgendwann war von den Bauern keine Spur mehr zu sehen. Manche gingen nach Hause, ohne etwas gekauft zu haben, weil die Ochsen und Pferde mehr kosreten, als sie bei sich hatten. Aber die meisten hatten Ochsen und Pferde gekauft und zogen sie hinter sich her, während sie nach Hause gingen. Einzig dieser Bauer war noch unschlüssig. Und endlich verhandelte er noch mit einem Händler. »Ich möchte dieses junge Pferd kaufen. Aber wie viel Geld muss ich draufzahlen, um diesen Ochsen gegen das Pferd zu tauschen?«, fragte der Bauer. Der Händler war älter als der Bauer und schien ein zurückhaltender Mensch zu sein. Mit bewegter Seele betrachtete er den Bauern und den Ochsen, der von dem Bauern hergebracht worden war, und sagte: »Wenn Sie jetzt Ihren Ochsen tauschen, wird es für uns beide ein Verlust sein. Wenn Sie viel draufzahlen, könnte ich diesen Tausch schon machen, aber geben Sie ihm doch den Winter über genug Heu und lassen ihn ruhen. Wenn Sie das tun, können Sie ihn nächstes Jahr noch arbeiten lassen. Überhaupt ist es unbarmherzig, ihn in diesem Winter einem Fremden zu übergeben, nachdem Sie ihn bis heute haben arbeiten lassen.« Wohl oder übel musste der Bauer mit seinem Ochsen nach Hause gehen. »Wirklich, das ist dumm«, nörgelte der Bauer und ging den Ochsen ziehend nach Hause.

Seit dem Morgen war es wolkig und kalt und am frühen Abend begann es zu schneien. Es dämmerte allmählich, der Bauer machte sich große Sorgen, dass er bei Schneefall den langen Weg nach Hause nicht mehr schaffen könnte. Er war nervös. »He, lauf schnell, du Nichtsnutz!«, brüllte der Bauer und schlug immer wieder mit dem Ende des Seils auf das Hinterteil des Ochsen. Der Ochse versuchte mit ganzer Kraft zu laufen, aber es ging nicht so schnell. Es fiel mehr und mehr Schnee. Man konnte den Weg nicht mehr erkennen, zudem ging nun die Sonne ganz unter. »Wenn ich so eine schlimme Erfahrung machen muss, hätte ich das nicht an so einem Tag unternehmen sollen«, sagte der Bauer, schimpfte mit dem unschuldigen Ochsen und schlug ihn mit dem Seil. Eigentlich kannte er den Weg gut, weil er ihn oft benutzte, aber wegen des Schnees hatte sich die Landschaft um ihn herum verändert, er hatte nicht die ge-

ringste Vorstellung, wo Reisfelder oder Äcker waren. Und nachdem es dunkler geworden war, konnte er nicht einmal mehr
einen Schritt weiter gehen. Da hatte er keine Energie mehr, um
mit seinem Ochsen zu schimpfen. Wenn er mit dem Ochsen
geschimpft oder ihn geschlagen hätte, hätte das nichts genützt.
»Ich bin völlig ratlos«, sagte er und blieb, das Seil in der Hand,
auf dem Weg stehen. Um diese Zeit gab es niemanden, der vorbeikam. Als das Wetter schlechter geworden war, hatten sich
die Leute, die nach Hause zurückgehen mussten, beeilt. Es gab
auch solche, die sich schon am Morgen vor dem schlechten
Wetter gefürchtet und das Unternehmen aufgeschoben hatten.
Daher war nach der Abenddämmerung kein Mensch mehr auf
den Feldern. Der Bauer bekam Hunger und ihm wurde kalt.
Auch wenn er die Augen weit öffnete, konnte er die Gegend nur
schwer erkennen, da es immer dunkler wurde. Er machte sich
Sorgen. Er dachte, er müsse samt dem Ochsen erfrieren, wenn
er vom Weg abkommen und in einen Bach fallen würde. Er
hätte am liebsten geweint. »Ich hätte heute nicht hingehen sollen. Es wäre besser gewesen, wenn ich von Anfang an beschlossen hätte, diesen Ochsen bis zum nächsten Frühling zu behalten. Was der Händler mir gesagt hat, war richtig. Wenn die
Winterkälte naht, ist es unbarmherzig, ihn einem Fremden zu
verkaufen.« Nachdem er das gedacht hatte, wandte er sich um
und sah seinen schwarzen Ochsen an. Nun hatte er Mitleid mit
ihm. Der Rücken des Ochsen war von kaltem Schnee bedeckt.
»Ich werde dich mindestens bis nächsten Frühling behalten.
Aber wenn wir diese Nacht auf dem Feld erfrieren, ist alles aus.
Ich kann nicht einen Schritt weiter gehen. Weißt du den Rückweg? Wir sind diesen Weg oft gegangen. Wenn du ihn kennst,
könntest du mich bitte auf deinem Rücken tragen und nach
Hause bringen?«, bat der Bauer den Ochsen. Er konnte nichts
anderes tun, als den Ochsen um Hilfe zu bitten. Der Ochse
ging wie kriechend durch den fallenden Schnee, den Bauern auf
dem Rücken, den dunklen Weg entlang. Erst am späten Abend

erreichte der Ochse den Hof und blieb vor dem Tor stehen. Der Bauer bekam zum ersten Mal wieder das Gefühl, noch am Leben zu sein, und konnte in das warme, helle Haus eintreten. Er gab dem Ochsen viel mehr Heu als sonst, trank Sake und schlief in seinem Bett ein.

Am nächsten Tag hatte er vergessen, wie leidvoll das Erlebnis gewesen war. Er dachte, in Zukunft wäre es in einem solchen Fall eine kluge Methode, auf den Rücken eines Ochsen oder eines Pferdes zu steigen und sich nach Hause bringen zu lassen. Er vergaß, was er seinem Ochsen innerlich geschworen hatte, und wollte möglichst schnell an einen jungen Ochsen kommen. Kurz darauf hörte er, ein Bauer im selben Dorf habe seinen Ochsen zu einem guten Preis verkauft. Immer wieder wurden Ochsen in die Stadt geschickt und die Händler, die in die Stadt kamen, kauften Ochsen wahllos zu einem guten Preis. Sofort ging der Bauer zu dem anderen Bauern und fragte: »Wie viel hast du für deinen Ochsen bekommen?« Da antwortete der andere Bauer: »Je größer die Ochsen sind, desto mehr Wert haben sie, so habe ich gehört. Dein Ochse ist zwar alt, aber da er groß ist, ist er viel wert.« Der Bauer dachte nicht an die Zukunft seines Ochsen. Er dachte nur, es wäre besser, jetzt den Ochsen zu verkaufen und dafür ungeahnt viel Geld zu bekommen. Er dachte auch, er wäre glücklich, wenn er im nächsten Frühling einen neuen Ochsen kaufen könnte. Sofort entschloss er sich, den Ochsen in die Stadt zu bringen und ihn dort zu verkaufen. So zog der Bauer wieder seinen Ochsen auf dem schlammigen Weg und ging mit ihm in die Stadt. Der Ochse glaubte nicht, dass er diesmal wieder nach Hause zurückkommen würde. Während er auf dem Weg ging, dachte der Bauer, da der Ochse des anderen Bauern so einen guten Preis erzielt habe, könne sein Ochse, der viel größer als jener Ochse war, zu einem noch besseren Preis verkauft werden. Der Ochse folgte dem Bauern schweigend, als wüsste er von nichts. Sie erreichten die Stadt. Der Bauer traf sich mit dem Händler und verkaufte ihm den

Ochsen. In der Tat konnte der Bauer seinen Ochsen zu einem besseren Preis verkaufen, als er gedacht hatte. Nachdem er das Geld erhalten hatte, ging er schnell weg, ohne sich nach dem Ochsen umzusehen, der lange Mühen und Sorgen mit ihm geteilt hatte und einsam zurückblieb. »Ich habe einen großen Gewinn gemacht«, sagte der Bauer und tanzte vor Freude. Er dachte nicht daran, dass dies der letzte Abschied von dem Ochsen war, und wollte für seine Kinder Geschenke kaufen. Er ging zu einem Gemischtwarenhändler und kaufte eine Trompete, eine Flöte, ein Steckenpferd und eine Trommel. Er wollte den beiden Kindern je zwei Spielsachen schenken. An diesem Tag war es wieder kalt. Als er an einer Kneipe vorbeiging, in der er schon oft gewesen war, bekam er Lust zu trinken, weil er gerade Geld hatte. Er betrat die Kneipe und setzte sich auf eine Bank. Und er trank Sake mit den Leuten, die gerade da waren. Schließlich wurde er so betrunken, dass seine Zunge gelähmt war. Draußen blies der kalte Wind. Inzwischen war der Tag zu Ende gegangen. »Da ich heute keinen Ochsen ziehe, ist es einfach. Ich bin allein, daher brauche ich nicht langsam zu laufen. Ich kann laufen, so schnell ich mag. Drei oder vier Ri sind für mich ein Katzensprung«, so ermutigte er sich selbst, vergaß, dass er schnell nach Hause gehen sollte, und trank weiter Sake. Als das Licht angezündet wurde, war er überrascht. Aber betrunken wie er war, blieb er ganz ruhig und hatte keine Eile. Endlich verließ er die Kneipe. Er ging schwankend aus der Stadt und in Richtung des Feldwegs. Er hatte seinen Ochsen verkauft und war deshalb ganz unbeschwert. Aber wenn er bis jetzt irgendwohin hatte gehen wollen, wo es keinen Weg gab, war sein Ochse zweifelnd stehen geblieben und nicht weitergegangen. Wenn er sich jetzt verlief, gab es niemanden, der ihn darauf aufmerksam machte. Torkelnd bewegte er sich in die falsche Richtung und stolperte bald am Fuß eines großen Baumes. »He, was ist das?«, sagte er und wandte den Kopf, der von einem Tuch bedeckt war, nach oben. Da ragte ein großer, schwarzer Baum in den sternklaren Himmel. Obwohl er betrunken war, dachte er mehrmals bei sich, er dürfe den Geldbeutel in seinem Ärmel und die Geschenke für die Kinder, die er an der Hüfte trug, nicht verlieren. Er versicherte sich, dass er nichts verloren hatte, war erleichtert und setzte sich einfach an den Fuß des Baumes.

Er fühlte sich sehr gut. Der Wind, der an seine Wange blies, war nicht kalt. Als er sich umsah, war es schon später Frühling geworden. Es gab Blumen, die noch blühten, die Welt war voller Grün. In den Reisfeldern waren die Stimmen der Frösche wie im Traum zu hören. Die Äcker waren überall gepflügt. Das Getreide war schnell gewachsen. Während er an den jungen Ochsen dachte, den er neulich gekauft hatte, betrachtete er, an einen Damm gelehnt, den Himmel, vom Ende der Felder her begann der Mond aufzusteigen. Der Himmel war sehr klar, der Mond war kugelrund und machte die Gegend taghell. »Also, es gibt nicht so viele Leute in meinem Dorf, die so einen jungen, guten Ochsen besitzen. Es gibt sicher niemanden, der mich nicht beneidet, wenn er ihn sieht«, sagte er gut gelaunt zu sich selbst. Dann hörte er Trommelklänge und Flötentöne und es wurde auf einmal lebhaft. »Komisch, die Sonne ist schon untergegangen. Was ist denn los?«, fragte er sich und schaute in die Richtung, aus der die Klänge kamen. Das ganze Dorf schien sich über etwas lustig zu machen. Bald kam etwas Schwarzes aus dem Wald dort, wie auf der Flucht. Als er hinsah, erkannte er seinen Ochsen. Wahrscheinlich war er unbemerkt aus dem Stall entwischt, auf seinem Rücken saßen die beiden Kinder des Bauern. Das eine schlug die Trommel und das andere spielte auf der Flöte. »Seit wann können sie so gut spielen?« Er bewunderte ihr Spiel und hörte zu. »Sicher sind die Kinder mich suchen gekommen. Sie müssen mich bald finden und schlagen sicher vor mir die Trommel und spielen auf der Flöte. Ich werde so tun, als ob ich schliefe …« So dachte er. Die Gestalten der beiden Kinder, welche die Trommel schlugen und auf der Flöte spielten, waren sehr klar zu sehen. Bald kam der Ochse auf ihn zu. Er erwartete, dass die Kinder ihn jeden Augenblick finden und von dem Ochsen herunterspringen würden, aber der Ochse lief, die Kinder auf dem Rücken, schnell an ihm vorbei und immer weiter. In der Ferne war ein Teich zu sehen. Der Teich war bis zum Rand voll mit Wasser und der Mond beschien ihn hell. Der junge Ochse lief schnell darauf zu. Der Bauer erschrak und stand auf. Warum gehen die Kinder zum Teich? Obwohl ich hier bin! »He, he!« Er wollte den Ochsen anhalten. Aber weil die beiden Kinder auf der Flöte spielten und die Trommel schlugen, hörten sie seine Rufe nicht. Der junge schwarze Ochse, den der Bauer erst vor Kurzem bekommen hatte, scheute nicht vor dem Wasser zurück, sondern lief schnell in den Teich hinein. In diesem Augenblick empfand der Bauer Reue. »Der alte Ochse würde so etwas Rücksichtsloses nicht tun und ich würde mir nicht solche Sorgen machen. Der alte Ochse hat mich an einem dunklen Schneetag einmal gerettet. Wenn es dieser Ochse wäre, würde ich die Kinder bedenkenlos auf seinen Rücken steigen lassen«, dachte er und ängstigte sich sehr. Er konnte nicht mehr einfach nur zusehen und folgte ihnen. Da lief der Ochse mit seinen Kindern auf dem Rücken immer weiter in den Teich hinein. »Was will er?« Der Bauer erschrak und zog sofort seine Kleider aus. Als er beim Teich angekommen war, sah er den Ochsen nirgends mehr. Er hatte großen Durst. Deshalb schob er Gräser zur Seite, schöpfte Teichwasser mit der Hand und trank immer wieder. Da drangen die Trommelklänge und die Flötentöne, weit jenseits des Teichs, durch den weißen Dunst im Mondlicht zu ihm. Wie ist der Ochse lautlos durch diesen Teich geschwommen? Der Bauer war jedenfalls erleichtert, dass die Kinder wohlbehalten waren. Er hockte sich wieder hin. Der angenehme Frühlingswind streifte sein Gesicht und der Mondschein erleuchtete die Gegend immer heller. Endlich ging die Nacht zu Ende. Der Bauer erschrak: Er war halb in einen Bach gefallen und lag an einem Ort, an dem es keinen Weg gab. Der Gürtel war aufgegangen, der Geldbeutel verschwunden und die

Flöte und die Trommel waren im Reisfeld versunken. Etwas entfernt stand eine große Kiefer. Im Winterhimmel über dem Baum bewegten sich die Wolken schnell und der Himmel sah ruhig auf die Welt dort unten hinab. Bis zum Haus des Bauern war es noch ein weiter Weg.

Mimei Ogawa

Die Geschichte von den Sternen
in einer Nacht

Es war einmal in einer sehr kalten Nacht. Der Himmel war tiefblau und klar wie ein polierter Spiegel. Es gab nicht einmal einzelne Wolken, dem Wind tat die Kälte weh und er blies mit schwacher Stimme, als ob er schluchzen würde. Von der weit, weit entfernten Sternenwelt aus gesehen, war die Erde von weißem Frost eingehüllt. Das Rad der Wassermühle, das sich immer gedreht hatte, stand still. Auch das Wasser im Bach, das immer geplätschert hatte, bewegte sich nicht. Alles war durch die Kälte eingefroren. Auch die Oberfläche der Reisfelder war hart gefroren. »Auf der Erde ist es ganz still und es scheint kalt zu sein«, sagte da ein Stern. Im Allgemeinen sprachen die Sterne, die im weiten Himmel zerstreut waren, selten miteinander. Sie sprachen nur in einer solchen Winternacht ohne Wolken und mit wenig Wind miteinander. Sie hatten eine stille, klare Nacht am liebsten. Lärm mochten sie nicht gern, weil ihre eigenen Stimmen sehr leise waren. Es war gerade zwischen ein und zwei Uhr. Das war die leiseste und kälteste Stunde. »Zu dieser Zeit ist bei dieser Kälte wahrscheinlich niemand auf. Die Bäume schlafen, auch die Tiere, die in den Bergen leben, liegen in ihrer Höhle im Schlaf, die Fische, die im Wasser zu Hause sind, bleiben ruhig in irgendeinem Versteck. Vermutlich schlafen alle Lebewesen«, sagte ein Stern. Da antwortete ihm ein entfernt leuchtender, kleiner Stern. Es war ein gütiger Stern, der die ganze Nacht hindurch die Welt da unten beobachtete. »Nein, es gibt welche, die noch wach sind. Als ich in ein armseliges Haus schaute, schliefen zwei Kinder friedlich, denn sie waren müde vom Tag. Das ältere Mädchen arbeitet in einer Fabrik. Ihr jüngerer Bruder verkauft Zeitungen an einer Straßenecke, an der Straßenbahnen fahren. Die beiden gehorchen ihrer Mutter aufs Wort. Sie sind noch jung, aber müssen für ihre arme Familie arbeiten. Ihre Mutter ruhte sich eben mit ihrem Säugling in den Armen aus. Sie hat nicht genug Muttermilch. Jede Nacht verlangt das Baby nach Milch. Jetzt gerade steht die Mutter auf und erwärmt eine Flasche mit Kuhmilch über dem Kohlebecken, weil sie denkt, dass ihr Baby bald nach Milch verlangt.« – »Wovon träumen die beiden Kinder? Wir möchten ihnen wenigstens schöne Träume schenken«, sagte ein anderer Stern. »Das Mädchen träumt, dass es mit seiner Freundin in einen Park geht und auf einem Weg spaziert. Da es ein Frühlingstag ist, blühen verschiedene Blumen in den Beeten. Die beiden sprechen über die Namen der Blumen. Das Gesicht, das aus dem Bettzeug herausschaut, lächelt. Sie ist jetzt glücklich«, antwortete der gütige Stern. Der andere Stern fragte: »Wovon träumt der Bub?« – »Als er gestern wie immer bei der Haltestelle Zeitungen verkaufte, kam irgendein Hund und bellte ihn plötzlich an. Wie sehr er davon überrascht wurde! Vermutlich geht ihm das durch den Kopf, denn er träumt, dass ein großer Hund ihm nachläuft, und er wimmert. Die Tränen laufen über die Wangen seines unschuldigen Gesichts und der schwache Lichtstrahl fällt auf sie«, antwortete der gütige Stern. Da erhob ein entfernter Stern, der bis jetzt geschwiegen hatte, seine Stimme: »Ein armes Kind. Jemand sollte etwas für ihn tun.« – »Ich habe ihn nur so leicht berührt, dass er nicht aufwachte. Und ich habe ihn wissen lassen, dass er nur von dem Hund träumt. Jetzt schläft er friedlich«, antwortete der gütige Stern. Die Sterne schienen beruhigt zu sein, was die beiden Kinder betraf. Nur fanden sie es bedauerlich, dass die arme Mutter in dieser kalten Nacht allein aufstand und Milch erwärmte. Eine Weile lang waren sie still. Aber plötzlich fragte ein Stern: »Arbeitet sonst noch jemand?« Der Stern war blind und für die Schicksale zuständig. Ein Stern, der immer gewissenhaft die irdische Welt beobachtete, erwiderte: »Die Züge fahren in der Nacht.« In der Tat arbeiten die Züge ohne Pause und fahren, wie kalt es auch sein mag, auch nachts, wenn der Wind bläst und Regen fällt. »Fahren die Züge?«, fragte der blinde Stern zurück. »Ja, die Züge fahren. Sie fahren von den Städten über die einsamen Felder, von dort durch die Berge, pausenlos. Die Passagiere der Züge sind meistens Leute, die eine lange Reise vor sich haben. Diese Leute sind alle müde und schlafen ein. Nur die Züge fahren ohne Pause«, antwortete der Stern, der sich in der irdischen Welt gut auskannte. »Wie können die Züge fahren, ohne müde zu werden?« Der Stern des Schicksals legte den Kopf zur Seite. »Ihre Körper sind aus hartem Eisen, deswegen leiden sie nicht unter Müdigkeit«, antwortete der gütige Stern. Als der Stern des Schicksals das hörte, bewegte er sich und strahlte ein furchtbar blendendes Licht aus, weil ihm etwas nicht gefallen hatte. »Existiert so etwas wie Eisen, das so stark ist und seine Grenzen nicht kennt? Ich wusste überhaupt nichts davon«, sagte der blinde Stern. Er dachte, es gäbe etwas, das so stark war, dass es sich ihm einfach widersetze. Da sprach der gütige Stern: »Wie könnten sich die Züge jemandem wie Ihnen, der die Schicksale aller bestimmt, widersetzen? Züge und Bahnschienen sind aus Eisen hergestellt, mit der Zeit werden sie sich schließlich abnutzen. Über alles haben Sie Macht. Wahrscheinlich gibt es überhaupt nichts, was sich vor Ihnen nicht fürchtet.« Als der Stern des Schicksals das hörte, lächelte er erfreut. Wieder verging eine Weile. Wind schien aufzukommen. Sie merkten, dass der Tagesanbruch sich näherte. Die Sterne waren eine kurze Zeit still, da sprach einer: »Gibt es noch etwas Ungewöhnliches?« Der gütige Stern, der bis jetzt eifrig auf den Erdball unten aufgepasst hatte, antwortete: »Jetzt streiten sich die Schornsteine von zwei Fabriken darüber, wer von ihnen jeden Tag früher seine Sirene ertönen lässt.« – »Das ist ja interessant. Streiten die Schornsteine?«, fragte ein Stern. Auf dem neu erschlossenen Land standen zwei Fabriken nebeneinander. Die eine war eine Spinnerei und die andere eine Papierfabrik. Jeden Morgen ließen die beiden Fabriken ihre Sirenen ertönen. Immer ertönten die Sirenen zur gleichen Zeit hintereinander. Die hohen Schornsteine standen auf den Dächern der beiden Fabriken. Unter dem kalten Sternhimmel hoben sie ihre Köpfe in die Höhe. An diesem Morgen diskutierten die beiden darüber, welche Fabrik ihre Sirene am Vortag früher hatte ertönen lassen. »Unsere Sirene ist früher ertönt als eure«, sagte der Schornstein der Papierfabrik. »Nein, unsere Sirene war früher dran«, erwiderte der Schornstein der Spinnerei. Der Streit war endlos. »Pass gut auf, welche heute früher losgeht!« Der Schornstein der Papierfabrik sagte es zornig zum Schornstein der Spinnerei. »Du solltest selbst gut aufpassen! Aber nur wir allein können das nicht beurteilen. Wenn wir keine verlässlichen Zeugen haben, ist es klar, dass wir weiter streiten werden«, sagte der Schornstein der Spinnerei. »Du hast recht.« Der gütige Stern im Himmel hörte alles, was die beiden Schornsteine miteinander sprachen. »Zwei Schornsteine wünschen sich jemanden, der beurteilen kann, welche Fabriksirene früher ertönt«, sagte der gütige Stern zu den anderen. »Ist jemand in der Nähe der Fabriken, der das beurteilen kann?«, fragte ein Stern. Ein anderer Stern meinte: »An diesem kalten Morgen steht niemand so früh auf. Alle sind im Bett und niemand achtet auf diese Sirenen. Auf sie achten nur Kinder, die in arme Familien hineingeboren wurden und schon früh in Fabriken arbeiten, um ihre Eltern zu unterstützen.« – »So ist es. Die beiden Kinder der armen Familie sind in ihren Betten wahrscheinlich schon aufgewacht«, sagte der gütige Stern. Dann beobachtete nur noch dieser Stern die Welt da unten. Sowohl die ältere Schwester als auch der jüngere Bruder waren erwacht. »Bald bricht der Tag an«, sagte der Bub zu seiner älteren Schwester. Auch heute musste er zur Straßenbahnhaltestelle gehen und dort Zeitungen verkaufen. Er erinnerte sich an den Traum, in dem ein Hund ihm nachgelaufen war. »Jetzt ist es gleich fünf

Uhr, wenn die Sirene der Papierfabrik oder der Spinnerei ertönt, musst du aufstehen. Ich stehe schon auf und bereite das Frühstück zu«, sagte die ältere Schwester. Zu dieser Zeit war die Mutter schon aufgestanden. Als ihre Tochter in die Küche kam, sagte die Mutter: »Heute ist es sehr kalt. Leg dich doch noch mal ins Bett. Ich werde das Frühstück zubereiten. Wenn es fertig ist, rufe ich dich, bis dahin schlaf bitte weiter. Die Sirenen sind noch nicht ertönt.« – »Mutter, das Baby schläft tief, nicht wahr?«, fragte das Mädchen. Die Mutter antwortete: »Das Baby hat geweint, weil es kalt ist. Jetzt ist es endlich eingeschlafen.« Das Mädchen ging nicht mehr ins Bett. Sie half ihrer Mutter. Die Erde war vom Frost ganz weiß bedeckt. Aber hier und dort waren Bewegungen von Menschen zu spüren und Geräusche zu hören. Das Licht der Sterne verblasste allmählich. Es war noch ein wenig zu früh dafür, dass die Sonne ihr Gesicht zeigte.

Mimei Ogawa

Die Stierfrau

In einem Dorf wohnte eine stämmige Frau, die so groß gewachsen war, dass sie mit dem Kopf nach vorne geneigt ging. Sie war taubstumm. Ihr Wesen war äußerst gutherzig, sie war schnell gerührt und liebte ihr einziges Kind über alles.

Die Frau trug immer ein dunkles Kleid und lebte alleine mit ihrem Kind. Die Dorfbewohner sahen oft, wie sie mit dem noch kleinen Kind an der Hand die Straße entlangging. Sie war kräftig und von freundlicher Art und irgendjemand hatte ihr den Namen »Stierfrau« gegeben.

Wenn sie an den Kindern des Dorfes vorbeiging, spotteten sie, die Stierfrau sei vorbeigegangen, als hätten sie etwas Abartiges gesehen, liefen hinter ihr her und riefen ihr alle möglichen dummen Verse nach. Aber da die Frau taub war, hörte sie nichts. Schweigend, immer den Blick auf den Boden gerichtet und sehr langsam gehend, erweckte sie großes Mitleid.

Die Stierfrau liebte ihr Kind besonders innig. Sie wusste ganz genau, dass sie behindert war und das Kind von allen verachtet wurde, wahrscheinlich weil es das Kind einer Taubstummen war, und dass es, da das Kind keinen Vater hatte, außer ihr niemanden gab, der es großziehen konnte. Dadurch wurde ihr Mitgefühl mit ihm noch größer und sie liebte es zärtlich.

Das Kind war ein Knabe, er hing sehr an seiner Mutter. Wo immer die Mutter hinging, dahin folgte er ihr.

Da die Stierfrau groß war und stärker als mehrere Leute zusammen und überdies einen freundlichen Charakter hatte, baten die Dorfbewohner sie, die schweren Arbeiten zu übernehmen. Sie wurde gebeten, Brennholz zu tragen, Steine und Gepäckstücke zu schleppen; sie bekam die verschiedensten Aufgaben. Die Stierfrau arbeitete fleißig und mit dem dabei verdienten Geld schlug sie sich mit ihrem Sohn kümmerlich durch.

So groß und kräftig die Stierfrau auch war, eines Tages wurde sie krank. Es gibt niemanden, der nicht auch eines Tages krank werden könnte. Es handelte sich dabei um eine schwere Krankheit, sodass sie eines Tages nicht mehr arbeiten konnte.

Die Stierfrau ahnte, dass sie sterben würde. Wer würde dann nach ihrem Tode für das Kind sorgen? Selbst als Gestorbene durfte sie nicht tot sein. Sie hoffte, ihr Geist würde sich so verwandeln, dass sie die Entwicklung ihres Kindes mitverfolgen könnte. Aus den großen, gutmütigen Augen der Stierfrau rollten dicke Tränen.

Aber die Stierfrau konnte nicht gegen ihr Schicksal ankämpfen. Die Krankheit verschlimmerte sich, bis sie schließlich starb. Die Dorfbewohner trauerten um die Stierfrau. Alle konnten nachfühlen, dass es ihr das Herz zerrissen hatte, das Kind allein zurückzulassen. Es gab niemanden, der kein Mitleid empfunden hätte.

Die Leute kamen zusammen, hielten die Beerdigung der Stierfrau ab und begruben sie auf dem Friedhof. Sie beschlossen, dass alle sich die Betreuung und Erziehung des allein zurückgebliebenen Kindes teilen sollten.

Das Kind zog also von einem Haus ins andere und während die Zeit verging, wuchs es heran. Aber immer wenn es Erfreuliches oder Trauriges erlebte, hatte es Sehnsucht nach seiner verstorbenen Mutter.

Im Dorf folgten auf den Frühling Sommer, Herbst und Winter. Das Kind sehnte sich nach seiner verstorbenen Mutter und seine Sehnsucht wuchs immer mehr.

An einem Wintertag stand das Kind am Dorfrand und betrachtete in der Ferne die Berge an der Landesgrenze. Da erkannte es mitten im Hang eines großen Berges klar und deutlich die Gestalt der Mutter, auf dem leuchtend weißen Schnee waren ihre schwarzen Umrisse zu sehen. Als das Kind dies bemerkte, wunderte es sich sehr. Aber es erzählte niemandem etwas davon.

Jedes Mal, wenn das Kind sich nach der Mutter sehnte, stellte es sich nun an den Dorfrand und schaute zu den Bergen in der Ferne hinüber. An klaren Tagen konnte es dann immer deutlich die schwarzen Umrisse der Mutter erkennen. Für das Kind war es so, als ob die Mutter es schweigend und unbeweglich aus der Höhe beobachten und sein Schicksal mit Anteilnahme verfolgen würde.

Das Kind hatte nichts davon berichtet, aber irgendwann entdeckten es die Dorfbewohner auch.

»Am Berg im Westen ist die Stierfrau erschienen.« So erzählte man überall. Da gingen alle aus den Häusern und schauten zu dem Berg im Westen.

»Sicher macht sie sich Sorgen um das Kind, wahrscheinlich taucht sie deshalb an diesem Berg auf«, sagten sie. Bei gutem Wetter schauten die Kinder gegen Abend in die Richtung der Berge an der westlichen Grenze und riefen: »Die Stierfrau, die Stierfrau!« Es war ein beliebtes Gesprächsthema.

Inzwischen aber wurde es Frühling, der Schnee schmolz allmählich, die Umrisse der Stierfrau wurden langsam undeutlich, schließlich, mitten im Frühling, verschwand der Schnee ganz. Die Gestalt der Stierfrau war nicht mehr zu sehen.

Als jedoch der Winter wieder kam, Schnee auf den Bergen lag und auf das Dorf fiel, tauchten am Berg im Westen erneut deutlich die schwarzen Umrisse der Stierfrau auf. Während des Winters sprachen die großen und kleinen Dorfbewohner ständig darüber. Und das verwaiste Kind der Stierfrau konnte fast täglich am Dorfrand stehend die ersehnte schwarze Gestalt der Mutter betrachten.

»Die Stierfrau ist wieder am Berg im Westen aufgetaucht. Solche Sorgen macht sie sich um das Wohl ihres Kindes. So eine arme Frau«, sagten die Dorfbewohner und kümmerten sich gut um das Kind.

Als der Frühling kam und es wieder wärmer wurde, verschwanden mit dem Schnee auch die Umrisse der Stierfrau.

Jahr um Jahr tauchten am Berg im Westen die schwarzen Umrisse der Stierfrau auf. Da das Kind inzwischen größer geworden war, schickte man es als Lehrling in ein Geschäft der Stadt, die nicht weit von diesem Dorf entfernt lag.

Auch von dort aus betrachtete es die Gestalt der lieben Mutter am Berg im Westen. Und obgleich das Kind nicht mehr bei ihnen wohnte, sprachen die Dorfbewohner, wenn Schnee fiel und am Berg im Westen die Umrisse der Stierfrau aufgetaucht waren, über die Liebe zwischen dem Kind und seiner Mutter.

»Ah, die Umrisse der Stierfrau sind so verblasst, also muss es wärmer geworden sein.« So lasen die Leute schließlich den Wandel der Jahreszeiten an dem Erscheinen der Stierfrau ab.

Eines Tages, es war Frühling, verließ das Kind der Stierfrau einfach das Geschäft, ohne sich um die Erlaubnis der Mutter zu bemühen, die sich am Berg im Westen aufhielt. Es stieg in einen Zug, ließ seine Heimat hinter sich und fuhr in ein südliches Land.

Weder die Leute im Dorf noch diejenigen in der Stadt, niemand erfuhr mehr etwas über das Leben des Kindes. Mit der Zeit ging der Sommer vorbei, der Herbst folgte und es wurde Winter.

Bald fiel Schnee auf die Berge sowie auf das Dorf und die Stadt und blieb liegen. Aber merkwürdigerweise tauchten ausgerechnet in diesem Jahr die Umrisse der Stierfrau am Berg im Westen nicht auf.

Die Leute wunderten sich, dass die Umrisse der Stierfrau nicht mehr zu sehen waren. »Da das Kind nicht mehr in der Stadt wohnt, braucht die Stierfrau es wahrscheinlich nicht mehr zu beaufsichtigen.« So sprachen sie untereinander.

Auch dieser Winter war inzwischen vorbeigegangen, der Frühling stand eben vor der Tür. In der Stadt gab es noch hie und da Schneereste. Eines Abends ging eine große Frau langsam, ganz langsam in der Stadt herum. Die Leute, die sie sahen, erschraken. Denn es war wirklich die Stierfrau.

Wieso war die Stierfrau da, woher kam sie? Alle sprachen darüber. In der folgenden Zeit sahen die Leute oft mitten in der Nacht die Gestalt der Stierfrau, die einsam in der Stadt herumging.

»Bestimmt weiß die Stierfrau nicht, dass ihr Kind die Heimat verlassen hat. Deshalb muss sie in der Stadt herumgehen und das Kind suchen«, sagten die Leute.

Inzwischen war der Schnee restlos verschwunden, es gab in der Stadt keine Spur mehr davon. Alle Bäume hatten neue, silberfarbene Triebe, am Abend wurde es nicht mehr so früh dunkel, die schöne Jahreszeit war gekommen.

Es hieß, man habe die Stierfrau in einer dunklen Gasse der Stadt stehen und bitterlich weinen sehen. Aber danach erblickte kein einziger Mensch mehr die Gestalt der Stierfrau. Sie wurde, keiner wusste warum, nie mehr in dieser Stadt gesehen.

Seither tauchte, auch wenn es Winter wurde, die schwarze Gestalt der Stierfrau am Berg nie wieder auf.

Das Kind der Stierfrau war in eine südliche Gegend gezogen, wo es keinen Schnee gab. Es arbeitete dort fleißig und wurde ein ziemlich reicher Mann. Da bekam es Sehnsucht nach der Gegend, in der es geboren war. In der Heimat hatte es weder Mutter noch Geschwister, doch lebten dort die freundlichen Leute, die es großgezogen hatten. Es erinnerte sich an das Dorf und an die Bewohner und dachte, dass es sich bei ihnen bedanken sollte.

So kehrte das Kind mit vielen Geschenken und Geld aus der Ferne in die Heimat zurück. Es bedankte sich herzlich bei den Dorfbewohnern. Sie freuten sich über den Aufstieg des Kindes der Stierfrau und feierten mit ihm.

Der Sohn der Stierfrau dachte, dass er irgendein Unternehmen im Dorf aufbauen sollte. Hierfür kaufte er ein großes Grundstück und pflanzte viele Apfelbäume. Er wollte, wenn die Bäume große, gute Früchte tragen würden, diese in verschiedenen Gegenden vertreiben.

Er stellte viele Arbeiter an, sie düngten die Bäume und schützten sie im Winter vor dem Schnee, damit die Äste nicht abbrachen. Im Laufe der Jahre wuchsen die Bäume heran, in einem Frühling blühten die Apfelbäume überall auf dem großen Feld, es war, als ob Schnee gefallen wäre. Die Sonne schien den ganzen Tag auf die Blüten, die Bienen summten und schwirrten herum, vom frühen Morgen bis in die Dämmerung.

Im Frühsommer waren die Bäume voller kleiner grüner Früchte. Dann, als die Früchte allmählich größer geworden waren, tauchten auf einmal Insekten auf und in der Folge fielen auf dem ganzen Feld die Früchte zu Boden.

Im nächsten Jahr geschah das Gleiche und auch im dritten Jahr fielen die Früchte leider wie gewohnt herab. Es schien, als ob irgendeine besondere Ursache dafür verantwortlich wäre. Ein weiser alter Mann des Dorfes wandte sich an den Sohn der Stierfrau. »Es könnte ein Fluch sein. Hast du eine Ahnung?«, fragte er ihn eines Tages. In diesem Augenblick fiel dem Sohn der Stierfrau dazu nichts ein.

Als er aber wieder alleine war und in Ruhe nachdachte, erinnerte er sich, dass er ohne Zustimmung des Geistes seiner verstorbenen Mutter aus der Stadt in die Ferne gezogen war. Und seitdem er in die Heimat zurückgekehrt war, hatte er lediglich das Grab seiner Mutter besucht, aber keine buddhistische Totenfeier abhalten lassen.

Der Sohn erkannte, wie gefühllos er gewesen war, obwohl die Mutter ihn so zärtlich geliebt und auch nach ihrem Tod noch beschützt hatte. Das konnte ihren Groll ausgelöst haben. Da rief er den Priester und die Dorfbewohner zusammen und ließ eine liebevolle buddhistische Totenfeier für die Seele der verstorbenen Mutter abhalten.

Im Frühling des nächsten Jahres blühten die Apfelbäume wieder weiß wie Schnee. Im folgenden Sommer trugen sie abermals viele grüne Früchte. Obwohl zu dieser Zeit jedes Jahr Schädlinge gekommen waren, hoffte der Sohn, dass die Bäume diesmal reife Früchte tragen würden.

Dann, eines Tages in diesem Sommer, in der Abenddämmerung, geschah es. Wie aus dem Nichts kamen viele Fledermäuse geflogen. Von nun an flogen sie fast jeden Abend über dem Feld mit den Apfelbäumen herum und fraßen alle Schädlinge weg. Unter ihnen befand sich eine große Fledermaus. Sie sah wie eine Königin aus, es war, als ob sie die anderen Fledermäuse anführen würde. Wenn der runde Mond im Osten aufging oder auch wenn schwarze Wolken den Himmel ganz verdunkelten, immer flogen die Fledermäuse über dem Feld herum.

Da die Apfelbäume in diesem Jahr nicht von Schädlingen befallen wurden, trugen sie viele Früchte, es gab eine bessere Ernte als erwartet. Die Dorfbewohner sprachen untereinander: »Die Stierfrau beschützt wohl das Leben ihres Kindes in der Gestalt einer Fledermaus.« Sie konnten ihr gutmütiges, warmherziges Wesen nachempfinden.

Und so geschah es auch im nächsten sowie in den folgenden Jahren. Wenn der Sommer kam, führte eine große Fledermaus eine Schar von Fledermäusen an, fast jeden Abend flogen sie über dem Feld mit den Apfelbäumen herum. Auf diese Weise wurden die Schädlinge vernichtet und es gab gute Apfelernten.

So lebte das Kind der Stierfrau nach vier, fünf Jahren als glücklicher Bauer in dieser Gegend.

Mimei Ogawa

Eine große Krabbe

Dies ist eine Geschichte aus einem nördlichen Land, wo der Frühling spät kommt und der Schnee reichlich fällt. Eines Tages wartete Taro darauf, dass sein Großvater zurückkommen sollte. Dieser musste in einem Küstendorf, das etwa 3 Ri[*] entfernt war, etwas erledigen und war daher frühmorgens aus dem Haus gegangen. »Wann kommst du nach Hause?«, hatte Taro ihn gefragt. Der Großvater, der schon ausgehbereit war und gerade das Haus verließ, wandte sich lächelnd um und antwortete: »Bald komme ich zurück. Bis zum Abend bin ich wieder da …« – »Kauf mir bitte auf dem Heimweg ein Geschenk«, bat der Junge den Großvater.

»Ich werde sicher etwas für dich kaufen«, antwortete dieser. Bald war der Großvater über den Schnee fortgegangen. Es war ein wolkiger, düsterer Tag. Taro machte sich Gedanken, er stellte sich eine einsame, schneeweiße Landschaft mit großen Feldern vor, durch die der Großvater laufen würde. Unterdessen verging die Zeit. Draußen war der Wind zu hören. Es schien, dass Schnee oder Hagel fallen würde, die Sonne kam nicht heraus und es war kalt. »Da das Wetter so schlecht ist, wird der Großvater dort übernachten«, sagte seine Familie. Taro glaubte fest daran, dass der Großvater zurückkommen würde, weil er gesagt hatte, er sei bis zum Abend wieder zu Hause. Er fragte sich, was für ein Geschenk sein Großvater für ihn kaufen würde. Inzwischen begann es zu dämmern, aber der Großvater kam nicht zurück. Taro vermutete, zu dieser Zeit müsste der Großvater auf den Feldern dort

[*] etwa 12 km

unterwegs sein. Er ging zum Eingang, blieb eine Weile stehen und blickte in die Ferne. Aber er konnte seine Gestalt nicht erblicken. »Was ist mit dem Großvater los? Wurde er von den Füchsen mitgenommen?« Taro dachte alles Mögliche und machte sich insgeheim Sorgen um seinen Großvater. »Weil das Wetter schlecht ist, hat er sicher gedacht, es könnte regnen, und übernachtet dort«, so sprach man in der Familie und machte sich nicht so viele Sorgen um ihn. Aber Taro glaubte nicht daran, dass er die Nacht über dort bleiben würde. »Der Großvater kommt sicher zurück. Ich warte, ohne schlafen zu gehen«, beschloss er. Auch nachdem es dunkel geworden war, blieb er in dieser Nacht noch unter der Petroleumlampe sitzen und ging nicht ins Bett. Normalerweise schlief er ein, wenn der Abend dämmerte, er war aber hellwach und überhaupt nicht schläfrig. Weil es so dunkel geworden war, würde der Großvater den Weg nach Hause nicht finden und sicher in Schwierigkeiten kommen. Immer wieder stellte sich Taro die Gestalt des Großvaters vor, wie er mit schlurfenden Schritten über die weiten Felder ging. »Also, geh schlafen. Wenn der Großvater zurück ist, werde ich dich auf alle Fälle wecken. Du gehst ins Bett und wartest im Schlaf auf ihn«, sagte die Mutter. Da bekam Taro Lust, das zu tun, und ging ins Bett. Aber er konnte nicht gleich einschlafen. Er hörte den Wind, der am dunklen Himmel blies. Als er den Kopf auf das Kissen legte, schien es ihm, als ob das Rauschen des nördlichen offenen Meeres noch klarer als zuvor über die schneebedeckten Felder heranrollen würde. Aber Taro schlief ein, ohne es zu wollen. Am Morgen fand er einen toten Vogel mit großen weißen Flügeln, die aber schmutziggrau geworden waren. Er lag beim Hauseingang mit der Holztäfelung und Taro erschrak. So einen großen Vogel hatte er noch nie gesehen. »Was ist das?«, fragte Taro und machte große Augen. »Meinst du das hier? Das ist ein Seevogel. Gestern Abend ist der Großvater auf dem Vogel reitend zurückgekommen«, sagte die Mutter. Als Taro das hörte, freute er sich riesig. Gleich ging er ins Zimmer des

Großvaters, dieser rauchte lächelnd eine Zigarette. Taro wollte den Großvater eigentlich fragen, warum der Seevogel gestorben sei. Trotz dieser Ungewissheit freute er sich über die Heimkehr des Großvaters und fragte, ohne den Vogel zu erwähnen: »Großvater, wann bist du zurückgekommen?« – »Gestern Abend bin ich zurückgekommen«, antwortete er wieder lächelnd. »Warum hast du mich nicht geweckt?«, beschwerte sich Taro. »Ich habe versucht, dich zu wecken, aber du bist nicht wach geworden«, sagte der Großvater.

»Das ist eine Lüge«, Taro erhob die Stimme. Da erwachte er aus dem Traum und merkte, dass er im Bett geschlafen hatte. War der Großvater zurückgekommen? Was war mit ihm los? Als Taro die Augen öffnete und in die Richtung seines Zimmers schaute, sah es verlassen aus, so als ob er nicht zurückgekommen wäre. Taro stand auf, um auf die Toilette zu gehen. Er machte die Tür auf und schaute nach draußen; der Himmel hatte sich irgendwann aufgeklärt. Der Mond war nicht da, aber der von Sternen übersäte Himmel leuchtete. Taro machte sich Sorgen um den Großvater, der sich auf dem Schneeweg mitten in der Nacht verlaufen haben und auf den weiten Feldern umherirren konnte. Deswegen ging er auch noch zur Eingangstür und schaute dort hinaus. Verschiedene Baumgruppen standen schweigend unter dem Sternenhimmel. Auf den schneeweißen, einsamen Feldern brannten Hunderte von Kerzen, die irgendjemand angezündet hatte. Taro hatte einmal eine Geschichte über eine Fuchshochzeit gehört. Er dachte, dass gerade das Festessen dort auf den Feldern stattfinden würde. Wenn es so war, wäre der Großvater von den Füchsen in die Irre geführt worden und hätte sich verlaufen. Das dachte Taro und blickte in alle Richtungen über die Felder. Die vielen brennenden Kerzen sahen aus wie rote Mützen von Hofbeamten und flackerten nicht, wenn der Wind wehte. Taro war es unheimlich zumute, er ging hinein, schloss die Tür und schlüpfte ins Bett. Plötzlich wurde er wieder wach, jemand klopfte an die Haustür. Das war kein

Windgeräusch. Wirklich, jemand klopfte an die Tür. Taro dachte, der Großvater sei zurückgekommen, und erinnerte sich daran, dass viele rote Kerzen auf den Feldern gebrannt hatten, dachte auch, Füchse oder Teufel könnten gekommen sein und an die Tür klopfen. Er schwieg und atmete keuchend. Es schien, dass er nicht der Einzige war, der das Geräusch gehört hatte. Der Vater oder die Mutter stand offenbar auf. Das Licht der Petroleumlampe leuchtete matt drinnen im Haus. Die Nacht war noch nicht zu Ende gegangen, aber es war sicher später als Mitternacht. Inzwischen hörte man, wie die Regentür geöffnet wurde. »Warum bis du zu dieser Zeit zurückgekommen?«, war die Stimme des Vaters zu vernehmen. Anschließend hörte er auch den Großvater etwas sagen. »Großvater. Großvater ist zurückgekommen.« Taro zog sofort seinen Kimono an und ging durch das Wohnzimmer, in dem die Eltern miteinander sprachen, zum Eingang. Der Großvater sah genauso aus wie beim Weggehen, aber er trug auf seinem Rücken eine große Krabbe. »Großvater, woher hast du die Krabbe?« Taro freute sich, wollte eine Antwort und gab keine Ruhe. »Sei doch still«, schimpfte der Vater und fragte den Großvater erneut: »Warum bist du jetzt zurückgekommen?« – »Warum fragst du? Es ist nicht so kalt. Wirklich, es kommt eine andere Jahreszeit. Ich bin frühzeitig weggegangen, aber ich habe mich verlaufen«, sagte der Großvater, kam mit kraftlosen Schritten ins Haus und legte seine Ausrüstung ab. »Du hast dich verlaufen, bald bricht der Tag an. Wo bist du in dieser Nacht herumgelaufen?« Der Vater und die Mutter sahen ihn beide entgeistert an. Taro dachte, der Großvater sei, wie er vermutet hatte, von den Füchsen in die Irre geführt worden. Kurz darauf gingen alle ins Wohnzimmer und setzten sich unter die Petroleumlampe und dann erzählte der Großvater, was geschehen war: »Ich wollte früher nach Hause zurückkehren und bin dort aufgebrochen, aber die Tage sind kurz, daher ging leider die Sonne unter. Ich dachte, schlimm, und bin allein und müde weitergegangen. Es war eine schöne

Abendlandschaft unter dem sternenklaren Himmel. Wirklich, bald kommt der Frühling, dachte ich und ging weiter. Als ich die Küste erreichte, lag dort nicht so viel Schnee. Als ich auf das offene Meer schaute, sah ich keine Spur von der Abendsonne. Ich hörte nur das Wellenrauschen, do, doo. Gerade machten fünf, sechs Leute dort Feuer auf dem Schnee und plauderten wohl über etwas. Ich dachte: Was machen sie zu dieser Zeit? Sicher haben sie Fische gefangen. Ich wollte doch ein Geschenk für die Familie kaufen. Ohne zu überlegen ging ich dorthin, wo die Leute waren. Sie tranken gerade Alkohol. Anscheinend sind sie jeden Tag den Meereswinden ausgesetzt, im Licht des Feuers sah ich ihre Gesichter, sie waren dunkelrot. Von ihren Gesprächen habe ich überhaupt nichts verstanden, aber als ich hinging, boten sie mir etwas zu trinken an. Unüberlegt habe ich zwei, drei Becher getrunken. Als ich betrunken war, fühlte ich mich sehr wohl. Ich dachte, es könnte in Ordnung sein, sogar die ganze Nacht hindurch herumzulaufen. So munter war ich. Als ich fragte, ob es irgendwas gebe, was ich als Geschenk mit nach Hause nehmen könne, gab mir einer der Männer diese Krabbe. Ich wollte etwas dafür bezahlen, aber er winkte ab und wollte gar nichts dafür. Ich nahm die große Krabbe auf den Rücken. Dann verabschiedete ich mich, ging im Sternenlicht allein, betrunken schwankend, auf den weiten Feldern hin und her«, erzählte der Großvater. Alle fragten sich, wie so etwas Seltsames passieren konnte. »Wie gut du bei Sternenlicht den Weg im Schnee gefunden hast«, sagte der Vater erstaunt. »Großvater, du bist anscheinend von den Füchsen verhext. Waren auf den Feldern viele brennende Kerzen?«, fragte Taro.

»Ich weiß nicht, ob es so etwas gegeben hat, aber es war heller, als ich es mir vorgestellt hatte.« Der Großvater rauchte mit lächelndem Gesicht eine Zigarette.

»Was für eine Krabbe hast du bekommen?«, fragte die Mutter und holte die Krabbe, die der Großvater auf dem Rücken getragen hatte. Es war eine überraschend große, rote Meerkrabbe. »Jetzt in der Nacht essen wir sie nicht, aber wir wollen sie morgen essen«, sagte die Mutter. »Was für eine große Krabbe!«, sagte der Vater überrascht. Alle fanden, es sei noch zu früh zum Aufstehen und gingen ins Bett. Der Rückenschild mit seinen Warzen und die großen Scheren erregten Taros Aufmerksamkeit. Er ging in Vorfreude darauf, nach Tagesanbruch die Krabbe essen zu können, ins Bett. Am nächsten Tag wärmte sich der Großvater am Kotatsu*. Taro saß im Zimmer und wollte mit den Eltern die Krabbe des Großvaters essen. Der Vater schnitt mit einem Taschenmesser die Beine der Krabbe ab. Nachdem alle die harte Haut entfernt hatten, wollten sie beginnen zu essen. Aber die Krabbe enthielt ungeachtet ihrer äußeren Erscheinung kein Fleisch, es war eine hohle, magere Krabbe. »Gibt es solche Krabben?«, der Vater und die Mutter sahen einander erschrocken ins Gesicht. Taro fand es geheimnisvoll. Der Großvater war sehr müde und schien verwirrt. »Kann man überhaupt so eine Krabbe am Strand in unserer Gegend fangen?«, fragte der Vater nachdenklich. Das Meer war etwa ein Ri entfernt. Der Vater sagte, sie wollten in die Stadt gehen, wo der Großvater angeblich diese Krabbe bekommen habe, um jemanden nach den Ereignissen der letzten Nacht zu fragen. Taro begleitete den Vater, er wollte die Küstenstadt besuchen. Die beiden verließen das Haus. Der Himmel war bewölkt, aber ein warmer Wind blies. Als sie die weiten Felder erreichten, sagte der Vater: »Der Schnee ist weitgehend verschwunden.« Auch der schwarze Wald dehnte sich allmählich aus. Ein Baum, der aussah wie ein buddhistischer Priester in schwarzem Priestergewand, war in der Ferne sichtbar. Schließlich kamen sie in die Küstenstadt, gingen zu den Fischgroßhändlern und den Fischern und befragten sie zu der letzten Nacht. Niemand wusste etwas davon, dass auf dem Schnee Feuer gemacht worden war. Es gab keinen Ort, wo so große Krabben verkauft wurden. »Wie

---

* ein Fußwärmer mit Tisch und Steppdecke

seltsam das ist«, sagte der Vater und legte den Kopf zweifelnd zur Seite. Die beiden liefen zum Strand. Die Wellen gingen hoch, über dem offenen Meer waren die Wolken zerteilt und dazwischen sah man blauen Himmel. Schwarze Wolken trudelten, ein Unwetter drohte. »Es kommt Regen. Gehen wir schnell nach Hause«, sagte der Vater. Die beiden verließen eilig die Küstenstadt und gingen in Richtung ihres Dorfes. In der Nacht kam ein Sturmregen auf. Zwei Tage und zwei Nächte blies der warme Wind, es regnete ununterbrochen und der Schnee verschwand größtenteils. Nach dem Sturmregen wurde das Wetter schön.

Schließlich kam der Frühling in das einsame Gebiet im Norden. Kleine Vögel flogen von irgendwo herbei, blieben in den Baumwipfeln und begannen zu zwitschern. Die Bäume im Garten trieben Knospen, die Blumenknospen wurden Tag für Tag größer. Der Großvater saß immer noch am Kotatsu. »Dieser früher so robuste Großvater ist ziemlich schwach geworden«, sagten die Eltern. Eines Tages ging Taro über die Felder. Dort, wo der Schnee verschwunden war, waren schon viele Köpfe von Strohhalmsprossen herausgekommen. Als Taro dies sah, erinnerte er sich an die Landschaft in jener Schneenacht mit den brennenden roten Kerzen. Es war seltsam und unheimlich.

Mimei Ogawa

Der Mond und die Seehundmutter

Das Meer im Norden war gefroren und silberfarbig. Während der langen Winterzeit zeigte die Sonne selten ihr Gesicht, weil sie finstere Orte nicht mochte. Und das Meer trübte sich, wie die Augen toter Fische. Tagein, tagaus schneite es.

Eine Seehundmutter kauerte auf dem Scheitel eines Eisberges und sah sich in der Gegend um. Sie war ein gutmütiger Seehund. Anfang Herbst war ihr Kind irgendwohin verschwunden, die Mutter konnte ihr geliebtes Kind nicht vergessen, daher schaute sie sich jeden Tag in der Gegend um. »Wohin ist es gegangen ... Auch heute finde ich es nicht«, dachte sie.

Der kalte Wind blies ununterbrochen. Die Mutter, die ihr Kind verloren hatte, war immer traurig, was sie auch sehen mochte. Wenn sie das silberfarbige Meer, das damals noch blau war, und auch den weißen Schnee, der auf sie fiel, ansah, rief das ihre Trauer wach. Der Wind blies, hiew hiew. Die Mutter konnte nicht anders als dem Wind ihr Leid klagen.

»Haben Sie mein Kind irgendwo gesehen?«, fragte die Mutter mit trauriger Stimme.

Der Sturmwind, der bis jetzt schamlos geblasen hatte, hörte auf zu schreien, nachdem sie ihm die Frage gestellt hatte.

»Frau Seehundmutter, Sie denken an Ihr verlorenes Kind, darum kauern Sie jeden Tag da. Ich wusste nicht, warum Sie geduldig da bleiben. Ich kämpfe gerade gegen den Schnee. Ob der Schnee das Meer erobert oder ich den Schnee, für eine Weile ist das ein lebensgefährlicher Wettkampf. Ah, ich bin überall in dieser Gegend schon mal über das Meer gestürmt, aber ich habe kein Seehundkind gesehen. Es kann sein, dass es sich hinter einem Eisberg versteckt und weint … Das nächste Mal werde ich aufmerksam hinschauen.«

»Sie sind freundlich. Obwohl Sie und Ihre Kollegen kalt, gar eisig sind, warte ich hier geduldig. Wenn Sie über dem Meer kreisen und ein Kind finden, das nach der Mutter weint, bitte sagen Sie es mir! Wie weit das auch sein mag, ich werde über den Eisberg laufen und das Kind holen …«, sagte die Mutter mit tränenden Augen. Obwohl der Wind gleich wieder losbrauste, blickte er noch einmal zurück und sagte: »Aber, Frau Seehundmutter, irgendwann im Herbst sind Jagdschiffe in diese Gegend gekommen. Wenn Ihr Kind dabei gejagt worden wäre, käme es nie wieder zurück. Wenn ich es diesmal sorgfältig suche und nicht finde, geben Sie auf«, hinterließ er seinen Rat und stürmte davon. Danach weinte die Mutter mit trauriger Stimme. Sie wartete jeden Tag auf die Nachricht des Windes. Aber der Wind, der ihr die Antwort versprochen hatte, kam, solange sie auch warte, nicht zurück. »Wo bleibt der Wind?« Die Mutter konnte jetzt an nichts anderes denken als an den Wind. Ununterbrochen blies ein Wind. Aber sie begegnete demselben Wind nicht mehr.

»Hallo, hallo, wohin gehen Sie …«, fragte sie den Wind, der gerade vor Ihr vorbeiwehte.

»Ah, ich kann nicht genau sagen, wohin ich gehe. Wir gehen nur in die Richtung, in die unsere Kollegen gehen …«, sagte der Wind.

»Einen Ihrer Windkollegen habe ich um etwas gebeten. Ich möchte gerne die Antwort hören …«, sagte die Mutter traurig.

»Dann wird der Wind, der Ihnen etwas versprochen hat, noch nicht zurückgekommen sein. Ich weiß nicht, ob ich den Wind treffen werde, aber wenn, werde ich ihm Ihre Nachricht ausrichten«, sagte dieser Wind und verließ sie. Das Meer war grau und schlief ruhig. Und der Schnee kämpfte gegen den Wind, zerstob und flog. Während die Mutter ausharrte, erinnerte sie sich an den Mond, der ihren Körper beleuchtet und gesagt hatte: »Bist du traurig?« Da hatte sie zum Himmel hinaufgeblickt und ihm geklagt: »Ich bin einfach nur traurig.«

Er hatte sie wehmütig angesehen und war, ohne etwas zu sagen, hinter den dunklen Wolken verschwunden. Daran erinnerte sie sich. Die einsame Mutter kauerte jeden Tag und jede Nacht auf dem Scheitel des Eisberges und dachte an ihr Kind, wartete auf die Antwort des Windes und dachte auch an den Mond.

Der Mond vergaß sie nicht. Anders als die Sonne, die auf ihrer Reise lebhafte Städte beobachtete und mit Freude auf blühende Felder herabsah, erblickte der Mond unterwegs immer nur öde Städte und dunkle Meere. Da sah er auch das Leben armer Menschen, arme Tiere, die vor Hunger schrien, und anderes Unglück. Als der Mond die Mutter des Seehundkindes sah, die nachts schlaflos auf einem Eisberg schmerzerfüllt schrie, empfand er ihre Trauer stark mit, obwohl er daran gewöhnt war, viel Trauer in dieser Welt mit anzusehen. Das Meer um sie herum war zu dunkel und zu kalt, es gab überhaupt nichts, was die Mutter trösten konnte. »Bist du traurig?«, der Mond hatte nur das gefragt und die Seehundmutter hatte zum Himmel hinaufgeblickt und ihm ihren Schmerz geklagt. Aber der Mond hatte mit all seiner Kraft nichts für sie tun können. Seit dieser Nacht wollte er die arme Mutter trösten.

Eines Nachts, während der Mond auf die graue Meeresoberfläche hinuntersah, dachte er an die Seehundmutter und beeilte sich sogleich auf seinem Himmelsweg. Noch immer war der Wind kalt, die Wolken flogen tief und dicht am Eisberg vorbei. Wie erwartet kauerte die Seehundmutter auch in dieser Nacht auf dem Scheitel des Eisberges. »Fühlst du dich einsam?«, fragte der Mond freundlich. Sie schien etwas magerer als das letzte Mal. Traurig schaute sie zum Himmel hoch und klagte dem Mond: »Einsam! Ich habe mein Kind noch nicht gefunden.« Der Mond sah sie mit bleichem Gesicht an. Die Mondstrahlen gaben auch dem Körper der armen Mutter eine blasse Farbe.

Der Mond sagte zu ihr: »Es gibt keinen einzigen Ort, den ich nicht gesehen habe. Soll ich dir eine interessante Geschichte über ein entferntes Land erzählen?« Da schüttelte sie den Kopf und bat den Mond: »Bitte sagen Sie mir, wo mein Kind ist! Der Wind hat mir immer noch nichts berichtet, obwohl er mir Nachricht versprochen hat, wenn er mein Kind findet. Auch wenn Sie alles über die Welt wissen, ich möchte nicht von anderen Dingen hören, ich möchte nur wissen, wo mein Kind ist.« Als der Mond diese Worte hörte, blieb er stumm, weil er nicht wusste, was er antworten sollte. Überall gab es so traurige Angelegenheiten. Nicht nur Seehunde, auch andere verloren ihre Kinder, sie wurden entführt oder getötet und der Mond konnte nicht jeden einzelnen Fall im Gedächtnis behalten.

»Allein schon in der Nordsee kann es mehrere Seehunde geben, die ihre Kinder verloren haben. Aber weil du dein Kind so sehr liebst, bist du doppelt so traurig wie die anderen. Ich habe Mitleid mit dir. Bald werde ich dir etwas bringen, was dir Freude bereitet ...«, sagte der Mond und verschwand wieder hinter den Wolken.

Der Mond vergaß nicht, was er der Seehundmutter versprochen hatte. An einem frühen Abend spielten auf den südlichen Feldern, die voller Blumen waren, junge Männer und Frauen auf ihren Flöten, trommelten und tanzten. Der Mond schaute dem Treiben vom Himmel aus zu.

Sie waren alle Hirten. In dieser Gegend war es schon warm und auf den Äckern und Reisfeldern musste der Boden bestellt werden. Die Männer und Frauen mussten den ganzen Tag auf den Äckern arbeiten und so tanzten sie am frühen Abend unter dem Mond und vergaßen die Müdigkeit des Tages.

Die Männer trieben die Kühe und die Schafe vor sich her und kehrten im Mondschein auf kaum sichtbaren Wegen heim.

Die Frauen ruhten sich zwischen den Blumen aus. Mit der Zeit wurden sie von dem Duft berauscht und spürten den sanften Wind. Manche von ihnen schliefen irgendwann ein. Da sah der Mond, dass eine kleine Trommel auf der Wiese lag, und beschloss, sie der Seehundmutter zu bringen. Niemand bemerkte, dass der Mond die Hand ausstreckte und die Trommel aufhob. In dieser Nacht reiste der Mond nach Norden, die Trommel auf dem Rücken. Das nördliche Meer war nach wie vor silberfarbig gefroren und der kalte Wind blies. Die Seehundmutter kauerte auf dem Eisberg.

»Also, ich bringe dir das Versprochene«, sagte der Mond und gab ihr die Trommel. Die Seehundmutter schien die Trommel zu mögen. Als der Mond nach mehreren Tagen wieder die Meeresoberfläche der Gegend beleuchtete, begann das Eis zu schmelzen. Der Klang von der Trommel der Seehundmutter war zwischen dem Wellenrauschen zu hören.

Mimei Ogawa

Die Schalen des Fürsten

Es war einmal in irgendeinem Land ein berühmter Töpfer.

Seit Generationen wurden in seiner Töpferei Waren gebrannt und diese Waren hatten bis in entfernte Länder einen sehr guten Ruf. Seit Generationen prüfte der Töpfermeister die Tonerde aus dem Berg genau und beschäftigte sowohl gute Zeichner als auch gute Arbeiter. Es wurden Blumenvasen, Schalen, Teller und andere Gegenstände hergestellt. Alle Reisenden, die in das Land kamen, fragten nach der Töpferei und besuchten sie sogleich.

»Ah, wie prächtig der Teller ist, auch die Schale!«, sagten sie, wenn sie sich diese ansahen.

»Das werde ich als Geschenk kaufen«, sagten sie und jeder kaufte Blumenvasen, Teller oder Schalen. Die Waren aus dieser Töpferei wurden auch verfrachtet und in andere Länder verkauft.

Eines Tages erschien ein Beamter von hohem Rang. Er rief den Töpfermeister, schaute sich die Töpferwaren genau an und sagte: »Aha, es scheint, dass sie gut gebrannt sind, jedes Stück ist leicht, mit Geschicklichkeit dünn angefertigt. In diesem Fall dürfen wir Euch einen Befehl geben. Es ist nämlich so, dass der Fürst die Schalen benutzen wird, stellt sie deshalb sehr achtsam her. Zu diesem Zweck bin ich hierhergekommen.« Der Töpfermeister war ein ehrenhafter Mann und sagte dankbar: »Äußerst achtsam werden wir die Waren anfertigen. Das ist die größte Ehre für uns.« Er bedankte sich. Der Beamte verließ die Töpferei. Danach versammelte der Meister alle seine Leute und erzählte ihnen, was geschehen war. »Eine größere Ehre als diese gibt es nicht. Ihr alle müsst mit größtmöglicher Sorgfalt auserlesene Ware herstellen, wie wir sie bis jetzt nicht gehabt haben. Der Beamte hat gesagt, dass leichte Keramik erwünscht sei, und das sehe ich auch so«, sagte der Töpfermeister und gab ihnen weitere Anweisungen.

Einige Tage später waren die Schalen für den Fürsten fertig. Der Beamte kam wieder in die Töpferei und fragte:

»Sind die Schalen für den Fürsten noch nicht fertig?«

»Gerade heute wollten wir sie bringen. Wir bedanken uns von Herzen dafür, dass Ihr eigens wieder gekommen seid«, sagte der Töpfermeister.

»Sicher sind die Waren leicht und dünn geworden«, sagte der Beamte.

»Hier sind sie.« Der Töpfermeister zeigte sie ihm. Es waren leichte, dünne, vorzügliche Schalen. Sie waren von schneeweißer Farbe und fast durchsichtig. Das Wappen des Fürsten fehlte auch nicht.

»In der Tat ist es vorzügliche Ware, es klingt gut«, sagte der Beamte, während er eine Schale auf seine Handfläche legte, mit dem Finger daran klopfte und sie genau anschaute. »Dünnere als diese können wir nicht herstellen«, sagte der Töpfermeister und verbeugte sich respektvoll. Der Beamte nickte, sofort befahl er ihm die Schalen ins Schloss zu bringen und ging. Der Töpfermeister zog Haori und Hakama an, legte die Schalen in eine prächtige Schachtel und trug diese auf seinen Armen ins Schloss. Überall sprachen die Leute davon, dass die bekannte Töpferei die Schalen für den Fürsten besonders achtsam hergestellt habe.

Der Beamte brachte die Schalen vor seinen Herrn.

»Hier sind Eure Schalen. Ein namhafter Töpfer hat sie sehr achtsam hergestellt, so leicht und dünn wie möglich. Ich würde Euch sehr gerne fragen, ob sie Euch gefallen«, sagte er. Als der Fürst eine Schale in die Hand nahm, war sie wirklich leicht und dünn. Sie war so dünn, dass man nicht wusste, ob man sie tatsächlich in der Hand hielt. »Wie kann man entscheiden, ob Schalen gut oder schlecht sind?«, fragte der Fürst.

»Alle Töpferwaren werden hoch geschätzt, wenn sie dünn und leicht sind. Schwere, dicke Schalen sind völlig wertlos«, erwiderte der Beamte. Der Herr nickte nur. Und von dem Tag an wurde in diesen Schalen aufgetischt.

Da der Fürst ein duldsamer Mensch war, sagte er niemals, was ihm Schmerzen bereitete. Und da er der Oberste seines Landes war, konnte ihn nichts so leicht erschrecken.

Seitdem die dünnen Schalen gebracht worden waren, erduldete der Herr bei den täglichen drei Mahlzeiten die Hitze, die ihm fast die Hände verbrannte, ohne sich etwas anmerken zu lassen.

»Muss man solche Qualen auf sich nehmen, um gute Töpferwaren genießen zu können?«, so zweifelte er schon ein Mal. Ein anderes Mal dachte er: »Nein, so ist es nicht. Meine Untertanen möchten mich durch die Hitze an ihre Leiden erinnern.« Wenn er beim Essen seine Schalen ansah, trübte sich sein Blick.

Irgendwann reiste der Fürst in eine Gebirgsregion. Dort gab es kein gutes Gasthaus für ihn, daher übernachtete er auf einem Bauernhof. Der Bauer war von aufrichtiger Freundlichkeit und machte keine Komplimente. Der Fürst schätzte vor allem die Freundlichkeit, die von Herzen kam. Da es eine abgelegene Gegend war, konnte man ihm nichts Besonderes anbieten, obwohl man sich das gewünscht hätte. Der Fürst freute sich aber über die Aufrichtigkeit des Bauern und aß alles, was gewöhnliche Leute zum Essen bekamen. Es war Ende Herbst und schon kalt. Aber die heiße Suppe wärmte seinen Körper und war auch schmackhaft. Die Schale war dick, deswegen verbrannte er sich niemals die Hand. Da erkannte der Fürst, wie mühevoll sein Leben geworden war. »Auch wenn Schalen leicht und dünn sind, sie sind nichts anderes als gewöhnliche Schalen. Leichte und dünne Waren gelten als vornehm. Aus diesem Grund muss ich sie benutzen. Das Ganze ist einfach lästig und dumm«, dachte er. Er nahm die Schale in die Hand und betrachtete sie genau.

»Es tut mir sehr leid, dass wir in der minderwertigen Schale aufgetischt haben. Irgendwann habe ich diese billige Schale gekauft, als ich in die Stadt gegangen bin. Es ist für uns eine besondere Ehre, dass Ihr unerwartet zu uns gekommen seid. Wir haben aber keine Zeit gehabt, für die Schalen extra in die Stadt zu gehen«, sagte der ehrliche Bauer.

»Was sagst du? Ich freue mich überaus, dass ihr so freundlich zu mir seid. Bis jetzt habe ich solche Freude niemals erlebt. Jeden Tag quäle ich mich mit meinen Schalen. Ich habe noch nie eine so angenehme Schale benutzt. Daher wollte ich wissen, wer die Schale hergestellt hat, wenn du es weißt.«

»Ich weiß es leider nicht. Solche Waren werden von unbekannten Handwerkern hergestellt. Natürlich haben sie nicht mal im Traum daran gedacht, dass jemand wie der Herr ihre Schalen benutzen würde«, sagte der Bauer dankbar.

»Das stimmt vermutlich schon, aber der Töpfer ist ein lobenswerter Mensch. Er stellt seine Schalen in der richtigen Weise her. Er weiß, dass Schalen für heißen Tee oder für heiße Suppen gebraucht werden. Darum kann man so heißen Tee oder heiße Suppen unbekümmert genießen. Wenn ein noch so berühmter Töpfer diese liebevolle Einstellung nicht hat, ist er kein nützlicher Mensch«, sagte der Fürst.

Der Fürst kehrte nach der Reise ins Schloss zurück. Seine Leute, die Beamten und die Übrigen, empfingen ihn mit Ehrfurcht. Das Bauernleben hatte den Fürsten tief bewegt, weil es so einfach und sorglos war und die Bauern sehr liebevoll waren, auch wenn sie keine Komplimente machten. Das Erlebnis vergaß er nie.

Die Essenszeit kam. Und auf dem Esstischchen standen die gewohnten leichten, dünnen Schalen. Als er sie ansah, wurde seine Miene trüb, weil er daran dachte, dass er von nun an wieder unter der Hitze leiden musste.

Schließlich rief der Fürst den berühmten Töpfer zu sich. Dieser kam voller Freude, weil er die Schalen für den Fürsten hergestellt hatte und annahm, dass dieser ihn wegen der Schalen loben würde. Der Fürst belehrte ihn mit ruhigen Worten: »Du bist ein Meister der Töpferei, aber wie gewandt du auch töpferst, das ist unnütz, wenn keine Freundlichkeit dabei ist. Wegen deiner Schalen habe ich jeden Tag Schwierigkeiten.« Der Meister entschuldigte sich und verließ das Schloss. Daraufhin wurde der berühmte Töpfer ein normaler Handwerker, der dicke Schalen herstellte.

Mimei Ogawa

Die Geschichte von der Hochebene vor dem ersten Schnee

Es geschah auf einer Heide am Fuß eines steilen Berges. In dem Berg wurde nach Kohle gegraben. Man lud sie in Förderwagen und transportierte sie mehrmals pro Tag vom hohen Berg hinunter. Die Wagen, die mit Kohlen beladen waren, machten Geräusche, gorot, gorot, gooo, und holperten über die Schienen. Jedes Mal lachten die Kohlen in den Kisten mit freudigem Interesse, ihre schönen Zähne schimmerten. »Wir sind aus dem dunklen, kalten Loch geholt worden und in diese helle Welt gekommen. Was wir zu Gesicht bekommen, ist uns alles neu. Wohin werden wir jetzt gebracht?« So sprachen die Kohlen, die alle ähnlich aussahen, untereinander. Die stumme Kiste antwortete nicht darauf. Vermutlich weil sie darüber nichts wusste. Aber die Schiene wusste Bescheid, weil sie in der Fabrik, wo sie hergestellt worden war, schon viel Kohle gesehen hatte. Als die Schiene die Kohlen darüber sprechen hörte, wohin sie wohl geschickt würden, wollte sie ihnen eine Freude machen und sagte: »Sie kommen jetzt in eine belebte Stadt. Und Sie werden dort arbeiten.« Als die Schiene das so unerwartet sagte, rissen die Kohlen ihre glänzenden Augen groß auf und eine fragte: »Fahren wir in eine Fabrik? So etwas haben wir schon gehört, als wir im Berg waren. Wir möchten jedoch zu einem möglichst weit entfernten Ort geschickt werden. Wir möchten auch möglichst viele neue Dinge sehen. Und dann, wie geht es weiter mit uns? Wissen Sie vielleicht etwas darüber?« Die Schiene überlegte eine Weile und antwortete: »Ich habe gesehen, dass Ihre Kollegen mit rotem Gesicht gearbeitet haben. Danach konnte ich sie nicht mehr sehen. Ich habe gehört, dass Ihre Kollegen einer nach dem anderen in den Himmel gestiegen sind. Wenn ich es mir überlege, so vielseitige Erfahrungen wie Ihre und die Ihrer Kollegen kann ich mir nicht vorstellen. Wir Schienen bleiben so, wie wir sind, und können uns nicht einmal bewegen.« Die Kohle ließ sich schaukeln und machte dabei ein nachdenkliches Gesicht, weil sie nicht alles wirklich glauben konnte.

Zur gleichen Zeit setzte sich eine Biene zum Ausruhen auf ein rot gefärbtes Efeublatt. Aber sie konnte nicht schlafen, weil das Geräusch des fahrenden Wagens sie störte. Sie beklagte sich. »Was für laute Geräusche. Das erschreckt mich«, sagte die Biene. »Setzen Sie sich nur. Wenn das Wetter so schlecht ist, können Sie nirgendwohin fliegen, nicht wahr? Auf den Feldern muss es einsam sein. Sogar die spät blühenden Enziane sind jetzt verwelkt. Und schauen Sie, wie schnell die Wolken im Himmel sich bewegen. Bis das Wetter besser ist, bleiben Sie hier, und wenn die Sonne herausgekommen und es wärmer geworden ist, fliegen Sie zum Dorf«, sagte das Efeublatt freundlich. Eine junge Zeder hörte mit höhnischem Lächeln das Gespräch zwischen der Biene und dem Efeu und sagte: »Wenn ihr vor dem Geräusch des Wagens erschreckt und vor so einem Wetter Angst habt, könnt ihr in diesen Bergen nicht leben. Allerdings, wenn wieder einmal ein Sturm kommt, wird so etwas wie Efeu tatsächlich weggeblasen und so eine kleine Biene wird sogar erfrieren. Ich muss gegen Sturm und Schneetreiben kämpfen. Und wahrscheinlich kann ich bis zum nächsten Jahr nie mehr wie an den vergangenen Sommertagen unter dem schimmernden silbernen Himmel schlummern ...« Als der rot gefärbte Efeu hörte, was die junge, tapfere Zeder sagte, fühlte er sich durch sein alt gewordenes Leben irgendwie beschämt und konnte nichts darauf erwidern. Er blickte zitternd zum Himmel hinauf mit dem Gedanken, dass der Wind sogar diese Nacht fürchterlich blasen könnte, wie die Zeder gesagt hatte. Die kleine Biene, die auf dem roten Blatt gesessen hatte, flog hoch und setzte sich auf eine Kohle, die nah an ihr vorbeifuhr. Sie fragte sich, was dieses Glänzende sein könnte. Die Kohle lächelte und beobachtete still, wie sich dieses kleine Lebewesen bewegte. Die Biene begutachtete die Kohle, berührte sie mit dem kleinen Mund und wollte spüren, woher sie kam. Aber es war nicht möglich. Die Schiene kannte die Biene sehr gut, weil diese kleine, schnelle Biene mit ihren durchscheinenden, schönen Flügeln immer in ihrer Nähe von einer Blume zur anderen geflogen war. Im Frühsommer hatte sie mit den anderen Bienen zwischen Blumen ein Nest gebaut. Und sie waren jeden Tag in die Ferne geflogen, um Pollen zu sammeln. Wenn die dünnen Strahlen der Morgensonne wie scharfe Pfeile zwischen die Blumen fielen, waren sie über der Schiene nach Süden oder nach Norden geflogen. Das hatte die Schiene beobachtet. Während die Bienen überall auf den Blumen saßen und leidenschaftlich Nektar sammelten, stieg die Sonne hoch. Der Wagen näherte sich geräuschvoll, auf der Schiene wurde es heiß und der wie Silber hell glänzende Wind überquerte die Hochebene. Jeden Tag arbeiteten die Bienen auf die gleiche Weise. Mit der Zeit wurden die Eier ausgebrütet, die ins Nest gelegt worden waren. Aus ihnen wuchsen neue Bienen heran, die irgendwo anders hinflogen. Die wenigen übrig gebliebenen Bienen blieben bis zum Ende des Sommers am selben Ort. Allmählich gab es immer weniger Blumen, die Blüten fielen ab. Hie und da verharrten die Bienen ruhig im Sonnenschein auf der Schiene. Es kam vor, dass die Schiene die schlafenden Bienen schüttelte, um sie aufzuwecken, und sagte: »Der Wagen kommt bald.« Dann flogen die Bienen weg. Der Himmel war ganz blau und es war schönes Wetter. Die Bienen hätten überallhin fliegen können, aber blieben doch in dieser Gegend. In den hohen Bergen kam der Herbst und es wurde viel früher kalt als in den Dörfern. Verschiedene Insekten waren traurig über ihr Schicksal und weinten. Die Bienen trauerten nicht wie die auf dem Boden kriechenden Insekten, weil sie wegfliegen konnten, wie sie wollten. Aber sie vermissten doch ihr Nest. »Wie glücklich wir am Anfang der Sommerzeit gewesen sind! Diese Gegend war voll von unseren Liedern, die wir fröhlich gesungen haben. Und die schönen violetten, roten, blauen, gelben und weißen Blumen haben uns bewundert. Sie haben gehofft, dass wir möglichst lange bei ihnen bleiben. Aber unsere Kameraden sind schon weggeflogen. Die schönen Blumen sind schon längst verschwunden. Aber wie können wir wissen, dass eine solche Zeit nicht wiederkommt?« Auch diese Biene hatte sich so etwas zusammenfantasiert.

Die Sonne änderte allmählich ihre Richtung, schien nicht mehr auf die Schiene, es wurde kalt auf der Erde und die Sonne erreichte die unteren Zweige den ganzen Tag nicht. Danach blieb die Biene auf einem anderen Blatt des Efeus, der sich an einem hohen Zweig hochrankte. Inzwischen begann das Efeublatt sich zu färben. Aber es vergaß, dass es auch bald abfallen würde, und tröstete die Biene: »Bald steigt die Sonne hoch. Dann wird es wärmer …« Die junge Zeder hingegen lächelte kalt über die Gräser, Bäume und Insekten, die um sie waren, und sagte mit stolzem Gesicht: »Ich muss allein kämpfen. Nachdem alle feige eingegangen, abgefallen und gestorben sind, muss ich gegen das Schneegestöber und den Sturm anschreien und kämpfen.« Es gab niemanden, der ihr widersprach, weil die junge Zeder vollkommen recht hatte.

Als die Biene ruhig auf der Kohle saß, sagte die Kohle zu ihr: »Wollen Sie nicht mit uns in die Stadt fahren? Wir werden sowieso in die Fabrik gebracht, aber Sie können frei überallhin fliegen, wenn Sie in der Stadt sind. Ich habe gehört, dass es dort lebendig und warm ist. Wir fahren auch zum ersten Mal in die Stadt. Es soll dort hell sein und verschiedene schöne Dinge geben … Wollen Sie nicht mit uns fahren?« Die Biene dachte, und ihre schönen Flügel zitterten dabei: »Ich muss ein Versteck finden, bevor es kalt wird. Ich muss mir noch gut überlegen, ob ich auf diesem Feld bleiben oder in die Stadt, wohin die Kohle kommen wird, mitfahren soll. Die alten Kameraden sollen in der Winterzeit, wenn es Schnee gab, ihr Versteck unter dem Vordach eines Tempels gehabt haben … In dieser Gegend wird viel Schnee fallen und es kann sein, dass ich kein passendes Versteck finde. Ah ja, wie die Kohle sagt, sollte ich mit ihr in die Stadt fahren.« In diesem Augenblick fiel einem Arbeiter, der auf dem Wagen saß, die Biene ins Auge und er sagte: »Anscheinend gibt es in dieser Gegend ein Bienennest. Mich hat hier schon einmal eine Biene gestochen … Ich will sie töten.« Er hob den Fuß und wollte sie zertreten. Aber die Biene konnte gerade noch vorher auffliegen. Da bekamen die Kohlen etwas ab und es gab ein großes Durcheinander.

Die Biene wollte über der Schiene zu ihrem alten Platz zurückfliegen, weil das freundliche Efeublatt auf sie wartete. Während sie über die Schiene flog, bemerkte sie zum ersten Mal, dass die Schiene mit qualvoll gekrümmtem Körper über die Erde kroch, und fragte die Schiene: »Warum gehen Sie so?« Die Schiene blickte mit erschütterndem Blick zur Biene auf und antwortete verbittert: »Haben Sie meine gequälte Gestalt erst jetzt bemerkt? Schon lange stöhne ich hier, weil ausgerechnet dieser klapprige Nagel meinen Körper festhält und nicht loslässt.« Da die Biene zum ersten Mal erfuhr, dass die Schiene, die so stark zu sein schien, solchen Kummer und solche Qual hatte, flog sie dorthin, wo der Nagel die Schiene festhielt, um sich die Sache genauer anzusehen. Tatsächlich hielt der rotrostige, klapprige Nagel mit ganzer Kraft die Schiene. Die Biene flog hin und fragte den Nagel: »Warum halten Sie die Schiene so fest?« – »Ich erledige einfach die Arbeit, die mir die Menschen aufgetragen haben.« – »Aber Sie und die Schiene gehören ursprünglich zur selben Familie, nicht wahr? Man könnte sagen, dass Sie beide Geschwister sind,« sagte die Biene, denn die beiden waren aus dem gleichen Stahl hergestellt. »Aber wenn ich den Befehl der Menschen vergesse und die Hände aufmache, könnte etwas Schlimmes geschehen. Das macht mir Sorgen«, sagte der rostige Nagel. »Sie sind ziemlich alt, deswegen wird niemand etwas dabei finden, wenn Sie sich ein wenig ausruhen«, antwortete die Biene. Der rostige Nagel hörte der Biene mit überzeugtem Gesicht zu. Bald kam die Biene auf das rote Efeublatt zurück. Das Efeublatt machte ein besorgtes Gesicht, schaute zum Himmel hinauf und sagte: »Ein Sturm könnte wieder aufkommen.« Nur die junge Zeder tat groß und sprach selbstgefällige Worte. Der rotrostige Nagel beherzigte, was die Biene gesagt hatte, seine Aufmerksamkeit ließ einfach nach und er machte die Hände auf, welche die Schiene gehalten hatten. Da bog die Schiene sogleich ihren verkrümmten Körper wieder gerade. In diesem Augenblick fuhr ein Wagen mit anderen Kohlen vom Berg herunter. Die Biene, die auf dem Efeublatt saß, dachte gerade: »Wohin ist die Kohle wohl gefahren? Sie ist vermutlich noch nicht in der Fabrik angekommen.« Kaum war der Wagen mit ungeheurem Lärm entgleist, kam er ins Rutschen und kippte neben der jungen Zeder um. Die Kohlen fielen auf die Zeder und sie wurde von dem Gewicht verbogen. Die Biene erschrak über das plötzliche Geschehen und floh kopflos zu einer fernen Schwarz-Erle. An diesem Abend fiel ganz weißer Schnee auf die Hochebene.

Mimei Ogawa

Das leise Geräusch der Uhr

In einer Volksschule auf dem Land arbeitete ein junger Lehrer. Dieser junge Mann unterrichtete seine Schüler verantwortungsvoll. Während er zwei, drei Jahre in dieser einsamen, monotonen Provinz verbrachte, kam in ihm der Wunsch auf, irgendwann nach Tokyo zu gehen, dort zu studieren und beruflich weiterzukommen. Daher versammelte er eines Tages seine Schüler um sich und sagte: »Ich möchte noch weiter studieren. Wir haben uns angefreundet und jeden Tag zusammen in der Schule verbracht, aber jetzt muss ich mich von euch verabschieden. Lernt gut und werdet gute Erwachsene.« Als die Kinder das hörten, hatten sie Tränen in den Augen und ließen die Köpfe hängen. Sie fanden es so traurig, von ihrem Lehrer Abschied zu nehmen, und besprachen untereinander, was sie ihm als Andenken schenken könnten. Da sagte einer: »Der Lehrer hat noch keine Taschenuhr.« Sie wussten sehr viel von ihrem Lehrer. Sie beschlossen, ihm eine Uhr zu kaufen, damit er an sie denken würde. Alle Schüler gaben gern etwas Geld, einige gingen im Auftrag aller in die Stadt und kauften eine Uhr. Jeder einzelne Schüler nahm die Uhr, die sie gekauft hatten, einmal in die kleine Hand und betrachtete sie. Da sie dachten, die Uhr werde den Lehrer lange begleiten, freuten sie sich von Herzen darüber. Und auch der junge Lehrer freute sich über diese liebevoll ausgesuchte Uhr. Er bedankte sich sehr dafür, verabschiedete sich von allen Schülern und verließ das einsame, von der Hauptstadt weit entfernte Dorf, um dorthin zu gehen. Er kam an, lebte von dem Geld, das er als Lehrer lange gespart hatte, saß am Zimmerfenster seiner Pension und lernte. Frühling, Sommer, Herbst und Winter vergingen. Wenn er seine Uhr, die unermüdlich pausenlos tickte, ansah, erinnerte er sich an die einsame Provinz, in der er gelebt hatte. Er dachte: »Die Kinder sind größer geworden. Sie lernen immer noch in einer Schule, von der aus man hier und dort Wäldchen und Berge sehen kann.« Und er sah mehrere niedliche Gesichter mit runden Augen vor sich. Er lernte weiter, als würden ihn die Erinnerungen beflügeln. Dann legte er eine schwierige Prüfung ab, die eine Hürde vor dem Eintritt in die Gesellschaft darstellte. Zum Glück bestand er die Prüfung. So erfüllte sich sein Wunsch, den er damals als Lehrer der Volksschule in jener einsamen Provinz gehabt hatte, schon zum Teil. Danach begann er, bei einer Behörde zu arbeiten. In eine bessere Pension zog er auch. Er vergaß nie, seine Taschenuhr aufzuziehen, bevor er am Morgen ausging. Die Uhr, die er von den Schülern der Volksschule als Geschenk bekommen hatte, trug er immer bei sich. Eines Tages, als er noch in der alten Pension wohnte, ließ er sie aus irgendeinem Grund fallen, da bekam die Rückseite der Uhr, als sie gegen eine Tischecke stieß, eine kleine Beule. Von da an bemerkte er diese Beule jedes Mal, wenn er die Uhr aufzog. Er dachte bei sich, wie schade das sei. Am Anfang streichelte er bei jedem Aufziehen die Verletzung mit den Fingern. Aber allmählich vergaß er die Beule.

Einige Jahre später wechselte er von dem Amt, in dem er gearbeitet hatte, in eine Firma und nahm dort eine höhere Position ein. Er musste sich anders kleiden als zuvor. Nicht nur die Kleider, alles musste geändert werden. Er schämte sich mit der altmodischen, großen, billigen Uhr in die Firma zu gehen. Er meinte: »Diese Uhr hat mir wirklich lange gedient. Es wäre nicht schlecht, wenn ich sie entlassen würde. Ich habe sie lange genug benutzt.« Er verkaufte sie einem Altwarenhändler und kaufte eine kleine, neue Uhr. Als er eine neue Uhr gekauft und das Uhrengeschäft verlassen hatte und durch die Straßen ging, überfiel ihn die Erinnerung an die Volksschule in der einsamen

Provinz, wo er gearbeitet hatte, und die Landschaft ringsum. Er sah alles vor sich. Und er empfand es jetzt sogar als eine Qual, an sein armseliges Leben von damals zu denken. Er sagte sich, so etwas habe keine Bedeutung. Er brauche nicht selbst trübsinnig zu werden. Alle Ereignisse der Vergangenheit seien vollgestopft mit Düsterem. Einige Jahre später war er der Direktor, der den größten Einfluss in der Firma hatte. Wenn man ihn jetzt sah, hätte niemand sich sein schäbiges Aussehen in seiner Jugendzeit vorstellen können, in der er mit abgetragenem Hakama in einer Provinz Rotznasen unterrichtet hatte. Er lehnte sich überheblich auf seinem großen, schweren Stuhl zurück. Seine Haare waren ordentlich gescheitelt, der Lippenbart kurz geschnitten und er trug eine goldene Brille. Er hatte einen modernen Anzug an und seine Uhrenkette aus Platin glänzte matt im Lichtstrahl des grauen Himmels. Nachdem er jene alte Uhr verkauft hatte, wechselte er immer wieder seine Uhr. Eines Abends hatte er die goldene Uhr, die er damals noch trug, aufgezogen, da war die Feder abgebrochen. Sofort ließ er sie reparieren, aber er hatte keine Lust mehr, sie zu behalten. Deswegen ersetzte er sie durch eine Uhr aus Platin. Nun hatte er eine kostbare Uhr aus Platin, aber ihr Uhrwerk schien auch nicht vollkommen zu sein, sie ging drei Minuten pro Tag nach. Er war unzufrieden gewesen, dass er keine perfekte, nicht die beste Uhr besaß. Er hatte geglaubt, dass gerade diese Uhr vollkommen sei. In der ersten Zeit nach dem Kauf dieser Uhr ließ er seinen Laufburschen immer wieder bei einem Wetteramt nach der genauen Uhrzeit fragen. Wenn der Bursche nur sein Gesicht sah, sagte sein Blick: »Schon wieder!« Aber als der Mann später herausfand, dass seine Uhr tatsächlich drei Minuten nachging, konnte er nicht mehr sagen, dass seine Uhr richtig tickte und die Normalzeit falsch war. Während er sich im Stuhl zurücklehnte, malte er sich aus, wie er eine wirklich genaue Zeit bekommen könnte, weil er sonst nichts zu tun hatte. Eines Tages nahm er, als seine Leute Pause machten, die Platinuhr aus der

Tasche und beklagte sich seufzend, ohne sich an eine bestimmte Person zu wenden, dass seine Uhr doch irgendwie nachgehe. Als seine Leute das hörten, hatte jeder etwas dazu zu sagen. Einer meinte: »Meine Uhr ist sowieso billig und geht sieben Minuten vor.« Der andere sagte: »Bei mir schwingt das Pendel nicht ...« Und alle lachten. Jemand sagte von hinten: »Sieben Minuten kann man noch akzeptieren, aber meine geht sogar zehn Minuten nach.« Da gab es einen, der sagte: »Meine Uhr geht lobenswerterweise richtig.« Der Direktor betrachtete, die Platinuhr in der Hand, den Mann, der das gerade gesagt hatte. Sein Blick enthielt eine gewisse Verachtung, weil er sich innerlich lustig machte: »Die Uhr geht bestimmt nicht richtig nach der Normalzeit.« Aber er ließ sich nicht anmerken, was er dachte, und sagte: »Nun, zeigen Sie mir Ihre Uhr.« Der Mann, der gesagt hatte, seine Uhr gehe richtig, war plötzlich sehr beschämt. »Meine Uhr ist sehr altmodisch und groß«, sagte er und kratzte sich vor Verlegenheit am Kopf. Alle lachten laut. Der Mann ging nun, ohne zu zögern, zum Direktor und legte die Uhr auf den Tisch. Dieser nahm sie in die Hand und betrachtete sie.

Plötzlich fiel ihm eine Beule auf der Rückseite auf und vor Erstaunen veränderte sich sein Gesichtsausdruck. Aber seine Leute konnten seine leichte innerliche Veränderung nicht spüren. Sie wunderten sich nur, dass der Direktor die wertlose Uhr so anstarrte. Der Direktor fragte: »Möchten Sie Ihre Uhr gegen diese Platinuhr tauschen?« Da der Direktor so ernsthaft sprach, konnte man es nicht als Scherz auffassen. Deshalb lachte auch niemand und sie fragten sich, was eigentlich los sei. »Wirklich, wollen Sie sie nicht tauschen?« Diesmal sagte es der Direktor wie bittend. Alle dachten, der Mann würde seine Uhr mit Freude tauschen. Unter ihnen waren auch solche, die mit einer Art von Neid im Blick die Szene beobachteten. Der Mann sagte nachdenklich, als ob er sich an eine bestimmte Zeit erinnern würde: »Diese Uhr ist für mich ein wichtiges Andenken. Als ich noch einer körperlichen Arbeit nachging, konnte ich mir endlich bei einem Straßenhändler diese Uhr kaufen. Seit jenem Tag teilt sie bis heute Mühen und Sorgen mit mir. Ich kann diese Uhr weder verkaufen noch tauschen, aber wenn Sie die Uhr gern haben möchten, werde ich sie Ihnen schenken.« Der Mann schenkte dem Direktor die Uhr. Der Direktor war durch die unerwartete Wiederbegegnung mit der Uhr und durch die Erzählung des Mannes nicht wenig bewegt, aber er war nicht aufrichtig genug, um seine Gefühle zu äußern. Im Gegenteil, er verbarg sein Erstaunen und fragte: »Geht die Uhr, die Sie bei dem Straßenhändler gekauft haben, nicht falsch?« Da blickte der Mann den Direktor mit stolzem Gesicht an und antwortete: »Sie geht nicht einmal eine Minute falsch. Wahrscheinlich nicht einmal eine Sekunde. Jeden Tag geht sie richtig wie die Normaluhr.« Als seine Kollegen das hörten, gab es niemanden, der es nicht seltsam gefunden hätte. Besonders wunderte sich der Direktor sehr darüber, dass die Uhr von den Dorfkindern so präzise war. Er ging mit der Uhr, die der Mann ihm geschenkt hatte, nach Hause. Sicher hätte er sie nicht angenommen, wenn es nicht die Uhr gewesen wäre, die er früher besessen hatte. Den ganzen Tag hindurch betrachtete er regungslos die Uhr, die vor ihm lag. Die verschiedenen Ereignisse der Vergangenheit, die er vergessen hatte, schwebten ihm vor Augen. Während er die Uhr betrachtete, wurde seine harte Studienzeit durch ihren matten Glanz wieder lebendig; die von dem Mann erwähnte Vergangenheit erschien ihm wie ein Geist. Er war zu Tränen gerührt. Als er ins Bett ging, legte er sie ans Kopfende und während er sie ticken hörte, schlief er irgendwann friedlich ein.

Da stand er am Lehrerpult der Grundschule, wo der Wind durch die Spalten der Wände blies und durch die Schiebetüren mit ihrem zerrissenen Papier heulte. Er war jung, trug einen abgetragenen Hakama und betrachtete die Schüler aufmerksam. Er fragte seine Schüler: »Ihr alle, wenn ihr groß seid, was für Menschen möchtet ihr werden?« Da hoben sich hier und dort die kleinen Hände, die Kinder riefen miteinander wetteifernd: »Herr Lehrer! Herr Lehrer!« Er zeigte auf eines von ihnen, das Kind stand auf und antwortete: »Ich werde ein guter Mensch.« Er fragte das Kind: »Was für ein Mensch ist ein guter Mensch?« Das Kind antwortete, ohne zu zögern, mit glühenden Wangen, rot wie Äpfel: »Ich möchte ein Mensch werden, der etwas für die Gesellschaft tut.« Er war spontan gerührt über die Treuherzigkeit des Kindes. In diesem Augenblick erwachte er aus dem Traum, er sprang aus dem Bett und setzte sich auf den Fußboden. Da erinnerte er sich an jene Zeit, die schon seit einem guten Dutzend Jahren vorbei war. Er dachte: »Ach, was habe ich überhaupt für die Gesellschaft getan?« Im Geräusch der Uhr, die weiter tickte, hörte er für eine Weile das Lachen der unschuldigen Kinder.

Mimei Ogawa

Die rote Kerze und die Meerjungfrau

Kapitel 1

Wasserwesen lebten nicht nur im südlichen Meer. Sie waren auch im nördlichen Meer heimisch.

Blau war die Farbe des nördlichen Meeres. Eines Tages stieg ein Wasserwesen auf einen Felsen empor und ruhte sich aus, während es die Gegend überblickte.

Der Mondschein, der nur schwach durch die Wolken drang, fiel matt auf die Wellen. Wohin man auch sah, wogten grenzenlos riesige Wellen und trieben dahin.

»Wie einsam diese Gegend doch ist«, dachte das Wasserwesen. »Wir und die Menschen unterscheiden uns im Aussehen nicht so sehr voneinander. Wenn man uns mit den Fischen oder gar mit den wilden Bestien, die sich tief unten im Meer befinden, vergleicht, sind wir den Menschen sowohl in der Gestalt wie auch im Herzen näher. Wieso«, dachte es, »müssen wir trotzdem im kalten, dunklen, freudlosen Meer mit den Fischen und den Bestien zusammen leben?«

Wenn es daran dachte, dass es lange Zeit ohne Gesprächspartner und immerzu von Sehnsucht nach der hellen Oberfläche des Meeres erfüllt lebte, konnte es das kaum ertragen. Und wenn am Abend der Mond schien, stieg es an die Oberfläche des Meeres, ruhte sich auf einem Felsen aus und versank immer wieder in alle möglichen Träumereien.

»Die Städte, wo die Menschen wohnen, sollen schön sein«, dachte es. »Ich habe gehört, dass die Menschen gefühlvoller und liebenswürdiger sind als die Fische oder die Bestien. Wir leben inmitten von Fischen und Bestien, aber da wir eher den Menschen ähnlich sind, könnten wir mit ihnen zusammen leben.«

Dieses Wasserwesen war weiblich, und sie war schwanger. »Weil wir seit langer Zeit in diesem einsamen, blauen nördlichen Meer ohne Gesprächspartner leben, wünschen wir uns ein Leben in einem hellen, lebendigen Land für uns selbst nicht mehr, aber wenigstens dieses ungeborene Kind sollte nicht so traurig und hoffnungslos leben müssen.

Dass ich mich vom Kind trennen, alleine und einsam im Meer leben werde, ist für mich sehr, sehr traurig; aber ganz gleich, wo das Kind leben wird, meine größte Freude wäre, wenn es ein glückliches Leben haben könnte.

Am freundlichsten auf dieser Welt sind die Menschen, habe ich gehört. Und ein so armes, schwaches Ding würden sie nie quälen, habe ich gehört. Wenn die Menschen etwas anfangen, führen sie es zu Ende, das habe ich auch gehört. Glücklicherweise sind nicht nur unsere Gesichter den Menschengesichtern ähnlich, sondern von der Mitte aufwärts sind wir wirklich wie die Menschen – wenn wir sogar mit Fischen und Bestien zusammen leben können, wäre es auch möglich, in der Menschenwelt zu leben. Wenn die Menschen das Kind einmal aufgenommen und großgezogen haben, werden sie bestimmt nicht unbarmherzig sein und es verstoßen.«

Solche Gedanken hatte die Wasserfrau.

Da es ihr sehnlichster Wunsch war, dass wenigstens ihr Kind in einer lebendigen, hellen, schönen Stadt großgezogen werden sollte, wollte sie es auf dem Festland zur Welt bringen. Vielleicht würde sie das Gesicht ihres eigenen Kindes nie mehr wiedersehen, aber das Kind könnte, von Menschen aufgenommen, ein glückliches Leben haben, so glaubte sie. Weit in der Ferne sah man die Lichter eines Shinto-Schreins, der auf einem kleinen Berg oberhalb der Küste stand, zwischen den Wellen flimmern. Eines Abends schwamm die Wasserfrau durch die kalten, dunklen Wellen und näherte sich dem Land, um das Kind zur Welt zu bringen.

Kapitel 2

An der Küste lag eine kleine Stadt. In der Stadt gab es verschiedene Geschäfte und am Fuße jenes Berges mit dem Shinto-Schrein befand sich ein armseliger Laden, der Kerzen verkaufte.

In diesem Haus wohnte ein altes Ehepaar. Der alte Mann stellte die Kerzen her, die alte Frau verkaufte sie im Laden. Wenn die Bewohner dieser Stadt oder die Fischer der Umgebung den Shinto-Schrein besuchten, kamen sie an diesem Laden vorbei, kauften Kerzen und stiegen auf den Berg hinauf.

Auf dem Berg wuchsen Pinien. Zwischen ihnen befand sich der Shinto-Schrein. Der Wind, der vom Meer her blies, traf auf die Wipfel der Pinien und es dröhnte tagsüber wie abends, goo goo. Fast jeden Abend konnte man vom fernen Meer aus die Lichter der Kerzen, die in diesem Shinto-Schrein angezündet wurden, leicht flackern sehen.

Es geschah an einem Abend. Die alte Frau wandte sich dem alten Mann zu und sagte: »Wir sollten dem Kami-Gott danken, dass wir so leben können. Gäbe es den Shinto-Schrein auf diesem Berg nicht, würden wir keine Kerzen verkaufen. Wir müssen dafür sehr dankbar sein. Da ich gerade diesen Gedanken habe, möchte ich jetzt auf den Berg hinaufsteigen, um den Schrein zu besuchen.«

»Wirklich, es ist so, wie du sagst. Ich denke auch immerzu daran und es gibt keinen Tag, an dem ich nicht in meinem Herzen dem Kami-Gott meinen Dank ausspreche, aber ich steige nicht oft auf den Berg, um den Schrein zu besuchen, denn meine Zeit wird zu sehr von der Arbeit in Anspruch genommen. Du hast eine wichtige Sache erkannt, bitte überbringe auch meinen Dank«, antwortete der alte Mann.

Die alte Frau verließ schleppenden Schrittes das Haus. Es war ein schöner Mondscheinabend, draußen war es taghell. Als die alte Frau den Shinto-Schrein besucht hatte und den Berg hinunterstieg, da weinte am Fuß der Steintreppe ein Säugling.

»Armes Ding, ein ausgesetztes Kind, wer mag es an einem solchen Ort ausgesetzt haben? Es ist doch seltsam, dass ich es ausgerechnet auf dem Rückweg vom Schrein finde, es muss wohl einen Zusammenhang geben. Wenn ich es im Stich lasse, wird mich der Kami-Gott bestrafen. Bestimmt möchte der Kami-Gott es uns schenken, da er weiß, dass wir ein Ehepaar ohne Kinder sind. Ich will also nach Hause gehen und mit meinem Mann sprechen, und wir werden es großziehen«, sagte die alte Frau zu sich selbst; und während sie den Säugling aufhob, wiederholte sie: »Ach, armes Ding, armes Ding«, und kehrte, ihn auf dem Arm tragend, nach Hause zurück.

Der alte Mann wartete auf die Heimkehr seiner Frau, als sie mit einem Säugling in den Armen zurückkam. Sie erzählte ihm ausführlich alles, was geschehen war.

»Da das Kind wirklich ein Geschenk des Kami-Gottes ist, ist es wichtig, dass wir es sorgfältig großziehen, sonst müssen wir mit einer Strafe rechnen«, sagte auch der alte Mann.

Die beiden beschlossen den Säugling großzuziehen. Dieses Kind war ein Mädchen. Aber da es vom Rumpf abwärts nicht die Gestalt eines Menschen hatte, sondern die eines Fisches, dachten die beiden, dass es eine Meerjungfrau sein müsse. Von solchen hatten sie schon erzählen hören.

»Das ist kein Menschenkind, aber...«, der Alte neigte nachdenklich den Kopf zur Seite, während er den Säugling betrachtete.

»Das denke ich auch. Aber, obwohl es kein Menschenkind ist, was für ein freundliches, hübsches Gesicht das Mädchen hat, nicht wahr?«, sagte seine Frau.

»Mir ist es recht, ich habe nichts dagegen. Da das Kind ein Geschenk des Kami-Gottes ist, werden wir es sorgfältig großziehen. Wenn es größer wird, entwickelt es sich bestimmt zu einem klugen, guten Kind«, erwiderte der Alte.

Von diesem Tag an zogen die beiden das Mädchen gewissenhaft groß. Mit der Zeit wurde es ein ruhiges, kluges Kind mit schwarzen Augen, schönen Haaren und rosafarbener Haut.

Kapitel 3

Die Tochter wurde groß, aber da ihre Gestalt andersartig war, schämte sie sich und ließ sich außerhalb des Hauses nicht sehen. Doch sie war so schön, dass jeder, der sie erblickt hätte, in Staunen geraten wäre. Deshalb kamen manche Leute Kerzen nur kaufen, um einen Blick auf sie zu erhaschen.

Die alten Leute sagten immer: »Unsere Tochter möchte sich nicht zeigen, da sie zurückhaltend und schüchtern ist.«

Im hinteren Zimmer stellte der Alte emsig Kerzen her. Die Tochter sprach mit ihm, nachdem sie auf einen Gedanken gekommen war. Sie glaubte, dass alle gerne Kerzen kaufen würden, wenn sie diese mit hübschen Bildern bemalen würde. Der Alte antwortete, dass sie versuchsweise solche Bilder, wie sie es sich vorstellte, anfertigen dürfe.

Die Tochter malte auf weiße Kerzen mit roter Farbe Fische, Muscheln oder Seegras und Ähnliches. Ihre Begabung war angeboren, obwohl sie nie malen gelernt hatte, tat sie es geschickt. Der Alte war erstaunt, als er dies sah. Jeder würde beim Anblick der Bilder Lust bekommen, diese Kerzen zu kaufen, denn sie strahlten eine seltsame Kraft und Schönheit aus.

»Die Bilder müssen ja gut werden. Denn sie stammen nicht von einem Menschen, sondern von einer Meerjungfrau«, sagte der Alte begeistert zu seiner Frau.

»Geben Sie mir Kerzen mit Bildern«, sagten vom Morgen bis zum Abend Kinder und auch Erwachsene, die in den Laden kamen. Wie erwartet waren die bemalten Kerzen bei allen sehr beliebt.

Bald hörte man seltsame Geschichten. Wenn man diese mit Bildern verzierten Kerzen im Shinto-Schrein auf dem Berg oben anzünde und mit dem Kerzenstummel am Körper aufs Meer hinausfahre, gebe es selbst an einem sehr stürmischen Tag keine Unglücksfälle, kein Boot würde kentern und niemand würde ertrinken. Irgendwann wurde dieses Gerücht allgemeines Gesprächsthema.

»Weil dieser Shinto-Schrein dem Kami-Gott des Meeres geweiht ist, freut er sich bestimmt sehr, wenn eine schöne Kerze angezündet wird«, sagten die Leute dieser Stadt.

Da die Kerzen im Laden gut verkauft wurden, fertigte der alte Mann vom Morgen bis zum Abend Kerzen an. Neben ihm malte das Mädchen geduldig Bilder mit roter Farbe, ihre Hände schmerzten.

»Ich darf nicht vergessen, dankbar zu sein. Sie haben mich, obwohl ich nicht zu den Menschen gehöre, gut großgezogen und mir zärtliche Liebe geschenkt.« Das Mädchen spürte deutlich die Großherzigkeit des alten Ehepaares und manchmal wurden ihre großen schwarzen Augen dabei feucht.

Das Gerücht verbreitete sich bis in die abgelegenen Dörfer. Seeleute aus der Ferne und auch Fischer kamen eigens von weit her, weil sie den Stummel der bemalten Kerze, die sie für den Kami-Gott anzündeten, in die Hand bekommen wollten. Nachdem sie die Kerze gekauft, den Berg bestiegen, den Shinto-Schrein besucht und die Kerze für den Kami-Gott angezündet hatten, warteten sie auf den kleinen abgebrannten Rest und kehrten damit nach Hause zurück. Aus diesem Grunde flackerten vom Morgen bis zum Abend im Shinto-Schrein auf dem Berg ununterbrochen die Kerzen. Besonders am Abend war es schön, man konnte auf dem Meer ihr Leuchten von weit her erblicken.

»Wirklich, der Kami-Gott bringt uns Glück.« Sein Ruf verbreitete sich unter den Leuten. Das hatte zur Folge, dass der Berg plötzlich berühmt wurde.

So hatte das Ansehen des Kami-Gottes zugenommen, niemand aber dachte an das Mädchen, das mit Inbrunst Bilder auf die Kerzen malte. Deshalb gab es auch keinen Menschen, der Mitleid mit ihr hatte. Das Mädchen war müde, von Zeit zu Zeit streckte sie, wenn der Mond am Abend schön leuchtete, den

Kopf aus dem Fenster und blickte sehnsüchtig nach dem fernen, so blauen Meer im Norden, Tränen in den Augen.

Kapitel 4

Eines Tages kam aus einem südlichen Land ein Marktschreier*. Er pflegte in das nördliche Land zu reisen, um irgendwelche Kuriositäten zu suchen, die er ins südliche Land mitnehmen und dort zu Geld machen wollte. Man weiß nicht, auf welchem Weg der Marktschreier von dem Mädchen erfahren oder wann er sie erblickt und erkannt hatte, dass sie in Wahrheit kein Mensch, sondern eine selten zu findende Meerjungfrau war. Eines Tages kam er heimlich zu dem alten Ehepaar und schlug vor, die Meerjungfrau ohne ihr Wissen für viel Geld zu verkaufen. Das alte Ehepaar sagte zuerst, es könne diese Tochter, da sie ein Geschenk des Kami-Gottes sei, nicht verkaufen. Für eine solche Tat, sagten sie, würden sie bestraft werden. Sie gingen nicht auf den Vorschlag ein. Der Marktschreier kam hartnäckig immer wieder, obwohl sie einmal, zweimal abgelehnt hatten. »Von alters her bringen die Meerjungfrauen Unglück. Wenn ihr diese jetzt nicht weggebt, wird euch sicher etwas Böses geschehen«, so sprach er hinterlistig zu den alten Eheleuten.

Schließlich schenkten sie dem Gerede des Marktschreiers Glauben. Außerdem ging es um viel Geld; sie vergaßen schlichtweg ihre Menschlichkeit und versprachen dem Marktschreier ihre Tochter.

Dieser verabschiedete sich höchst erfreut. Er sagte, er werde bald wieder kommen, um die Tochter abzuholen.

Wie sehr war die Tochter erstaunt, als sie von dieser Geschichte erfuhr. Das scheue, gutherzige Mädchen fürchtete sich dieses Haus zu verlassen und an einen unbekannten, viele hun-

---

* Ein Marktschreier ist jemand, der auf Jahrmärkten und bei Volksfesten Schaubuden aufstellt oder Waren verkauft.

dert Wegstunden entfernten Ort im warmen südlichen Land zu gehen. Sie weinte und bat das alte Ehepaar inständig: »Ich werde so viel arbeiten wie möglich, bitte verkauft mich nicht in ein südliches Land, bitte, bitte!«, sagte sie.

Aber die alten Eheleute, deren Herzen wie von einem bösen Geist besessen waren, hörten nicht auf die Tochter, sosehr sie auch bat.

Die Tochter zog sich in ihr Zimmer zurück und bemalte mit Leib und Seele Kerzen. Aber obwohl das alte Ehepaar dies sah, zeigte es weder Mitleid noch Traurigkeit.

Es war an einem mondhellen Abend. Während das Mädchen alleine dem Rauschen der Wellen lauschte, dachte sie an ihr zukünftiges Leben und wurde traurig. Als sie den Wellen zuhörte, hatte sie irgendwie das Gefühl, dass ihr von weit her jemand zurufen würde, deshalb sah sie aus dem Fenster. Aber nur der Mondschein fiel leuchtend auf das unendliche, blaue Meer.

Die Tochter setzte sich wieder hin und malte Bilder auf die Kerzen. In diesem Augenblick war von draußen Lärm zu hören. Der Marktschreier kam nun an diesem Abend endgültig, um die Tochter abzuholen. Ein Wagen erschien, darauf eine große viereckige Kiste mit Eisengitter. Früher waren in dieser Kiste Tiger, Löwen, Leoparden und andere Tiere eingesperrt gewesen.

Diese gutherzige Meerjungfrau sollte behandelt werden wie Tiger und Löwe, weil sie sozusagen ein Tier aus dem Meer war. Wie sehr würde sie schon bald beim Anblick der Kiste erschrecken.

Aber das Mädchen, das davon keine Ahnung hatte, sah nicht auf und malte seine Bilder. Da kamen die Alten herein. »Also, du musst jetzt gehen«, sagten sie und versuchten sie aus dem Zimmer zu holen.

Die Tochter wurde so bedrängt, dass sie die Kerzen in ihrer Hand nicht mehr bemalen konnte und sie alle nur rot anstrich.

Sie hinterließ ein paar rote Kerzen als traurige Erinnerung.

Kapitel 5

Es geschah an einem ganz ruhigen Abend. Die Alten hatten die Tür geschlossen und schliefen schon.

Gegen Mitternacht klopfte irgendjemand, ton, ton, an die Tür. Da sie als alte Leute einen leichten Schlaf hatten, nahmen sie das Geräusch schnell wahr und fragten sich, wer es sein könnte.

»Wer ist da?«, rief die alte Frau, aber niemand antwortete, es wurde weiterhin an die Tür, ton, ton, geklopft.

Die Alte stand auf, öffnete die Tür einen Spalt weit und spähte nach draußen. Eine hellhäutige Frau stand am Eingang.

Die Frau war gekommen, um eine Kerze zu kaufen. Wenn es ums Geldverdienen ging, machte die Alte nie ein unfreundliches Gesicht.

Sie nahm die Schachtel mit den Kerzen hervor und zeigte sie der Frau. In dem Augenblick erschrak sie: Die langen schwarzen Haare der Frau waren tropfnass und glänzten im Mondlicht. Die Frau nahm eine ganz rote Kerze aus der Schachtel. Sie starrte sie regungslos an, bezahlte dann und entfernte sich, die rote Kerze in der Hand.

Die alte Frau prüfte das Geld im Licht genauer. Es war kein Geld, sondern es waren Muschelschalen. Die Alte dachte, sie sei betrogen worden, ärgerte sich und ging schnell aus dem Haus, aber von der Frau war nirgends eine Spur zu sehen.

Gerade in dieser Nacht änderte sich plötzlich das Wetter, ein ungewöhnlicher Sturm zog auf. Der Marktschreier hatte das Mädchen in den Käfig eingesperrt und auf ein Schiff geladen; sie waren gerade unterwegs ins südliche Land.

»Bei diesem heftigen Sturm wird das Schiff nicht verschont bleiben«, sprachen die alten Leute und erzitterten.

Die Nacht ging zu Ende, das offene Meer war sehr düster, es wirkte unheimlich. In dieser Nacht waren zahlreiche Schiffe in Seenot geraten.

Merkwürdigerweise brach von da an, auch wenn das Wetter zuvor schön gewesen war, sofort ein verheerender Sturm los, wenn am Abend im Shinto-Schrein auf dem Berg eine rote Kerze anzündet wurde. Nun galten rote Kerzen als unglücksbringend. Das alte Ehepaar vom Kerzenladen sagte, es sei von dem Kami-Gott bestraft worden, und gab den Kerzenladen auf.

Aber – niemand weiß, woher sie kamen und wer sie im Shinto-Schrein aufstellte – es wurden noch des Öfteren rote Kerzen angezündet. Früher, wenn man den Stummel der bemalten Kerzen, die man im Schrein aufgestellt hatte, in der Hand hielt, erlebte man nie ein Unglück auf dem Meer. Jetzt wurde man, wenn man eine rote Kerze auch nur ansah, in ein Unglück hineingezogen, man versank im Meer und starb.

Diese Geschichte verbreitete sich sofort unter den Leuten, niemand stieg mehr auf den Berg, um den Schrein aufzusuchen. So wurde die Stätte des Kami-Gottes, der früher so wundertätig gewesen war, zu einem Unglücksort. In der Folge gab es gab es in der Stadt niemanden mehr, der nicht wünschte, dass der Shinto-Schrein verschwinden würde.

Wenn die Seeleute den Berg mit dem Shinto-Schrein vom Meer aus sahen, ängstigten sie sich. Nachts war es auf diesem Meer wirklich unheimlich. Wohin man auch schaute, wogten und wallten endlos riesige Wellen dahin. Sie brachen sich an den Felsen und weißer Schaum spritzte auf. Wenn der Mond aus den Wolken hervortrat und die Oberfläche der Wellen beleuchtete, war das ein schauerlicher Anblick.

An einem ganz dunklen Abend, als kein Stern schien und Regen fiel, sah jemand eine brennende rote Kerze auf den Wellen schweben, allmählich stieg sie hoch, wies irgendwann in die Richtung des Shinto-Schreins am Berg und bewegte sich leicht hin und her.

Nach wenigen Jahren ging die Stadt am Fuße des Berges zugrunde und verschwand.

Mimei Ogawa

Zauberei

Es geschah an einem Sprühregenabend. Die Rikscha, in der ich saß, fuhr in der Gegend von Omori auf einem steilen Weg mehrmals hinauf und hinunter und senkte endlich ihre Deichsel vor einem Gebäude in westlichem Stil, das von einem Bambusgebüsch umgeben war. Am engen Eingang in verblichenem Grau war im Lampionlicht, welches der Rikschafahrer darauf richtete, ein ganz neues Namensschild aus Keramik zu sehen, auf dem in japanischer Schrift »Matelam Misra, Inder« stand. Was Herrn Matelam Misra angeht, so gibt es unter Ihnen nicht wenige Leute, die ihn schon kennen. Herr Misra ist ein Patriot aus Kalkutta, der sich jahrelang für die Unabhängigkeit Indiens eingesetzt hat, und gleichzeitig ein junger Meister der Zauberei, der die berühmte Geheimmethode eines Brahmanen namens Hassam Kahn gelernt hat. Seit gerade erst einem Monat verkehrte ich durch Empfehlung eines Freundes mit Herrn Misra. Wir hatten oft über Politik oder Wirtschaft diskutiert, aber ich war noch nie dabei gewesen, wenn er seine Zauberkunst vorgeführt hatte. Daher hatte ich ihn diesmal mit einem Brief darum gebeten, mir seine Zauberkunst zu zeigen, und war an diesem Abend eilig mit der Rikscha zum einsamen Stadtrand von Omori gekommen. Während ich im Regen stand, drückte ich im schwachen Lampionlicht des Rikschafahrers auf die Klingel, die sich unterhalb des Namensschildes befand. Bald öffnete sich die Tür und eine kleine Japanerin in vorgerücktem Alter erschien. »Ist Herr Misra zu Hause?« – »Ja, er ist da. Er wartet schon auf Sie«, sagte sie freundlich und führte mich in sein Zimmer, das hinterste vom Eingang aus gesehen.

»Vielen Dank, dass Sie trotz des Regens gekommen sind«, begrüßte er mich munter, während er an dem Docht der Petroleumlampe drehte. Er war dunkelhäutig, hatte große Augen und einen dünnen Schnurrbart. »Das macht mir nichts aus, wenn ich Ihre Zauberei erleben kann.«

Nachdem ich mich auf einen Stuhl gesetzt hatte, sah ich mich in dem düsteren Zimmer um, das von der Petroleumlampe schwach erleuchtet wurde. Sein Zimmer war ein schlichter Raum in europäischem Stil, es gab einen Tisch in der Mitte, ein praktisches Bücherregal an einer Wand und einen Tisch vor dem Fenster, sonst standen da nur zwei Stühle, auf denen wir sitzen konnten. Stühle und Tische waren zudem alle uralt und die Tischdecke, in die ein rotes Blumenmuster auf grünem Grund gewebt war, zeigte die dünnen Fäden so deutlich, als ob sie jeden Augenblick in kleine Stücke zerfallen würde.

Wir begrüßten uns und das Geräusch des Regens, der draußen auf das Bambusgebüsch fiel, war deutlich wahrzunehmen. Bald kam die alte Dienerin mit schwarzem Tee auf einem Tablett ins Zimmer und Herr Misra öffnete den Deckel einer Zigarrenschachtel und bot mir eine an: »Möchten Sie vielleicht eine?« – »Danke.« Ich nahm eine Zigarre, ohne zu zögern. Ich zündete sie mit einem Streichholz an und fragte: »Wenn ich mich nicht irre, heißt Ihr Naturgeist Djinn, nicht wahr? Das heißt, dass Ihre Zauberkunst, die ich miterleben darf, durch die Kraft dieses Djinn ermöglicht wird?« Herr Misra zündete ebenfalls seine Zigarre an, stieß verschmitzt lächelnd den wohlriechenden Rauch aus und sagte: »Vor mehreren hundert Jahren dachte man, es gäbe einen Naturgeist mit dem Namen ›Djinn‹. Man könnte sagen, solches war in der Zeit der Geschichten aus Tausendundeiner Nacht verbreitet. Die Zauberei, die ich von Hassam Kahn gelernt habe, können Sie auch anwenden, wenn Sie wollen. Es ist lediglich eine weiterentwickelte Kunst der Hypnose – schauen Sie mal. Sie brauchen nur Ihre Hand auf diese

Weise zu bewegen.« Herr Misra hob die Hand, zeichnete damit vor meinen Augen zwei-, dreimal etwas wie Dreiecke in die Luft, dann legte er die Hand auf den Tisch und fasste mit den Fingerspitzen eine Blume aus dem in Rot auf grünem Grund gewebten Blumenmuster heraus. Ich erschrak, schob unwillkürlich meinen Stuhl näher an den Tisch und betrachtete dabei die Blume; es musste eine Blume aus dem Blumenmuster der Tischdecke sein. Und als Herr Misra sie vor meine Nase bewegte, hatte sie sogar einen schweren Geruch, wie Moschus oder Ähnliches. Da ich mich so sehr wunderte, gab ich einen erstaunten Laut von mir. Herr Misra lächelte trotzdem weiter und ließ die Blume kurzerhand wieder auf den Tisch fallen. Danach war sie wieder im gewebten Muster drinnen, es war nicht nur unmöglich, sie mit den Fingerspitzen herauszunehmen, man konnte nicht einmal auch nur ein Blütenblatt bewegen.

»Wie war das? Es ist einfach, nicht wahr? Jetzt schauen Sie diese Lampe an.« Während er das sagte, nahm er die Lampe kurz in die Hand und stellte sie wieder zurück auf den Tisch. In diesem Augenblick begann sie sich aus irgendeinem Grund wie ein Kreisel zu drehen. Sie blieb an ihrem Platz, der Lampenzylinder diente als Achse und sie begann sich noch kraftvoller zu drehen. Am Anfang war ich wie vom Donner gerührt und dachte, dass das ein Feuer entfachen könnte. Aber Herr Misra trank ruhig den schwarzen Tee und sah keineswegs aufgeregt aus. So wurde ich schließlich mutig und beobachtete die immer schneller werdende Bewegung der Lampe, ohne sie aus den Augen zu lassen. Und während der Lampenschirm sich drehte und die Luft ringsum in Bewegung brachte, brannte die gelbe Flamme ruhig, ohne zu flackern. Es war unbeschreiblich schön und merkwürdig zu sehen. Mittlerweile drehte sich die Lampe noch schneller und schließlich wurde das Geräusch so klar, als wäre sie nicht mehr in Bewegung. Irgendwann stand die Lampe wieder ruhig auf dem Tisch wie zuvor, der Lampenzylinder schien nicht einmal krumm zu sein.

»Sind Sie überrascht? So etwas ist ein Kinderspiel. Aber wenn
Sie sich noch etwas wünschen, werde ich Ihnen noch etwas zeigen.« Herr Misra drehte sich um und schaute zum Bücherregal
an der Wand. Bald streckte er die Hand danach aus und bewegte
die Finger, als würde er jemanden heranwinken. Da begannen
sich die Bücher, die nebeneinander im Regal standen, einzeln
zu bewegen und flogen von selbst bis über den Tisch. Sie flat-
terten mit auf beiden Seiten geöffneten Buchdeckeln in die
Höhe, wie Fledermäuse, die an einem Frühsommerabend hin
und her fliegen. Ich beobachtete, die Zigarre im Mund, die
Bücher voller Erstaunen. Mehrere Bücher flogen in dem
schummrigen Lampenlicht frei herum und stapelten sich alle
ordentlich in einer Pyramidenform auf dem Tisch. Kaum lagen
sie alle dort, begannen sich die Bücher, die zuerst gekommen
waren, zu bewegen und flogen eins nach dem anderen in das
Bücherregal zurück. Aber was ich am interessantesten fand, war
das Zauberkunststück, bei dem ein dünnes, provisorisch gebun-
denes Buch wie auf Flügeln sanft in die Luft aufstieg, eine Weile
über dem Tisch kreiste, plötzlich die Seiten rauschen ließ und
kopfüber schnell auf meinem Schoß landete. Als ich das Buch
neugierig in die Hand nahm, war es der neue französische Ro-
man, den ich Herrn Misra vor etwa einer Woche geliehen hatte,
wenn ich mich recht erinnerte. »Ich danke Ihnen, dass ich es so
lange ausleihen durfte«, sagte er, noch immer lächelnd. Natürlich waren inzwischen schon viele Bücher von dem Tisch wieder
in das Bücherregal zurückgeflogen.

Ich fühlte mich, als ob ich gerade aus einem Traum aufgewacht wäre, konnte für kurze Zeit gar nicht antworten, aber
bald erinnerte ich mich an das, was Herr Misra gesagt hatte:
»Meine Zauberei können Sie auch anwenden, wenn Sie es wollen.« – »Also, ich habe von Ihrem Können schon lange gehört,
aber wirklich nicht geahnt, dass Ihre Zauberei etwas so Ge-
heimnisvolles ist. Übrigens, war es kein Scherz, dass diese Zauberei von einem wie mir auch anwendbar sei?« – »Sie können

sie sicher anwenden. Jeder kann sie ohne Schwierigkeiten anwenden, nur ...«, begann er zu sagen und während er mir fest ins Gesicht sah, sprach er in ungewohnt ernsthaftem Ton: »... nur die Menschen, die Gier in sich tragen, können sie nicht anwenden. Wenn man die Zauberkunst von Hassam Kahn lernen will, muss man zuerst der Gier entsagen. Können Sie das?« – »Ich glaube schon«, antwortete ich, aber ich fühlte mich unsicher und fügte daher hinzu: »Aber nur wenn ich von Ihnen die Zauberei lernen dürfte.« Herr Misra machte immer noch ein bedenkliches Gesicht, aber er dachte vermutlich, es wäre in der Tat unhöflich, mich noch einmal darauf aufmerksam zu machen. Bald nickte er großzügig und sagte: »Also, dann werde ich sie Ihnen beibringen. Aber um sie so weit zu lernen, dass man sie problemlos anwenden kann, braucht man schon etwas Zeit. Bitte übernachten Sie doch heute bei mir.« – »Ich danke Ihnen für alles.« Da ich mich sehr darüber freute, von ihm Unterricht in Zauberei bekommen zu können, bedankte ich mich mehrmals bei Herrn Misra, aber er schien es kaum zur Kenntnis zu nehmen, stand ruhig vom Stuhl auf und rief die Dienerin: »Da unser Gast heute bei uns übernachtet, bereite bitte sein Bett vor.« Mein Herz pochte, ich vergaß die Asche der Zigarre abzuklopfen und blickte unwillkürlich zu seinem freundlichen Gesicht auf, das direkt ins Licht der Petroleumlampe getaucht war.

Es war etwa einen Monat, nachdem ich von Herrn Misra die Zauberei gelernt hatte, ebenfalls an einem Abend mit starkem Regen. In einem Zimmer eines Klubhauses in Ginza nahm ich mit fünf oder sechs Freunden vor dem Kamin Platz und wir begannen über Verschiedenes zu plaudern. Wir befanden uns mitten in Tokyo, der Regenschauer vor dem Fenster fiel auf die Dächer der häufig vorbeifahrenden Autos oder Kutschen. Deswegen waren wohl solche Geräusche der Einsamkeit wie das Prasseln des Regens auf jenes Bambusgebüsch von Omori nicht zu hören. Natürlich war auch die Heiterkeit diesseits des Fensters, waren das helle elektrische Licht, die marokkanischen Ledersessel und der glatt glänzende Parkettboden überhaupt nicht zu vergleichen mit der Atmosphäre und der Einrichtung des Zimmers von Herrn Misra, wo jederzeit ein Naturgeist erscheinen konnte. Wir sprachen im Zigarrenrauch eine Weile über Jagd oder Pferderennen, ein Freund warf seine halb gerauchte Zigarre in den Kamin, während er sich zu mir wandte und fragte: »Man hört, dass du neuerdings mit Zauberei zu tun hast. Könntest du uns vielleicht etwas vorführen?« – »Einverstanden.« Ich lehnte den Kopf an die Rückenlehne des Sessels und antwortete arrogant, ganz wie ein Meister der Zauberei. »Also, du hast freie Hand, bitte zeige uns eine wundersame Zauberei, die gewöhnliche Zauberer nicht zustande bringen.« Meine Freunde schienen damit einverstanden zu sein. Alle kamen mit ihren Stühlen nah an mich heran und sahen mich auffordernd an. Da stand ich gleich auf. »Schaut bitte ganz genau zu. Bei meiner Zauberei gibt es weder Trick noch Geheimnis.«

Während ich das sagte, krempelte ich die Manschetten hoch und schaufelte die im Kamin lodernden Kohlen einfach auf die Handflächen. Die Freunde, die um mich waren, schienen allein schon durch dieses Kunststück verstört zu sein. Sie sahen einander an und begannen sogar zurückzuweichen, als wäre es ihnen unheimlich, weil sie Angst davor hatten, mir aus Versehen näher zu kommen und sich zu verbrennen. Aber meine innere Ruhe verstärkte sich nur noch und ich verstreute die brennende Kohle mit viel Schwung auf dem Parkettboden. Gleich danach wurde das Regengeräusch vor dem Fenster von einem anderen, sonderbaren Regengeräusch übertönt, da sich das rote Feuer der Kohle, kaum hatte es sich aus meinen Händen gelöst, in unzählige schöne Goldmünzen verwandelte, die auf den Fußboden regneten. Die Freunde waren fassungslos und vergaßen zu applaudieren, als ob sie alle träumen würden. »So ungefähr ist es.« Während sich auf meinem Gesicht ein stolzes Lächeln abzeichnete, setzte ich mich ruhig wieder auf meinen Stuhl. »Sind das alles echte Goldmünzen?« Es war schon etwa fünf Minuten später, als einer der Freunde, die so verblüfft gewesen waren, mich das endlich fragte. »Es sind echte Goldmünzen. Wenn du es nicht glauben kannst, nimm sie doch in die Hände.« – »Ich will mich doch nicht verbrennen.« Er nahm ängstlich eine Goldmünze vom Fußboden in die Hand. »Es sind wirklich echte Goldmünzen. Hallo, Herr Ober, kehren Sie sie bitte mit Besen und Schaufel zusammen.« Der Kellner kehrte die Goldmünzen auf dem Fußboden zusammen, wie er angewiesen worden war, und häufte die Münzen auf einen Tisch. Die Freunde umringten den Tisch. »Ich schätze sie auf ungefähr 200 000 Yen.« – »Nein, das gibt noch mehr. Es ist so viel, dass der Tisch zusammenbrechen würde, wenn er weniger stabil wäre.« – »Auf jeden Fall hast du eine große Zauberei gelernt, wenn das Feuer der Kohle gleich zu Goldmünzen wird.« – »Das macht dich in nicht einmal einer Woche zu einem Reichen, der sogar Iwasaki oder Mitsui nicht nachstehen würde.« So lobten sie meine Zauberei einstimmig und über den grünen Klee. Aber ich blieb zurückgelehnt sitzen, stieß gelassen den Zigarrenrauch aus und sagte: »Also, meine Zauberei kann nie mehr angewendet werden, wenn man einmal gierig wird. Deswegen habe ich auch vor, diese Goldmünzen wieder in den Kamin zu werfen, nachdem ihr sie ja schon gesehen habt.«

Als die Freunde dies hörten, begannen sie zu protestieren, als hätten sie sich vorher abgesprochen. Sie sagten, es sei zu schade, so einen großen Geldbetrag wieder in Kohlen zurückzuverwandeln. Aber da ich es Herrn Misra versprochen hatte, wollte ich sie unbedingt in den Kamin werfen und stritt mich mit den Freunden. Da sagte einer, der den Ruf hatte, der schlaueste zu sein, mit verächtlichem, spöttischem Lachen: »Du sagst, dass du die Goldmünzen wieder in die Kohle zurückverwandeln willst. Wir sind dagegen. In diesem Fall ist es ganz normal, dass die Diskussion ewig dauert. Ich habe aber eine Idee. Wir nehmen dieses Geld als Kapital und du spielst mit uns Karten. Gewinnst du dabei, dann kannst du frei entscheiden, in was du die Münzen verwandelst, in Kohlen oder etwas anderes. Aber wenn wir gewinnen, gibst du uns einfach das Geld. So werden die strittigen Punkte auf beiden Seiten geklärt und alle werden wohl sehr zufrieden sein.« Ich schüttelte den Kopf und stimmte diesem Vorschlag nicht einfach zu. Aber dieser Freund lächelte immer spöttischer, sah mit verschlagenem Gesicht abwechselnd mich und die Goldmünzen auf dem Tisch an und sagte: »Du willst mit uns nicht Karten spielen, weil du nicht willst, dass wir dir die Goldmünzen wegnehmen. Wenn es so ist, wird gerade dein Entschluss, auf Gier zu verzichten, oder wie du das nennst, unglaubwürdig.« – »Nein, ich will sie nicht deshalb wieder in Kohlen verwandeln, weil ich sie nicht an euch verlieren will.« – »Also, du spielst jetzt Karten mit uns.«

Nachdem wir mehrere dieser harten Auseinandersetzungen gehabt hatten, geriet ich in die Klemme, sodass ich mich schließlich, wie er gesagt hatte, mit den Goldmünzen auf dem Tisch als Kapital notgedrungen im Kartenspiel messen musste. Natürlich freuten sich die Freunde riesig, sie ließen einen Satz Karten kommen, setzten sich um den Kartentisch, der in einer Ecke des Zimmers stand, und trieben mich, denn ich war immer noch unschlüssig, zur Eile an. So spielte ich gezwungenermaßen eine Weile mit ihnen Karten. Irgendwie gewann ich ausgerechnet an diesem Abend immer wieder, obwohl ich normalerweise im Kartenspielen nicht gut bin. Da begann das Spiel seltsamerweise für mich interessant zu werden, obwohl ich am Anfang keine Lust dazu gehabt hatte. Ehe noch zehn Minuten vorbei waren, hatte ich alles vergessen und begann eifrig die Karten zu ziehen. Die Freunde hatten eigens mit mir Karten spielen wollen, um mich um die Goldmünzen zu prellen, deshalb wurden sie alle sehr ungeduldig. Sie waren so verbissen, dass ihre Gesichtsfarbe sich zu verändern schien, und fingen an, mit vollster Konzentration um den Sieg zu kämpfen. Aber wie eifrig sie auch spielten, ich verlor nicht ein einziges Mal, sondern gewann schließlich fast so viel, wie die Goldmünzen wert wa-

ren. Da sagte der schlechte Freund, während er mir mit einem
ungeheuren Schwung ein Bündel Geldnoten vor die Nase hielt:
»Los, ziehe. Ich werde all mein Vermögen setzen. Grundstück,
Mietshaus, Pferde, Autos, alles ohne Ausnahme werde ich setzen. Dafür musst du außer den Goldmünzen das ganze Geld
setzen, das du bis jetzt gewonnen hast. Los, ziehe.«

Genau in diesem Augenblick wurde ich von Gier gepackt.
Nicht nur der Berg von Goldmünzen, die auf dem Tisch gesta-
pelt waren, sondern auch das Geld, das ich extra gewonnen
hatte, alles würde an den Freund gehen, wenn ich diesmal unglücklicherweise das Spiel verlor. Dazu noch, wenn ich nur
dieses Spiel gewann, konnte ich sein ganzes Vermögen bekommen. Wenn man die Zauberei in einem solchen Moment nicht
anwendet, wo gäbe es dann einen Nutzen der Bemühungen um
die Zauberei? Als ich so dachte, wurde ich ungeduldig, heimlich
wendete ich die Zauberei an und spielte entschlossen, als ob ich
mich duellieren würde. »Gut. Zuerst kannst du eine Karte ziehen.« – »Neun.« – »König.« Ich erhob triumphierend die Stimme
und zeigte dem kreideblassen Gegenspieler die gezogene Karte.
Da hob der König auf der Karte seltsamerweise sein gekröntes
Haupt, als ob er lebendig wäre, kam plötzlich mit seinem Körper aus der Karte heraus, hielt sein Schwert in der Hand, wie
es sich gehört, und sagte gleichzeitig unheimlich lächelnd mit
einer mir vertrauten Stimme: »Der Gast möchte nach Hause
gehen. Du brauchst sein Bett nicht vorzubereiten.« Da verwandelte sich aus irgendeinem Grund sogar das Geräusch des Re-
genschauers vor dem Fenster plötzlich in das einsame Prasseln
des Regens auf das Bambusgebüsch von Omori.

Als ich zu mir kam und mich umsah, saß ich immer noch
Herrn Misra gegenüber, der wie der König auf der Karte lächelte, während ich noch in halbdunkles Petroleumlampenlicht
getaucht war. Sogar die Asche der Zigarre war noch nicht heruntergefallen, das heißt, es musste ein Traum gewesen sein, der
nur zwei, drei Minuten gedauert hatte, obwohl ich dachte, dass

etwa ein Monat vergangen sei. Aber während dieser kurzen Zeit, in zwei, drei Minuten, war mir und Herrn Misra klar geworden, dass ich nicht fähig war, die Zauberei von Hassam Kahn zu lernen. Ich blieb mit vor Scham gesenktem Kopf sitzen und konnte eine Weile nicht einmal reden. »Wenn Sie meine Zauberei anwenden wollen, müssen Sie zuerst der Gier entsagen. Sie sind noch nicht so weit.« Herr Misra stützte die Ellbogen auf die Tischdecke mit dem roten Blumenmuster auf grünem Grund und sagte es ruhig tadelnd mit bedauerndem Blick.

Ryunosuke Akutagawa

Der Spinnfaden

Kapitel 1

Eines Tages wandelte der Buddha allein am Lotosteich im Paradies. Die Lotosblumen, die im Teich blühten, waren alle schneeweiß, aus den goldenen Staubblättern in der Mitte der Blüten verbreitete sich unablässig ringsum ihr unbeschreiblich wunderbarer Duft. Vermutlich war gerade Morgen im Paradies. Bald blieb der Buddha am Rand des Teiches stehen und blickte zufällig zwischen den Lotosblättern, welche die Wasseroberfläche bedeckten, in die Tiefe. Unmittelbar unter dem Lotosteich dieses Paradieses befand sich der Abgrund der Hölle, deswegen war durch das kristallklare Wasser hindurch die Landschaft mit dem Totenfluss und dem Höllenberg deutlich sichtbar, wie wenn man in einen Guckkasten schaut.

Auf dem Grund der Hölle fiel da dem Buddha im Gewimmel der Sünder ein Mann namens Kandata ins Auge. Dieser Mann mit dem Namen Kandata war ein großer Verbrecher, der Menschen getötet, Häuser angezündet und noch andere Übeltaten begangen hatte, aber ich erinnere mich, dass er auch eine einzige gute Tat vollbracht hatte. Ich sage Ihnen, welche: Irgendwann ging dieser Mann durch ein dichtes Wäldchen und sah eine kleine Spinne am Wegrand kriechen. Da wollte er sofort den Fuß heben und sie zertreten, aber dachte plötzlich: »Nein, nein, obwohl sie klein ist, ist auch sie ein lebendiges Wesen. Ihr Leben leichtsinnig zu vernichten würde mich schlicht traurig machen.« Schließlich tötete er diese Spinne nicht und ließ sie weiterleben. Während der Buddha das Treiben in der Hölle beobachtete, erinnerte er sich daran, dass Kandata einmal eine Spinne verschont hatte, und wollte ihn wenn möglich aus der Hölle befreien, als Belohnung für so eine gute Tat. Als er sich umsah, spann glücklicherweise gerade eine Paradiesspinne auf einem jadegrünen Lotosblatt einen schönen, silberfarbenen Faden. Der Buddha nahm diesen Spinnfaden vorsichtig in die Hand und ließ sein Ende zwischen den weißen Lotospflanzen geradewegs auf den Grund der Hölle fallen.

Kapitel 2

Hier befand sich Kandata, der mit anderen Sündern im Blutteich der Hölle schwamm oder versank. Überall ringsum war es stockdunkel, in dieser Dunkelheit schwamm ab und zu etwas Unerkennbares auf dem Wasser, die Nadeln des fürchterlichen Nadelbergs schimmerten, die Einsamkeit war namenlos. Außerdem herrschte in dieser Gegend Totenstille, wie im Grab, nur selten waren leise Seufzer der Sünder zu hören. Die Menschen, die hinuntergestürzt waren, befanden sich durch die Folterqual der Hölle in einem völlig erschöpften Zustand und hatten wohl nicht mehr die Kraft zu weinen. Selbst der große Verbrecher Kandata bekam fast keine Luft mehr im Blut des Blutteichs und zappelte wie ein sterbender Frosch. Aber irgendwann hob er zufällig den Kopf und erblickte den Himmel über dem Blutteich. In der stillen Dunkelheit kam aus dem sehr weit entfernten Himmel ein silberfarbener Spinnfaden, heimlich, als ob er sich davor fürchten würde, Aufmerksamkeit auf sich zu ziehen, nur ein Faden, der schwach schimmernd zu Kandata herunterglitt. Als dieser ihn sah, freute er sich und klatschte unwillkürlich in die Hände. »Wenn man sich daran klammert und immer weiter aufsteigt, kann man bestimmt heimlich aus der Hölle fliehen. Ja, wenn es gelingt, kann man vielleicht sogar ins Paradies gelangen. Dann wird man nicht mehr auf den Nadelberg gejagt und auch nicht im Blutteich versenkt«, dachte

Kandata, hielt sofort den Spinnfaden mit beiden Händen fest und begann mit aller Kraft immer weiter nach oben zu steigen. Als großer Verbrecher war er von jeher daran gewöhnt, etwas Schwieriges zu wagen. Aber zwischen der Hölle und dem Paradies liegen mehrere zehntausend Ri, selbst wenn man es ungeduldig versucht, kann man nicht leicht weiter aufsteigen. Nachdem er eine kurze Weile gestiegen war, wurde er müde und konnte nicht einmal mehr das nächste Stück Faden greifen. Da er nichts dagegen tun konnte, wollte er gleich eine Pause einlegen und während er sich am Spinnfaden festhielt, blickte er weit nach unten. Seine Mühe beim Steigen war nicht vergebens gewesen, der Blutteich, in dem er sich bis dahin befunden hatte, war irgendwann in der Tiefe der Dunkelheit verschwunden. Und auch der trüb schimmernde, furchterregende Nadelberg lag schon unterhalb seiner Füße. Wenn er weiter so aufstieg, konnte es überraschend leicht sein, aus der Hölle zu fliehen. Während Kandata sich um den Spinnfaden rankte, lachte er mit einer Stimme, wie er sie die ganzen Jahre in der Hölle nicht mehr gehabt hatte: »Toll. Toll.« Da bemerkte er, dass viele Sünder ihm folgten und wie ein Ameisenzug voller Energie immer weiter nach oben stiegen. Als Kandata dies sah, blieb er eine Weile vor Schrecken und Angst starr, mit weit geöffnetem Mund, und konnte nur die Augen bewegen. Wie konnte der Spinnfaden, der sogar mit ihm allein gefährdet war zu reißen, das Gewicht von so vielen Menschen halten? Wenn der Faden im schlimmsten Fall reißen würde, müsste er selbst, nachdem er mühevoll bis hierher aufgestiegen war, kopfüber wieder in die Hölle hinabstürzen. Das wäre schrecklich. Aber nach und nach stiegen Hunderte, Tausende von Sündern emsig in einer Reihe aus dem stockdunklen Blutteichgrund am leicht schimmernden Spinnfaden hoch. Wenn man jetzt nichts unternahm, würde der Faden sicher in der Mitte entzweireißen und hinunterfallen. Da schrie Kandata mit lauter Stimme: »He, Sünder! Dieser Spinnfaden gehört mir. Durch wen habt ihr überhaupt

davon erfahren? Hinunter! Hinunter!« Genau in dem Augenblick riss der Spinnfaden, der bis dahin gut gehalten hatte,
plötzlich an der Stelle, an der Kandata hing, geräuschvoll ent-
zwei. Ihm erging es sehr schlimm. Sofort stürzte er, sich wie ein
Kreisel drehend, kopfüber in die Tiefe der Dunkelheit. Danach
hing nur noch der Spinnfaden des Paradieses leicht schimmernd
mitten in einen Raum ohne Mond und Sterne herunter.

Kapitel 3

Der Buddha stand am Rand des Lotosteiches im Paradies und
beobachtete jede Einzelheit dieses Ereignisses, aber als Kandata
bald wie ein Stein im Blutteich unterging, machte der Buddha
ein trauriges Gesicht und begann wieder auf und ab zu wandeln.
Kandata hatte allein aus der Hölle verschwinden wollen und
seine unbarmherzige Seele war angemessen bestraft worden, er
war in die Hölle zurückgefallen. Vermutlich empfand der Buddha das alles als verabscheuungswürdig. Aber der Lotos des
Lotosteichs im Paradies ließ sich davon nicht beeindrucken. Die
wunderschönen weißen Blüten bewegten ihre Kelchblätter zu
Füßen des Buddhas hin und her, aus den goldenen Staubblättern in der Mitte der Blüten verbreitete sich unablässig ringsum
ihr unbeschreiblich wunderbarer Duft. Im Paradies war schon
bald Mittagszeit.

Ryunosuke Akutagawa

Das Katzenbüro

In der Nähe einer Station der Kleinbahn, einer Schmalspurbahn, befand sich die sechste Dienststelle der Katzen. Es wurden hier hauptsächlich die Bereiche Katzengeschichte und Katzengeografie behandelt. Da die Sekretäre alle schwarze Satin-Anzüge mit kurzen Jacken trugen und überdies auch von allen geachtet wurden, war jede in der Gegend wohnende junge Katze begierig dort einzutreten. Aber weil die Dienststelle nur vier Sekretäre beschäftigte, wurde unter den vielen Bewerbern immer nur derjenige ausgesucht, der die schönste Schrift hatte und am besten Gedichte vorlesen konnte.

Der Geschäftsleiter, eine große schwarze Katze, war schon etwas senil, aber er hatte herrliche Augen, mit einem Muster wie aus mehreren Kupferdrahtschichten darin.

Seine Untergebenen waren als erster Sekretär eine weiße Katze, als zweiter eine Tigerkatze, als dritter eine dreifarbige Katze und als vierter eine »Herdkatze«. Die Bezeichnung »Herdkatze« bezieht sich nicht auf eine Rasse. Diesen Namen tragen alle Katzen, deren Gewohnheit es ist, nachts in einem Herd zu schlafen. Daher sind ihre Körper immer durch den Ruß verschmutzt, insbesondere Nase und Ohren. Solche Katzen also, die ein wenig wie Dachse aussehen, nennt man Herdkatzen. Bei den anderen Katzen sind die Herdkatzen wegen ihrer Ungepflegtheit nicht beliebt. Normalerweise hätte eine Herdkatze bei dieser Dienststelle trotz guter Leistungen nie Sekretär werden können, aber weil der Geschäftsführer selbst eine schwarze Katze war, hatte er eine solche unter vierzig Bewerbern ausgesucht. Mitten im großen Geschäftssaal thronte die schwarze

Katze, der Geschäftsführer, an einem Tisch, der mit feuerrotem Wollstoff bedeckt war. Rechts neben ihm saßen die weiße Katze als erster und die dreifarbige Katze als dritter Sekretär. Links von ihm befanden sich der zweite Sekretär, die Tigerkatze, und der vierte Sekretär, die Herdkatze. Jeder hatte vor sich einen eigenen kleinen Tisch und saß anständig auf seinem Stuhl.

Übrigens, welchen Nutzen Geschichte und Geografie für Katzen haben können, werden wir gleich erfahren. An der Tür des Geschäftszimmers wurde, kotsu kotsu, geklopft.

»Herein«, brüllte die schwarze Katze, der Geschäftsführer, und warf sich, die Hände in den Taschen, in die Brust. Die vier Sekretäre beugten alle die Köpfe über ihre Tische und blätterten eifrig in ihren Heften.

Eine Luxuskatze kam herein.

»Was wünschen Sie?«, fragte der Geschäftsführer.

»Da ich in der Gegend von Behring Gletschermäuse essen gehen möchte, würde ich gerne wissen, welcher Ort empfehlenswert ist.«

»Hm, erster Sekretär, erzählen Sie etwas über die Verbreitung von Gletschermäusen.«

Der erste Sekretär öffnete ein großes Heft mit einem blauen Deckel und antwortete: »Es gibt welche in Usteragomena, Nobasukaiya und im Einzugsgebiet des Fusa.«

Der Geschäftsführer gab weiter an die Luxuskatze: »Usteragomena, Noba… wie hieß das gleich?«

»Nobasukaiya«, sagten der erste Sekretär und die Luxuskatze gemeinsam.

»So, Nobasukaiya, und dann weiter?«

»Der Fusa.« Wieder sprachen der erste Sekretär und die Luxuskatze gleichzeitig. Der Geschäftsführer wurde offensichtlich etwas verlegen.

»So so, der Fusa. Also in der Gegend sollte es schon in Ordnung sein.«

»Und – worauf muss man bei dieser Reise achten?«

»Ja, zweiter Sekretär, sagen Sie bitte, worauf man achten muss bei einer Reise in die Gegend von Behring.«

»Jawohl.« Der zweite Sekretär blätterte in seinem Heft.

»Für Sommerkatzen ist eine Reise in diese Gegend überhaupt nicht zu empfehlen.« Da blickten, aus welchem Grund auch immer, plötzlich alle Richtung Herdkatze.

»Auch für Winterkatzen ist große Vorsicht geboten. In der Umgebung von Hakodate besteht die Gefahr, mit Pferdefleisch angelockt zu werden. Und besonders schwarze Katzen, wenn sie sich nicht ausdrücklich als solche zu erkennen geben, werden zuweilen mit schwarzen Füchsen verwechselt. Es besteht ernsthafte Gefahr, gejagt zu werden.«

»Gut, Sie wissen jetzt Bescheid. Da Sie im Gegensatz zu mir keine schwarze Katze sind, brauchen Sie sich eigentlich keine besonderen Sorgen zu machen. Nur in Hakodate müssen Sie in Bezug auf Pferdefleisch vorsichtig sein.«

»Aha. Und wer könnte dort eine einflussreiche Person sein?«

»Dritter Sekretär, nennen Sie die Namen der einflussreichen Personen in der Gegend von Behring.«

»Jawohl, also in der Gegend von Behring, ja, dort gibt es zwei Namen: Tobasuki und Genzosuki.«

»Was für Leute sind denn Tobasuki und Genzosuki?«

»Vierter Sekretär, fassen Sie grob zusammen, wer Tobasuki und Genzosuki sind.«

»Jawohl.« Der vierte Sekretär, die Herdkatze, hatte schon seine kleinen Hände an den Stellen über Tobasuki und Genzosuki ins Hauptbuch gesteckt und gewartet. Davon waren der Geschäftsführer und die Luxuskatze anscheinend sehr beeindruckt.

Aber die anderen drei Sekretäre blickten ihn von der Seite an, als ob sie ihn für dumm halten würden, und grinsten spöttisch. Die Herdkatze las mit großem Ernst vor: »Häuptling Tobasuki ist jemand von hoher Gesinnung. Er hat einen scharfen Blick und spricht etwas langsam. Genzosuki ist jemand mit großem Vermögen, redet etwas langsam, aber hat einen scharfen Blick.«

»Ja, ich habe verstanden, danke.«

Die Luxuskatze verließ das Büro.

So war das eine für Katzen durchaus nützliche Institution. Aber als seit dieser Geschichte ungefähr ein halbes Jahr vergangen war, wurde schließlich die sechste Dienststelle abgeschafft. Wie Sie schon bemerkt haben, wurde der vierte Sekretär, die Herdkatze nämlich, von den drei übergeordneten Sekretären verabscheut und die dreifarbige Katze, der dritte Sekretär, wollte unbedingt die Arbeit der Herdkatze übernehmen. Die Herdkatze bemühte sich mit allen Mitteln um eine bessere Beziehung zu den anderen Katzen, aber erreichte damit genau das Gegenteil.

Eines Tages zum Beispiel, hatte die neben ihr sitzende Tigerkatze ihre Mittagsbox auf den Tisch gestellt und als sie zu essen begann, musste sie plötzlich gähnen.

Dabei streckte die Tigerkatze ihre beiden kleinen Hände so weit wie möglich in die Höhe und gähnte wirklich sehr laut. So etwas war unter Katzenkollegen, auch in Anwesenheit eines Vorgesetzten, überhaupt nicht unhöflich. Bei den Menschen wäre es etwa so, wie sich den Bart zu streichen. Problematisch aber war, dass sie dabei ihre Beine weit ausstreckte, wodurch sich der Tisch etwas neigte, die Mittagsbox dabei immer mehr ins Rutschen geriet und schließlich mit Getöse auf den Boden vor die Füße des Geschäftsführers fiel. Die Box bekam zwar Beulen, aber da sie aus Aluminium war, ging sie zum Glück nicht kaputt. Die Tigerkatze hörte schnell mit dem Gähnen auf, beugte sich über den Tisch und versuchte die Box zu packen. Da sie sie mit beiden Händen nur knapp erreichte, rutschte die Box hin und her und die Katze konnte sie trotz aller Bemühungen nicht fassen.

»Du, es geht nicht. So kannst du sie nicht fassen«, sagte lachend der Geschäftsführer, die schwarze Katze, der gerade ge-

nüsslich sein Brot aß. Währenddessen hatte auch der vierte
Sekretär, die Herdkatze, den Deckel seiner Mittagsbox geöffnet.
Als er aber sah, was passierte, stand er schnell auf, hob die Mit-
tagsbox auf und wollte sie der Tigerkatze übergeben. Aber die
Tigerkatze bekam plötzlich einen Wutanfall und weigerte sich,
die Mittagsbox aus den Händen der Herdkatze zu übernehmen.
Sie versteckte die Hände hinter dem Rücken, schüttelte sich wie
wahnsinnig und brüllte:

»Was soll das?! Du meinst wohl, ich soll aus dieser Mittagsbox essen? Du willst sagen, dass ich aus der vom Tisch auf den
Boden gefallenen Mittagsbox essen soll?«

»Nein, aber Sie haben sie doch aufheben wollen, ich habe es
nur höflich für Sie getan.«

»Wann habe ich versucht sie aufzuheben? Nein, ich dachte, es
sei sehr unhöflich, da die Box vor die Füße des Geschäftsführers
gefallen war, deshalb wollte ich sie unter meinen Tisch schieben.«

»Ach so. Ich habe aber … da die Büchse so hin und her
rutschte … deswegen …«

»Was soll das? Eine Taktlosigkeit! Ich fordere dich zum Duell …« – »Halt, halt, halt, halt!«, schrie der Geschäftsführer. Er
machte sich lautstark bemerkbar, um ein Duell zu verhindern.

»Hört auf zu streiten! Die Herdkatze hat anscheinend das
Essen der Tigerkatze nicht aufgehoben, damit die Tigerkatze es
essen soll. Übrigens habe ich heute Morgen vergessen zu sagen,
dass du, Tigerkatze, eine Lohnerhöhung von 10 Sen erhalten
wirst.«

Die Tigerkatze machte zuerst ein böses Gesicht, dann hörte
sie mit gesenktem Kopf zu, endlich freute sie sich und fing an
zu lachen.

»Es tut mir furchtbar leid wegen der Störung.« Nachdem sie
die neben ihr sitzende Herdkatze scharf angeblickt hatte, setzte
sie sich wieder hin.

Verehrte Leserinnen und Leser, ich habe wirklich Mitleid
mit der Herdkatze.

Fünf, sechs Tage später gab es noch ein ganz ähnliches Ereignis. Solche Begebenheiten kamen öfter vor; einerseits liegt das daran, dass Katzen faule Typen sind und andererseits daran, dass die Vorderbeine der Katzen, also ihre Arme, ziemlich kurz sind. Diesmal ging es um den dritten Sekretär, die dreifarbige Katze: Am Morgen, vor Arbeitsbeginn, geriet sein Pinsel ins Rollen und fiel schließlich auf den Fußboden. Es wäre besser gewesen, wenn die dreifarbige Katze sofort aufgestanden wäre, aber genau wie zuvor die Tigerkatze sparte sie sich die Mühe, schob beide Arme über den Tisch und versuchte so den Pinsel aufzuheben. Auch diesmal gelang es nicht. Da die dreifarbige Katze besonders klein war, lehnte sie sich immer weiter nach vorn, sodass ihre Füße schließlich vom Stuhl abrutschten. Die Herdkatze war unschlüssig, ob sie den Pinsel aufheben sollte; weil sie die vorherige Geschichte noch in Erinnerung hatte, zögerte sie eine Weile, blinzelte mit den Augen, konnte es aber zuletzt doch nicht mit ansehen und stand auf.

Aber in diesem Moment verlor die dreifarbige Katze das Gleichgewicht, kippte vornüber, fiel polternd vom Tisch herunter und schlug dabei mit dem Kopf heftig auf dem Boden auf. Da das einen ziemlich großen Lärm erzeugte, sprang der Geschäftsführer, die schwarze Katze, auf und holte hinten vom Regal eine Ammoniak-Wiederbelebungsmittel-Flasche. Aber die dreifarbige Katze war schnell wieder auf den Füßen und schrie wutentbrannt: »Herdkatze, du hast mich brutal gestoßen!«

Dieses Mal jedoch versuchte der Geschäftsführer die dreifarbige Katze sofort zu beschwichtigen: »Nein, Herr Dreifarbig. Du hast etwas falsch mitbekommen. Die Herdkatze ist nur hilfsbereit schnell aufgestanden. Sie hat dich nicht mal angerührt. Also wegen einer solchen Kleinigkeit macht man doch keinen Aufstand. Gut, ja, kehren wir nun zur Abmeldung von Santontan zurück.« Der Geschäftsführer machte sich schnell an seine Arbeit. Daraufhin wandte sich auch die dreifarbige

Katze widerwillig ihrer Arbeit zu, aber schaute noch mehrmals mit aggressivem Blick zur Herdkatze hinüber.

So lief es, deswegen hatte es die Herdkatze schwer.

Die Herdkatze wünschte sich sehr, eine gewöhnliche Katze zu sein. Immer wieder versuchte sie draußen vor dem Fenster zu schlafen, mitten in der Nacht jedoch wurde ihr zu kalt, sie musste oft niesen und so kroch sie doch wider Willen in den Kamin hinein. Wieso ihr so kalt war? Weil ihr Fell sehr dünn war. Und wieso ihr Fell so dünn war? Weil sie in den Hundstagen* geboren war. »Es liegt an mir, es ist nichts zu machen«, dachte die Herdkatze und große Tränen sammelten sich in ihren kugelrunden Augen. »Aber der Herr Geschäftsführer ist mir gegenüber so freundlich, alle anderen Herdkatzen freuen sich so sehr und sind mit mir stolz darauf, dass ich im Büro bin. Obwohl ich einen schweren Stand habe, will ich nicht aufgeben, ich will durchhalten.« Während die Herdkatze weinte, ballte sie eine Hand zur Faust.

Aber auch auf den Geschäftsführer war kein Verlass. Katzen sind, obwohl sie klug erscheinen, im Allgemeinen dumm. Einmal hatte sich die Herdkatze unglücklicherweise eine Erkältung eingefangen, ihre Füße schwollen an, bis sie wie Lackschälchen aussahen, und da sie überhaupt nicht laufen konnte, musste sie schließlich einen Tag im Büro fehlen. Es war unglaublich, wie sehr sie sich gegen diese Lage sträubte. Sie weinte, weinte und weinte. In die gelben Strahlen der Sonne blickend, die durch die kleinen Fenster der Scheune hereinkamen, rieb sie sich den ganzen Tag die Augen und weinte.

Währenddessen ging es im Büro folgendermaßen zu: »Na, heute ist die Herdkatze noch nicht gekommen. Sie hat sich verspätet, nicht wahr?«, sagte der Geschäftsführer in einer Arbeitspause.

* achtzehn Tage vor Herbstbeginn

»Nun, sie ist vermutlich an den Strand gegangen, um sich zu vergnügen«, sagte die weiße Katze.

»Nein, sie ist wohl irgendwohin zu einem Festessen eingeladen worden«, meinte die Tigerkatze.

»Gibt es heute irgendwo ein Festessen?«, fragte der Geschäftsführer erstaunt. Denn er glaubte, dass es nirgendwo ein Festessen geben könnte, zu dem er nicht auch eingeladen wäre.

»Es soll irgendwo im Norden eine Schuleinweihung geben.« – »So.« Die schwarze Katze schwieg und dachte intensiv nach. »Wieso, wieso denn immer die Herdkatze«, mischte sich die dreifarbige Katze ein. »Zurzeit wird sie hierhin und dorthin eingeladen. Sie soll behauptet haben, sie werde Geschäftsführer. Weil die dummen Leute Angst vor ihr haben, tun sie alles, um ihr zu schmeicheln.«

»Ist das wirklich wahr?!«, brüllte die schwarze Katze.

»Es ist wahr, ganz bestimmt. Prüfen Sie bitte meine Aussage«, sagte die dreifarbige Katze mit spitzem Mund.

»Unerhört! Ich habe mich so um den Kerl gekümmert. Gut, ich werde etwas unternehmen.« Darauf wurde es im Büro eine Weile totenstill.

Nun, der nächste Tag kam. Die Herdkatze lief, da ihre Schwellungen an den Füßen endlich nachgelassen hatten, am frühen Morgen im heftigen Wind erfreut ins Büro. Aber die Bände des ihr so wichtigen Hauptbuches, die sie immer als Erstes zu streicheln pflegte, waren von ihrem Tisch verschwunden und lagen auf den drei benachbarten Tischen verteilt.

»Ach, gestern gab es bestimmt viel zu tun«, sagte die Herdkatze mit heiserer Stimme zu sich selbst, ihr Herz klopfte.

Gatat. Die Tür öffnete sich geräuschvoll und herein kam die dreifarbige Katze.

»Guten Morgen.« Die Herdkatze stand auf und grüßte, aber die dreifarbige Katze schwieg, setzte sich und tat sehr beschäftigt, indem sie die Seiten ihres Heftes durchblätterte.

Gatan. Pishan. Die Tigerkatze kam herein.

»Guten Morgen.« Die Herdkatze stand auf und grüßte. Aber die Tigerkatze würdigte sie keines Blickes.

»Guten Morgen«, sagte die dreifarbige Katze.

»Guten Morgen. Es weht wirklich ein starker Wind, nicht?« Die Tigerkatze begann auch schnell in ihrem Heft herumzublättern.

Gatat, pishaan. Die weiße Katze kam herein.

»Guten Morgen«, grüßten die Tigerkatze und die dreifarbige Katze gemeinsam.

»Ja, guten Morgen. Es weht ein starker Wind, nicht?« Auch die weiße Katze gab sich sehr beschäftigt und machte sich an die Arbeit. Die Herdkatze war kraftlos aufgestanden und hatte sich schweigend verbeugt, aber die weiße Katze tat, als ob sie nicht da wäre.

Gatan, pishari. »Fuh, es weht ein wahnsinniger Wind, nicht?« Der Geschäftsführer, die schwarze Katze, kam herein.

»Guten Morgen.« Die drei standen schnell auf und verbeugten sich. Auch die Herdkatze stand auf, geistesabwesend, mit gesenktem Blick verbeugte sie sich.

»Das ist ein Sturm, nicht wahr?«, sagte die schwarze Katze, und ohne die Herdkatze anzuschauen, begann sie gleich mit der Arbeit.

»So, heute müssen wir auf die gestern besprochene Frage zu den Geschwistern Anmoniak eine Antwort finden. Zweiter Sekretär, welches von den Geschwistern Anmoniak ist zum Südpol gereist?« Die Arbeit begann. Die Herdkatze schwieg und ließ den Kopf hängen. Sie hatte ihr Hauptbuch nicht. Sie hätte das gerne gesagt, aber brachte keinen Ton hervor.

»Es ist Pan Porarisu«, antwortete die Tigerkatze.

»Gut, ich bitte um eine ausführliche Darstellung von Pan Porarisu«, sagte die schwarze Katze. »Ach, das wäre meine Arbeit, mein Hauptbuch, mein Hauptbuch«, dachte die Herdkatze, den Tränen nahe.

»Pan Porarisu starb auf der Heimkehr von einer Südpolexpedition nahe der Insel Yappu, der Leichnam wurde der See übergeben«, las der erste Sekretär, die weiße Katze, aus dem Hauptbuch der Herdkatze vor. Die Herdkatze war so traurig, dass sie einen sauren Geschmack im Mund hatte und rund um ihren Kopf alles pfiff. Geduldig ertrug sie all das und blickte immerfort zu Boden.

Im Büro ging es allmählich wie in einem Ameisenhaufen zu, die Arbeit schritt flott voran. Alle warfen nur von Zeit zu Zeit einen flüchtigen Blick auf die Herdkatze, sie sprachen kein Wort mit ihr.

Es wurde Mittag. Die Herdkatze aß nichts aus ihrer mitgebrachten Lunchbox, sie hatte die Hände in den Schoß gelegt und hielt den Kopf gesenkt. Schließlich, um ein Uhr, fing die Herdkatze ganz leise an zu wimmern. Bis zum frühen Abend hatte sie ungefähr drei Stunden lang geweint, dazwischen aufgehört und wieder geweint.

Trotzdem hatten alle, als ob sie nichts davon bemerken würden, eifrig ihre Arbeit fortgeführt.

Plötzlich geschah etwas. Die Katzen sahen es nicht, aber am Fenster hinter dem Geschäftsführer erschien das goldene Haupt eines würdigen Löwen.

Der Löwe hegte einen Verdacht. Er beobachtete eine Weile, was drinnen geschah, klopfte dann plötzlich an die Tür und trat ein. Die Katzen waren maßlos überrascht, sodass sie nur noch fassungslos im Zimmer herumliefen. Die Herdkatze aber hörte mit dem Weinen auf und stand stramm. Der Löwe rief mit dröhnender Stimme: »Was ist das für ein Benehmen? So, wie ihr sie hier betreibt, sind Geschichte und Geografie völlig unnütz! Hört auf! Ich befehle euch Schluss zu machen!« So wurde das Büro abgeschafft.

Ich selbst stimme dem Löwen halbwegs zu.

Kenji Miyazawa

Wandern auf dem Schnee

Erstes Kapitel: Der kleine Fuchs Konzaburo

Der Schnee, völlig durchgefroren, war härter als Marmor, auch der Himmel erschien wie eine kalte, glatte blaue Steinplatte.

»Harschschnee, kanko, Eisschnee, shinko!«

Die Sonne glühte ganz weiß, verbreitete einen lilienartigen Duft und ließ den Schnee in glitzernden Strahlen aufleuchten. Die mit Reif bedeckten Bäume funkelten, als ob sie mit grobem Zucker bestreut wären.

»Harschschnee, kanko, Eisschnee, shinko!«

Shiro und Kanko zogen ihre kleinen Schneeschuhe an und stapften über den knirschenden Schnee auf die Felder hinaus. Wird es wieder so ein interessanter Tag? Man kann nämlich sowohl mitten über ein Hirsefeld laufen, wo es sonst nicht geht, als auch über die Felder, die sonst voller Stielblütengras sind. Überall kann man herumwandern, so weit und wo auch immer es einem gefällt. Es ist eine Gegend, die flach ist wie ein Brett. Und dieses funkelt, als ob es aus vielen winzigen Spiegeln bestehen würde.

»Harschschnee, kanko, Eisschnee, shinko!«

Die beiden kamen in die Nähe des Waldes. Große Eichen standen da, deren Körper schwer behangen waren mit herrlichen durchsichtigen Eiszapfen, ihre Äste waren von Eis umschlossen und fast unsichtbar.

»Harschschnee, kanko, Eisschnee, shinko. Oh Fuchskind, wünschst du dir eine Braut, wünschst du dir eine?«, riefen beide Kinder zum nahen Wald hinüber.

Eine Weile war es ganz still, die beiden holten Luft, um nochmals zu rufen, da klang es aus dem Wald heraus:

»Eisschnee, shin, shin, Harschschnee, kan, kan.« Während er dies sagte, kam ihnen ein kleiner weißer Fuchs auf dem knirschenden Schnee entgegen.

Shiro erschrak ein wenig, stellte sich schützend vor Kanko und rief, die Füße fest auf dem Boden:

»Fuchs, konkon, weißer Fuchs, wenn du dir eine Braut wünschst, holen wir dir eine.«

Obwohl der Fuchs noch ganz klein war, zwirbelte er, pin, eines seiner Schnurrhaare, die aussahen wie silberne Nadeln, und sagte:

»Shiro, shinko, Kanko, kanko, ich brauche keine Braut.«

Shiro lachte und sagte:

»Fuchs, konkon, kleiner Fuchs, wenn du keine Braut brauchst, soll ich dir einen Reiskuchen geben?«

Darauf schüttelte der kleine Fuchs zwei-, dreimal den Kopf und sagte vergnügt: »Shiro, shinko, Kanko, kanko, soll ich euch Hirseklöße geben?« Kanko machte es auch riesig Spaß und sie sang leise, während sie sich hinter dem Rücken von Shiro versteckte:

»Fuchs, konkon, kleiner Fuchs, die Klöße der Füchse sind Hasendreck.«

Da lachte Konzaburo, der kleine Fuchs, und sagte:

»Nein, das stimmt gewiss nicht. Solche großartigen Persönlichkeiten wie Sie werden sicher die hasenbraunen Hirseklöße essen? Denn diese falsche Beschuldigung, nämlich dass wir die Menschen betrügen, das ist uns bloß unterstellt worden.«

Shiro war überrascht und fragte:

»Wenn das stimmt, ist es also eine Lüge, dass die Füchse die Menschen betrügen?«

Konzaburo sagte eifrig:

»Genau, es ist eine Lüge. Es ist wohl die abscheulichste Lüge. Die Menschen, die wir betrogen haben sollen, sind meistens solche, die sich mit Sake betrinken, die feige oder nicht ganz bei Trost sind. Es ist schon interessant. Kürzlich hat Herr Jinbee in einer Mondnacht vor unserem Haus gesessen und den ganzen Abend Joruri gesungen. Wir alle sind hinausgegangen, um ihn zu sehen.«

Shiro rief:

»Wenn es Herr Jinbee war, war es kein Joruri. Bestimmt war es eine volkstümliche Ballade, Naniwabushi.«

Der kleine Fuchs Konzaburo machte ein verständiges Gesicht und sagte:

»Ja, das ist gut möglich. Jedenfalls, essen Sie bitte meine Klöße. Was ich Ihnen geben werde, ist aus Hirse vom Feld, das ich bestellt habe, ich habe Samen gesät, Unkraut gejätet, Hirse geerntet, gestampft, Mehl daraus gemacht, es geknetet und gedämpft und in Zucker gewendet. Möchten Sie davon? Darf ich Ihnen einen Teller voll geben?«

Shiro sagte lachend:

»Konzaburo, wir haben gerade einen Reiskuchen gegessen, deshalb sind wir nicht hungrig. Nächstes Mal werden wir deine Klöße essen.«

Der kleine Fuchs Konzaburo freute sich, fuchtelte mit seinen Ärmchen und sagte:

»Ja? Wenn es so ist, werde ich sie Ihnen bei der nächsten Lichtbildparty anbieten. Kommen Sie doch unbedingt zur Lichtbildparty. Sie findet am nächsten Mondabend bei Harschschnee statt. Sie beginnt um acht Uhr, ich gebe Ihnen schon die Eintrittskarten. Wie viele sollen es sein?«

»Dann gib mir fünf, bitte«, sagte Shiro.

»Fünf sollen es sein? Sie brauchen für Sie beide zwei, wer sind die drei anderen?«, fragte Konzaburo.

»Das sind meine älteren Brüder«, antwortete Shiro.

»Sind die älteren Brüder jünger als elf Jahre?«, fragte Konzaburo wiederum.

»Nein, der jüngste von den älteren Brüdern geht in die vierte Klasse – acht plus vier gleich zwölf – ist also zwölf Jahre alt«, sagte Shiro.

Darauf antwortete Konzaburo, der wieder gewohnheitsmäßig an einem Schnurrhaar herumdrehte:

»Also, ich muss Ihren älteren Brüdern leider eine Absage erteilen. Nur Sie beide sind willkommen. Ich werde für Sie Ehrenplätze reservieren, es wird interessant sein. Die Lichtbilder zeigen erstens: ›Es ist verboten, Sake zu trinken.‹ Es geht um Herrn Taemon aus Ihrem Dorf und um Herrn Seisaku, wie sie Sake trinken, und schließlich wird gezeigt, wie ihnen schwindlig wird und sie auf einem Feld gerade im Begriff sind, komische süße Brotteigtaschen und Buchweizennudeln zu essen. Auch ich bin auf dem Foto. Zweitens: ›Achtung, Falle!‹ Es geht um unseren Konbee, der auf einem Feld in eine Falle hineingetappt ist. Es ist eine Zeichnung. Es ist kein Foto. Drittens: ›Vorsicht, Feuer!‹ Es ist ein Bild, das zeigt, wie unser Konsuke in Ihr Haus geht und sein Schweif Feuer fängt. Sie müssen bitte unbedingt kommen.«

Die beiden freuten sich und nickten.

Der Fuchs begann mit lächelndem Gesicht, kik kik ton ton, kik kik ton ton, mit den Füßen zu trampeln, machte schnelle Bewegungen mit Kopf und Schwanz, dachte dann eine Weile nach. Endlich schien er einen Einfall zu haben, er begann zu singen und schlug dazu mit beiden Händen den Takt:

»Eisschnee, shinko, Harschschnee, kanko,
süße Brotteigtaschen vom Feld, pop pop po.
Der betrunkene Taemon schwankt, schwankt,
letztes Jahr hat er achtunddreißig gegessen.
Eisschnee, shinko, Harschschnee, kanko,
Buchweizennudeln vom Feld, ho ho ho.
Der betrunkene Seisaku schwankt, schwankt,
letztes Jahr hat er dreizehn Schüsseln voll gegessen.«

Shiro und auch Kanko waren völlig hingerissen und tanzten zusammen mit dem Fuchs.

Kik, kik, ton ton. Kik, kik, ton ton. Kik, kik, kik, kik, ton ton ton.

Shiro sang: »Fuchs, konkon, kleiner Fuchs, letztes Jahr ist der Fuchs Konbee mit seinem linken Fuß in eine Falle hineingetappt, kon kon bata bata, kon kon kon.«

Kanko sang: »Fuchs, konkon, kleiner Fuchs, letztes Jahr hat der Fuchs Konske seinen Po in Brand gesetzt, als er einen gegrillten Fisch stehlen wollte, kyan kyan kyan.«

Kik, kik, ton ton. Kik, kik, ton ton. Kik, kik, kik, kik, ton ton ton.

Und während die drei tanzten, kamen sie allmählich in den Wald hinein. Die Knospen der Magnolien glänzten im Wind wie roter Siegellack, überall warfen die Bäume auf den Schnee im Wald ein Netz aus indigoblauen Schatten und die von Lichtstrahlen getroffenen Stellen erschienen wie blühende Lilien.

Da sagte der kleine Fuchs Konzaburo:

»Wollen wir auch die Rehkinder rufen? Denn sie können gut Flöte spielen.«

Shiro und Kanko klatschten vor Freude in die Hände. Dann riefen alle drei zusammen: »Harschschnee, kanko, Eisschnee, shinko. Rehkind, wünschst du dir eine Braut, wünschst du dir eine?«

Darauf ertönte von weitem eine leise, feine Stimme:

»Der Nordwind, pii pii, Kazesaburo, der Westwind, doo doo, Matasaburo.«

Der kleine Fuchs Konzaburo spöttelte mit spitzem Maul:

»Das dort ist ein Rehkind. Rehkinder sind furchtsame Dinger, deshalb wollen sie anscheinend nicht hierherkommen, aber wollen wir noch einmal rufen?«

Da riefen die drei wieder:

»Harschschnee, kanko, Eisschnee, shinko, Rehkind, wünschst du dir eine Braut, wünschst du dir eine?«

Aus weiter Entfernung hörte man diesmal die Stimme des Windes. Oder war es eine Flöte oder der Gesang des Rehkindes?

»Der Nordwind, pii pii, kanko, kanko, der Westwind, doo doo, dokko dokko.«

Der kleine Fuchs sagte, wieder an seinen Schnurrhaaren herumzwirbelnd:

»Wenn der Schnee weich wird, ist es nicht gut, bitte kehren Sie gleich nach Hause zurück. Kommen Sie bitte auf alle Fälle wieder, wenn in einer Mondnacht der Schnee hart gefroren ist. Dann werden wir die vorhin erwähnten Lichtbilder zeigen.« Darauf kehrten Shiro und Kanko auf dem silbrig glänzenden Schnee nach Hause zurück und sangen: »Harschschnee, kanko, Eisschnee, shinko.«

»Harschschnee, kanko, Eisschnee, shinko.«

Zweites Kapitel: Die Lichtbildparty der Fuchs-Volksschule

Der große, bleiche Vollmond stieg ruhig hinter dem Berg Hinokami herauf. Der Schnee flimmerte bläulich und war heute auch hart gefroren, wie weißer Marmor. Shiro erinnerte sich an die Abmachung mit dem Fuchs Konzaburo und sagte leise zu seiner Schwester:

»Heute Abend findet die Lichtbildparty der Füchse statt. Wollen wir hingehen?«

Da machte Kanko einen großen Luftsprung und rief laut: »Gehen wir hin, gehen wir hin! Fuchs, konkon, kleiner Fuchs, konkon, Fuchs Konzaburo.«

Jiro, der mittlere der älteren Brüder, fragte: »Geht ihr die Füchse besuchen? Ich möchte auch mitkommen.«

Shiro wurde verlegen und sagte dann achselzuckend: »Großer Bruder, die Lichtbildparty der Füchse ist nur für Teilnehmer bis zu elf Jahren, so steht es nämlich auf der Eintrittskarte.«

»Zeig mal, aha, wenn die Gäste nicht erziehungsberechtigte Begleiter der Schüler und älter als zwölf Jahre sind, wird ihnen der Eintritt verweigert, die Füchse machen es schon geschickt.

Ich kann also nicht hingehen. Da ist nichts zu machen. Wenn ihr aber geht, solltet ihr Reiskuchen mitnehmen. Hier diese Kagami-Mochi sind wohl geeignet.«

Shiro und Kanko schlüpften darauf in ihre kleinen Schneeschuhe, die Reiskuchen auf den Schultern, traten sie nach draußen. Die älteren Brüder Ichiro, Jiro und Saburo standen am Hauseingang und riefen: »Viel Spaß! Falls ihr erwachsene Füchse trefft, macht schnell die Augen zu. Also, wir werden euch anfeuern: Harschschnee, kanko, Eisschnee, shinko, oh Fuchskind, wünschst du dir eine Braut, wünschst du dir eine?«

Der Mond war am Himmel weit hochgestiegen, der Wald in blassblauen Nebel getaucht. Schon kamen die beiden an den Waldrand.

Dort stand ein kleines weißes Fuchskind mit einem Eichelabzeichen an der Brust und sagte: »Guten Abend, Sie sind früh gekommen, haben Sie Eintrittskarten?«

»Wir haben welche.« Und sie zogen sie hervor.

»Also bitte dorthin.« Der kleine Fuchs wandte sich um, und während er mit den Augen blinzelte, zeigte er mit der Hand theatralisch ins Innere des Waldes.

Mitten in diesen Wald warf der Mond lange Schatten, als ob man viele blaue Stäbe schräg hineingeschleudert hätte. Dort drinnen kamen die beiden auf eine Lichtung.

Es waren schon viele Fuchsschulkinder versammelt, die sich gegenseitig mit Kastanienschalen bewarfen und Sumo-Kämpfe veranstalteten, besonders lustig waren die ganz kleinen Fuchskinder, so klein wie Mäuse, die auf den Schultern von großen Fuchskindern nach den Sternen haschten.

Vor ihnen war an den Ästen der Bäume ein weißes Betttuch aufgehängt.

Plötzlich war von hinten eine Stimme hören:

»Guten Abend, herzlich willkommen.« Shiro und Kanko drehten sich überrascht um, es war Konzaburo.

Konzaburo trug einen prachtvollen Frack, an seiner Brust war eine Narzisse angeheftet, mit einem blütenweißen Taschentuch wischte er sich wiederholt sein spitzes Maul.

Shiro machte eine kurz Verbeugung und sagte: »Vielen Dank für die Einladung. Bitte esst diese Reiskuchen miteinander.«

Alle Fuchsschulkinder schauten zu ihnen her. Konzaburo warf sich in die Brust und nahm affektiert die Reiskuchen in Empfang.

»Danke, ich bedanke mich für das Geschenk. Bitte machen Sie es sich gemütlich, bald werden die Lichtbilder gezeigt werden. Bitte entschuldigen Sie mich kurz.«

Konzaburo verschwand mit den Reiskuchen nach hinten. Die Fuchsschulkinder riefen im Chor:

»Harschschnee, kanko, Eisschnee, shinko, harte Reiskuchen, kattarako, weiße Reiskuchen, bettarako.«

Neben dem Vorhang tauchte ein großes Plakat auf, auf dem Folgendes zu lesen war:

»Das Geschenk, die vielen Reiskuchen, von dem Herrn Shiro, von der Dame Kanko.«

Die Fuchsschulkinder freuten sich und klatschten in die Hände.

In diesem Augenblick ertönte eine Trillerpfeife. Konzaburo räusperte sich, hemhem, kam neben dem Betttuch hervor und verbeugte sich höflich. Alle wurden mäuschenstill.

»Heute Abend haben wir schönes Wetter. Der Mond ist voll, wie ein Teller aus Perlen. Die Sterne glitzern wie gefrorener Tau auf dem Feld. Gleich wird die Lichtbildparty beginnen. Ihr alle, bitte blinzelt und niest nicht, macht die Augen ganz groß auf und schaut. Und weil wir heute Abend zwei wichtige Gäste haben, müsst ihr euch ruhig verhalten. Ihr dürft auf keinen Fall Kastanienschalen gegen die Gäste werfen. Die Lichtbildparty ist eröffnet.«

Alle freuten sich und klatschten in die Hände. Und dann flüsterte Shiro Kanko zu:

»Herr Konzaburo spricht schon toll.«

Die Trillerpfeife ertönte. »Es ist verboten, Sake zu trinken«, erschien in großen Schriftzeichen auf der Leinwand. Dann wurde es gelöscht und durch ein Foto ersetzt. Es zeigte eine Landschaft, in der ein von Sake berauschter alter Mann stand, der irgendwelche komischen runden Sachen in der Hand hielt.

Alle stampften mit den Füßen und sangen: »Kik kik ton ton, kik kik ton ton. Harschschnee, kanko, Pulverschnee, shinko, süße Brotteigtaschen vom Feld, po po po, berauscht schwankt Taemon, letztes Jahr hat er achtunddreißig gegessen. Kik kik kik kik, ton ton ton.«

Das Bild verschwand. Shiro sagte leise zu Kanko: »Dieses Lied stammt wohl von Herrn Konzaburo.«

Ein anderes Foto wurde gezeigt. Ein junger betrunkener Kerl steckte sein Gesicht in einen Behälter, der die Form einer Lackschale hatte und aus Magnolienblättern hergestellt war, und aß etwas daraus. Es war die Szene, die von Konzaburo, der einen weißen Hakama trug, aus dem Hintergrund beobachtet wurde. Alle stampften mit den Füßen und sangen:

»Kik kik ton ton, kik kik ton ton, Eisschnee, shinko, Harschschnee, kanko, Buchweizennudeln vom Feld, po po po, berauscht schwankt Seisaku, letztes Jahr hat er davon dreizehn Schüsseln voll gegessen. kik, kik, kik, kik, ton, ton, ton.« Das Bild erlosch, danach gab es eine kurze Pause.

Ein reizendes Fuchsmädchen brachte zwei Teller mit Hirseklößen.

Shiro war völlig hilflos. Denn er hatte jetzt gerade Taemon und auch Seisaku gesehen, die, ohne es zu bemerken, ungenießbare Sachen gegessen hatten. Dazu schauten alle Fuchsschulkinder zu ihnen hin und tuschelten untereinander: »Werden sie es essen? Oder nicht? Werden sie es essen?« Kanko schämte sich, den Teller fest in der Hand, war sie ganz rot geworden. Da fasste Shiro einen Entschluss und sagte: »Also, essen wir es. Iss doch.

Ich glaube nicht, dass Konzaburo uns betrügen will.« Darauf aßen die beiden sämtliche Hirseklöße auf. Sie waren wahnsinnig lecker. Die Fuchsschulkinder waren so erfreut, dass sie alle vor Begeisterung hüpften.

Kik kik ton ton, kik kik ton ton.

»Am Tag strahlt das Licht der Sonne, am Abend leuchtet der Mond, auch wenn ihre Körper in Stücke gerissen werden, die Fuchsschulkinder sollen nicht lügen.«

Kik, kik ton ton, kik kik ton ton.

»Am Tag strahlt das Licht der Sonne, am Abend leuchtet der Mond, auch wenn sie erfrieren und tot umfallen, die Fuchsschulkinder sollen nicht stehlen.«

Kik kik ton ton, kik kik ton ton.

»Am Tag strahlt das Licht der Sonne, am Abend leuchtet der Mond, auch wenn ihr Körper zerrissen wird, die Fuchsschulkinder sollen nicht neidisch sein.«

Kik kik ton ton, kik kik ton ton.

Shiro und auch Kanko freuten sich so, dass ihnen die Tränen über das Gesicht liefen.

Die Trillerpfeife ertönte.

»Achtung, Fallen!« war in großen Schriftzeichen geschrieben, dann erlosch es und eine Zeichnung wurde eingeblendet. Es war das Bild des Fuchses Konbee, der mit seinem linken Fuß in einer Falle gefangen war.

»Fuchs, konkon, kleiner Fuchs, letztes Jahr ist der Fuchs Konbee mit seinem linken Fuß in eine Falle hineingetappt, kon kon bata bata, kon kon kon«, sangen alle. Shiro flüsterte Kanko zu:

»Das ist das Lied, das ich gedichtet habe.«

Das Bild erlosch und »Vorsicht, Feuer!« erschien in Schriftzeichen. Auch das erlosch und ein Bild wurde eingeblendet. Es war die Szene, als der Fuchs Konsuke einen gegrillten Fisch stehlen wollte und sein Schwanz Feuer fing.

Alle Fuchsschulkinder riefen: »Fuchs, kon kon, kleiner Fuchs, als der Fuchs Konsuke letztes Jahr einen gegrillten Fisch stehlen wollte, hat sein Schwanz Feuer gefangen, kyan kyan kyan.«

Die Trillerpfeife ertönte, die Leinwand war leer, wieder kam Konzaburo hervor und sprach:

»Verehrte Anwesende. Die Lichtbildparty von heute Abend ist somit beendet. Möget ihr alle den heutigen Abend tief in euren Herzen bewahren. Nämlich, dass die klugen und überhaupt nicht betrunkenen Menschenkinder die von uns Füchsen zubereiteten Speisen gegessen haben. Daher, liebe Kinder, auch wenn ihr einmal erwachsen seid, lügt bitte nicht und seid auch nicht neidisch auf die Menschen, so wird der schlechte Ruf, den wir bis jetzt haben, vollständig verschwinden. Das ist mein Schlusswort.«

Die Fuchsschulkinder waren alle ergriffen, sie erhoben die Hände, standen auf und schrien laut: »Waa!« Dann vergossen sie glänzende Tränen.

Konzaburo stellte sich vor die beiden Menschenkinder hin und verbeugte sich ehrfurchtsvoll. »Also, auf Wiedersehen. Ich werde Ihr edles Verhalten von heute Abend nie vergessen.«

Die beiden verbeugten sich auch und machten sich auf den Heimweg. Die Fuchskinder liefen ihnen nach und füllten die Innen- und Außentaschen ihrer Kleider mit Eicheln, Kastanien oder grünblau leuchtenden Steinen.

»Da, wir schenken sie euch.« – »Da, nehmt sie bitte.« So sagten sie und kehrten schnell wie der Wind nach Hause zurück. Konzaburo beobachtete es lächelnd.

Die beiden verließen den Wald und liefen über die Felder. Mitten auf den mit bläulichem Schnee bedeckten Feldern sahen sie, wie ihnen drei schwarze Schatten entgegenkamen. Es waren die drei älteren Brüder, die sie abholten.

Kenji Miyazawa

Die Mondnacht der Telegrafenstangen

Eines Abends lief Kyoichi in seinen japanischen Sandalen auf dem ebenen Damm schnell an den Eisenbahnschienen entlang. Dies ist sicher strafbar. Abgesehen davon, falls ein Zug käme und aus dem Fenster ein langer Stock oder etwas Ähnliches herausragen würde, könnte er auf der Stelle totgeschlagen werden.

Aber an diesem Abend gab es keine Kontrolle durch die Gleisarbeiter und es kam kein Zug mit aus den Fenstern herausragenden Stöcken vorbei. Stattdessen konnte er ein wirklich seltsames Ereignis beobachten.

Ein Neuntagemond hing am Himmel, und der Himmel war voller Zirrokumuluswolken. Alle Zirrokumuluswolken schwankten im Licht des Mondes hin und her, das bis in ihre letzten Eingeweide drang. In den Lücken zwischen den Wolken tauchten von Zeit zu Zeit Sterne auf und funkelten kalt.

Kyoichi lief schnell dorthin, wo er das Licht des Bahnhofs schon deutlich vor sich sehen konnte. Es waren ein einsames, feuerrotes Licht, ein unklares violettes Licht, ähnlich einer Schwefelflamme, und andere Lichter. Wenn er die Augen zusammenkniff, hatte er das Gefühl, dass ein großes Schloss dastehen würde.

Plötzlich schüttelte der rechte Signalmast mit einem Ruck seinen Körper und ließ das obere weiße Querholz schräg herunterhängen. Dies ist kein besonders seltsames Ereignis. Es bedeutet eigentlich nur, dass das Signal gesenkt wurde. Das geschieht sogar vierzehnmal in einer Nacht.

Aber was folgte, war erschreckend. Die Reihe der Telegrafenstangen, die schon die ganze Zeit auf der linken Seite der Gleise, guaan, guaan, brummten, begann auf einmal in stolzer Haltung gegen Norden zu laufen. Alle waren mit sechs Epauletten aus Porzellan geschmückt, sie trugen einen zinkenen Helm mit einer Speerspitze aus Draht, auf einem Bein, hyoi, hyoi, hüpften sie dahin. Während sie vorbeizogen, gafften sie Kyoichi von der Seite an, als ob sie ihn für dumm halten würden.

Das Brummen wurde allmählich lauter und dann verwandelte es sich in ein großartiges Soldatenlied im alten Stil.

>>Dottetedottete, dottetedo,
Die Telegrafenstangentruppen,
Weltweit einzig die Schnelligkeit,
Dottetedottete, dottetedo,
Die Telegrafenstangentruppen,
Weltweit einzig die Disziplin.<<

Eine der Telegrafenstangen hob besonders stark die Schultern und donnerte vorbei, als würden ihre Arme klappern.

Kyoichi sah weiter vorne eine Reihe von Telegrafenstangen, die je sechs Arme besaßen und mit 22 Porzellan-Epauletten bestückt waren, auch sie sangen und zogen vorbei.

>>Dottetedottete, dottetedo,
Der Pioniertrupp mit zwei Armen
Und der Dragonertrupp mit sechs,
Dottetedottete, dottetedo,
Im Ganzen 15 000 Mann,
Mit Drähten allesamt verbunden.<<

Was war denn das? Zwei der Stangen kamen Arm in Arm und hinkten. Sie schüttelten, sehr müde aussehend, den Kopf, verzogen den Mund, seufzten und kippten torkelnd fast um. Da brüllten die munteren Telegrafenstangen, die ihnen folgten:

>>He, lauft schneller! Die Drähte werden sonst erschlaffen.<<

Die beiden antworteten gleichzeitig mit ganz erschöpftem Gesichtsausdruck: »Wir sind schon müde und können nicht mehr laufen. Die Fußspitzen haben angefangen zu faulen. Der Teer der Gummischuhe, und überhaupt ist alles durcheinander.«

Die Stangen hinter ihnen riefen ungeduldig: »Lauft schneller, marschiert! Auch wenn eine von euch angeschlagen ist, wir tragen die Verantwortung für alle fünfzehntausend Leute. Ihr müsst laufen!«

Die beiden gingen schwankend widerwillig weiter, die übrigen Stangen kamen eine nach der andern flott heranmarschiert.

> »Dottetedottete, dottetedo,
> Der Zinkhelm mit der Lanzenspitze,
> Die Knie stark und fest wie Pfeiler,
> Dottetedottete, dottetedo,
> Die Epauletten an den Schultern
> Bezeugen ihre Wichtigkeit.«

Die Schatten der beiden marschierten auch weiter, weg in Richtung des grünspanfarbenen Wäldchens. Der Mond kam überraschend aus den Zirrokumuluswolken hervor, die Umgebung wurde auf einmal heller.

Die Telegrafenstangen waren alle außergewöhnlich gut gelaunt. Wenn sie an Kyoichi vorbeikamen, liefen sie absichtlich mit hochgezogenen Schultern an ihm vorbei und warfen kichernd Seitenblicke auf ihn. Aber erstaunlicherweise marschierten die Soldaten mit drei Armen und tiefroten Epauletten weit hinter denen mit sechs Armen. Ihre Soldatenlieder, sowohl die Melodien wie auch die Texte, waren irgendwie anders als jene der Soldaten mit sechs Armen, und da deren Stimmen lauter waren, konnte man ihren Gesang nur undeutlich hören. Die Soldaten marschierten nach wie vor flott.

»Dottetedottete, dottetedo,
Auch wenn die Kälte schneidend ist,
Wozu die Arme hängenlassen,
Dottetedottete, dottetedo,
Auch wenn die Hitze Schwefel auflöst,
Die Epauletten nicht gefährden.«

Weiter, weiter, weiter, weiter, sie marschierten flott, sogar das Zuschauen machte Kyoichi etwas müde, er konnte sich nicht mehr konzentrieren.

Die Telegrafenstangen kamen eine hinter der andern, wie ein strömender Fluss. Alle liefen an Kyoichi vorbei und schauten ihn an, aber Kyoichi bekam Kopfschmerzen, schwieg und blickte zu Boden.

Plötzlich mischte sich von ferne eine heisere Stimme in das Soldatenlied:

»Eins, zwei – eins, zwei.« Kyoichi hob überrascht den Kopf und sah einen kleinen Mann mit einem gelben Gesicht und einem ganz und gar zerfetzten grauen Mantel, der die Reihe der Telegrafenstangen von der Seite her observierte, während er »Eins, zwei – eins, zwei« kommandierte.

Die Telegrafenstangen, vom alten Mann beobachtet, wurden steif wie ein Brett und liefen wie auf Stelzen geradeaus blickend weiter, während der komische alte Mann schon vor Kyoichi stand. Er schaute Kyoichi eine Weile von der Seite an und blickte dann wieder in Richtung der Telegrafenstangen:

»Im Schritt, he«, kommandierte er.

Dies warf die Telegrafenstangen etwas aus dem Takt, doch sie liefen weiter, das Soldatenlied singend.

»Dottetedottete, dottetedo,
Der Säbel links, der Säbel rechts,
Das schlanke Langschwert unvergleichlich.«

Der alte Mann blieb vor Kyoichi stehen und verbeugte sich leicht.

»Guten Abend, beobachtest du den Marsch schon lange?«

»Ja, ich beobachte ihn schon lange.«

»Ah, da kann man nichts machen. Lass uns Freunde werden, geben wir uns die Hand.«

Der alte Mann schüttelte den Ärmel seines zerrissenen Mantels zurück und brachte eine große gelbe Hand hervor. Kyoichi reichte ihm widerwillig seine Hand. Der alte Mann sagte: »Hallo«, und ergriff seine Hand. Da kamen aus seinen Augäpfeln wie bei einem Tiger blaue Funken, patchi patchi, hervor, Kyoichis Körper fiel wie vom Blitz getroffen beinahe rückwärts um.

»Ha ha, ziemlich gut getroffen, es war aber ein eher schwacher Stoß. Würden wir uns die Hände noch stärker schütteln, würdest du verkohlen.«

Die Soldaten liefen weiter flott vorbei.

> »Dottetedottete, dottetedo,
> Die Schrittweite der Gummistiefel,
> Die allesamt mit Teer beschmiert,
> Beträgt 360 Shaku.«

Kyoichi hatte schreckliche Angst, seine Zähne klapperten. Der alte Mann betrachtete eine Weile den Mond und die Sterne, aber als er bemerkte, dass Kyoichi dermaßen blass war und zitterte, bekam er wohl Mitleid mit ihm und sagte mit ruhiger Stimme:

»Ich bin der Elektrizitätsgeneral.«

Kyoichi war etwas erleichtert und fragte:

»Ein sogenannter Elektrizitätsgeneral ist doch eine Art Elektrizität?«

Da sagte der alte Mann etwas eingeschnappt:

»Unwissendes Kind. Er ist nicht einfach Elektrizität. Das heißt, der Höchstgestellte von aller Elektrizität, der Höchstgestellte, das bedeutet der Chef. Er ist nichts anderes als der Generalissimus der Elektrizität.«

»Ein Generalissimus zu sein ist wirklich interessant, nicht wahr?«, fragte Kyoichi ganz benommen, der alte Mann freute sich, sein Gesicht legte sich in tausend Falten.

»Ha ha, toll, toll. Diese Pioniere, diese Dragoner, die Grenadiere dort drüben, sie alle sind meine Soldaten.«

Der alte Mann warf sich in die Brust und blickte wieder zum Himmel auf, während er eine seiner Backen aufblies. Darauf brüllte er eine Telegrafenstange an, die gerade vor ihm vorbeilief: »He, warum schaust du zur Seite!« Da erschrak diese Stange so, dass sie fast einen Sprung machte, die Beine wurden schlapp und krumm, sie drehte hastig den Kopf nach vorn und lief weiter. Eine nach der anderen kamen die Telegrafenstangen flott heran.

»Du kennst wohl diese alte Geschichte. Also, der Sohn war in England, in London, sein Vater in Schottland, in Kirkshire. Der Sohn schickte seinem Vater ein Telegramm, ich habe es genau in meinem Notizbuch festgehalten.«

Der alte Mann nahm das Notizbuch hervor, setzte sich mit ernstem Gesicht eine große Brille auf die Nase und fuhr fort:

»Verstehst du Englisch? Also: ›send, my boots, instantly‹, sofort meine Gummistiefel schicken, heißt das. Daraufhin hat der Vater in Kirkshire eilig die Gummistiefel an meinen Telegrafendraht gehängt. Ha, ha, ha, aber was für eine Störung. Und nicht nur in England. Etwa im Dezember bin ich in die Kaserne gegangen, um nach dem Rechten zu sehen. Jedes Jahr gibt es da fünf bis sechs neue Soldaten, die versuchen das elektrische Licht mit der Puste, fu fu, zu löschen, nachdem sie vom Gefreiten den Befehl bekommen haben, es auszuschalten. Unter meinen Soldaten gab es nie solche Leute. Aber auch in deiner Stadt: Als das elektrische Licht zum ersten Mal angezündet wurde, sagten viele Leute, dass die Elektrofirma monatlich 18 000 Liter Öl benötige. Ha ha ha, begreifst du? Es ist eigentlich nicht komisch, wenn man wie ich das Gesetz der unvergänglichen Kraft und das zweite Gesetz der Thermodynamik versteht. Siehst du, mein Militär ist ordentlich, nicht wahr? Das Soldatenlied sagt auch das Gleiche.«

Während alle Telegrafenstangen geradeaus blickend mit überheblichen Gesichtern vorbeiliefen, erhoben sie die Stimme noch mehr. Und sie schrien:

> »Dotetedotete, dotetedo,
> Die Telegrafenstangentruppen,
> Sie sind in aller Welt bekannt.«

In diesem Augenblick sah man weit entfernt auf dem Gleis zwei kleine rote Lichter. Da wurde der alte Mann ganz nervös.

»Oh nein, ein Zug kommt. Wenn jemand uns sieht, ist das schlimm. Ihr müsst mit dem Marschieren aufhören.«

Der alte Mann hob eine Hand und rief den Telegrafenstangen Reihen zu: »Ganze Armee, zusammenkommen, he.«

Alle Telegrafenstangen blieben sofort stehen und standen genauso da, wie sie zuvor gewesen waren. Das Soldatenlied verwandelte sich wieder in das einfache Brummen, guaan, guaan.

Der Zug brauste heran. Die Kohle der Lokomotive glühte rot, davor stand der Heizer, ganz schwarz, mit gespreizten Beinen. Seltsamerweise waren die Fenster der Personenwagen alle dunkel. Da sagte der alte Mann plötzlich: »Oh, das elektrische Licht ist ausgeschaltet. Verdammt. Unerhört.«

Und während er so sprach, machte er einen runden Rücken wie ein Hase und schlüpfte unter den Zug, der gerade vorbeifuhr.

»Vorsicht!«, sagte Kyoichi und wollte ihn schnell stoppen, da wurden die Fenster des Personenwagens plötzlich hell, ein kleines Kind hob die Hände und rief beim Vorbeifahren: »Es ist hell geworden, hurra!«

Die Telegrafenstangen surrten ruhig und die Signale gingen geräuschvoll hoch, der Mond verschwand hinter den Zirrokumuluswolken und der Zug schien im Bahnhof angekommen zu sein.

Kenji Miyazawa

Der Erdgott und der Fuchs

Kapitel 1

Am nördlichen Rand eines Feldes gab es einen leicht erhöhten Platz mit einem einzigen Baum. Grüne Borstenhirse wuchs dort dicht und mittendrin stand dieser Baum, eine schöne weibliche Birke.

Sie war gar nicht so hoch, aber ihr Stamm leuchtete glänzend schwarz, ihre Äste breiteten sich schön aus, im Mai schwebten weiße Wolken um sie, im Herbst rieselten ihre goldgelben, tiefroten und andersfarbigen Blätter nieder.

Gerne hielten sich Zugvögel wie der Kuckuck und der Würger, auch der kleine Zaunkönig oder das japanische Weißauge in diesem Baum auf. Nur wenn ein junger Falke oder dergleichen dort auftauchte, beobachteten ihn die kleinen Vögel aus der Distanz und kamen gar nicht in die Nähe.

Dieser Baum hatte zwei Freunde. Der eine war ein Erdgott, der etwa 500 Schritte entfernt in einem wilden Sumpf wohnte, der andere ein brauner Fuchs, der immer vom Süden des Feldes herkam. Wenn überhaupt, war der Birke der Fuchs lieber. Denn der Erdgott war, obwohl in seinem Namen das Wort Gott vorkam, sehr wild. Seine Haare waren zerzaust und wie Bündel von Baumwollfäden, die Augen rot, und sein Kimono sah aus wie Wakame-Algen, er lief immer barfuß und seine Fußnägel waren schwarz und lang. Im Gegensatz zu ihm machte der Fuchs einen äußerst vornehmen Eindruck. Er ärgerte die Menschen selten und unternahm auch nichts, was irgendjemanden hätte stören können.

Nur, wenn ich die beiden sorgfältig vergleichen würde, könnte es sein, dass ich den Erdgott als ehrlicher, den Fuchs hingegen als eher etwas unaufrichtig bezeichnen würde.

Kapitel 2

Es begab sich an einem Abend im Frühsommer. Die Birke trug viele frische, zarte Blätter und überall verbreitete sich ein angenehmer Duft. Schon überquerte die Milchstraße weiß den Himmel, überall glänzten die Sterne, zitterten, blinkten und flackerten.

Unter den Baum kam der Fuchs zu Besuch, eine Gedichtsammlung unter dem Arm. Er trug einen dunkelblauen Anzug, frisch vom Schneider, seine Schuhe aus rotem Leder quietschten, ki ki.

»Wirklich, es ist ein ruhiger Abend.«

»Ja«, antwortete die Birke leise.

»Das Sternbild des Skorpions kriecht dort vorne. Jener große rote Kerl hieß früher in China ›Feuer‹.«

»Ist es denn nicht der Mars?«

»Es ist nicht der Mars. Der Mars ist ein Planet, aber jener Kerl ist ein großartiger Fixstern.«

»Ein Planet und ein Fixstern, was ist der Unterschied?«

»Ein sogenannter Planet strahlt nicht von alleine. Er erhält nämlich von außerhalb Licht, und dadurch scheint es, als ob er strahlen würde. Ein Fixstern hingegen strahlt von alleine. Die Sonne also ist natürlich ein Fixstern, sie ist so groß und blendend. Aber wenn man sie aus noch größerer Ferne betrachten würde, schiene sie wohl auch wie ein kleiner Stern.«

»Oh, ja, die Sonne ist auch ein Stern. Wenn man den Himmel so betrachtet, dann gibt es viele Sonnen … also nein, Sterne … nein, es ist doch komisch, es gibt viele Sonnen.«

Der Fuchs lachte nachsichtig.

»Das wird schon so sein.«

»Wieso gibt es unter den Sternen solche, die rot sind, und andere, die gelb oder grün sind?«

Der Fuchs lachte wieder nachsichtig und verschränkte die Arme über der Brust. Die Gedichtsammlung schaukelte hin und her, fiel aber trotzdem nicht herunter.

»Meinen Sie, warum die Sterne orange oder blau sind oder sonst verschiedene Farben haben? Das ist so: Die sogenannten Sterne waren am Anfang alle wie eine verschwommene Struktur, ähnlich wie eine Wolke. Im jetzigen Himmel gibt es noch viele davon, zum Beispiel im Sternbild Andromeda, auch im Orion und im Sternbild des Jagdhundes. Diese haben alle so verschwommene, wolkenähnliche Strukturen. Das Sternbild des Jagdhundes ist eine Spirale. Und dann gibt es auch sogenannte Ringnebel. Sie haben die Form eines Fischmauls, man nennt sie auch Fischmaulnebel. Von solchen Strukturen gibt es am heutigen Himmel noch viele.«

»Oh, ich möchte das auch einmal betrachten. Ein Stern in der Form eines Fischmauls, ach, wie prächtig muss das sein!«

»Es ist herrlich, ich habe es in der Sternwarte Mizusawa beobachtet.«

»Oh, ich möchte es auch sehen.«

»Ich werde es Ihnen zeigen. Übrigens, ich habe ein Fernrohr der deutschen Firma Zeiss bestellt. Bis zum nächsten Frühling wird es eingetroffen sein, ich werde es Ihnen zeigen, sobald es da ist«, sagte der Fuchs spontan.

Gleich darauf besann er sich. »Ach, ich habe meiner einzigen Freundin wieder einmal eine Lüge erzählt. Ach, ich bin wirklich ein schlechter Kerl. Aber ich habe es gewiss nicht in böser Absicht gesagt. Ich habe es gesagt, weil ich ihr eine Freude bereiten wollte. Später werde ich ihr bestimmt die volle Wahrheit sagen.« Der Fuchs machte sich solche Gedanken und blieb eine Weile ganz still.

Die Birke ahnte nichts und sagte erfreut: »Oh, das ist schön. Sie sind wirklich immer sehr freundlich.«

Der Fuchs antwortete ein wenig gedämpft:

»Ja, ich würde auch sonst alles für Sie tun. Möchten Sie sich vielleicht diese Gedichtsammlung ansehen? Sie ist von einem gewissen Heine. Zwar handelt es sich um eine Übersetzung, aber sie ist wirklich gut.«

»Oh, dürfte ich es vielleicht ausleihen?«

»Sehr gerne. Bitte lassen Sie sich Zeit. Also, ich verabschiede mich. Halt, ich muss Ihnen noch etwas sagen.«

»Die Sache mit den Sternen.«

»Ach, ja, natürlich, aber lassen Sie es uns das nächste Mal besprechen. Eigentlich habe ich Sie schon zu lange gestört.«

»Nein, es ist schon gut.«

»Ich werde wiederkommen, also auf Wiedersehen. Das Buch schenke ich Ihnen. Also, auf Wiedersehen.« Der Fuchs ging eilig weg. Die Birke ließ, während der Südwind gerade zu blasen anfing, ihre Blätter rascheln, griff nach dem Gedichtband, den der Fuchs zurückgelassen hatte, und schlug die Seiten um, die von der Milchstraße und den Sternen des ganzen Himmels schwach beleuchtet wurden. In diesem Heine-Gedichtband gab es die Loreley und andere schöne Lieder. Die Birke las die ganze Nacht hindurch. Sie wurde nur etwas schläfrig, als nach drei Uhr von Osten her der Stier über dem Feld hochstieg.

Die Nacht war zu Ende. Die Sonne ging auf.

Im Gras funkelte der Tau, alle Blumen blühten kräftig.

Der Erdgott kam langsam, langsam aus nordöstlicher Richtung heran, sein ganzer Körper glänzte im Morgenlicht, als ob er mit flüssigem Kupfer übergossen wäre. Er machte einen durchaus vernünftigen Eindruck und kam mit verschränkten Armen langsam, langsam näher.

Die Birke ließ, da sie irgendwelche Schwierigkeiten befürchtete, ihre glänzenden grünen Blätter erzittern, aber wandte sich trotzdem dem Erdgott zu. Ihr Schatten fiel auf das Gras und flatterte leicht. Der Erdgott kam ruhig daher und blieb vor der Birke stehen.

»Guten Morgen, Birke.«

»Schön guten Morgen.«

»Wenn ich es mir überlege, gibt es viele Dinge, die ich einfach nicht verstehe. Die Dinge, die ich nicht verstehe, sind wirklich zahlreich.«

»Oh, bitte, um welche Sachen handelt es sich?«

»Zum Beispiel sprießt das Gras aus dem schwarzen Boden hervor. Wie kann es denn eine solch grüne Pflanze werden? Es blühen sogar gelbe und weiße Blumen. Ich verstehe es einfach nicht.«

»Das ist so, weil die Grassamen Grün und Weiß enthalten, wahrscheinlich ist es so.«

»Ach ja. Es könnte so sein … ach, ich verstehe es trotzdem nicht. Zum Beispiel haben die Pilze im Herbst und ähnliche Dinge keine Samen, und doch kommen sie immer aus dem Boden hervor. Manche von ihnen sind rot oder gelb oder haben noch eine ganz andere Farbe, ich verstehe es nicht.«

»Wie wäre es, wenn Sie den Herrn Fuchs fragen würden?«

Die Birke sprach unüberlegt, weil sie gerade träumerisch an das gestrige Gespräch über die Sterne dachte. Als der Erdgott dies vernahm, wechselte plötzlich seine Gesichtsfarbe. Und dann ballte er seine Hand zur Faust.

»Was, der Fuchs? Was hat der Fuchs gesagt?«

Die Birke antwortete mit ängstlicher Stimme:

»Er hat nichts gesagt, ich habe nur gedacht, er wüsste diesbezüglich Bescheid.«

»Ein Gott sollte ausgerechnet von einem Fuchs etwas lernen! Was soll das, he!«

Der Birke wurde angst und bange, sie bebte und bebte und bebte. Der Erdgott knirschte mit den Zähnen und lief mit von sich gestreckten, verschränkten Armen herum. Sein Schatten fiel ganz schwarz auf das Gras und auch das Gras zitterte vor Angst.

»So einer wie der Fuchs ist wirklich ein Übel für die Welt. Er spricht nicht ein einziges Mal ein wahres Wort, er ist feige, ängstlich und dazu noch sehr neidisch. Verdammt, er ist nur ein Tier.«

Die Birke fasste sich endlich wieder und sagte:

»Ihr Fest kommt schon näher, nicht wahr?«

Der Gesichtsausdruck des Erdgottes wurde ein wenig sanfter.

»Ja, heute ist der dritte Mai, es ist in sechs Tagen.«

Der Erdgott dachte eine Weile nach, aber plötzlich erhob er wieder seine Stimme.

»Aber die Menschen sind schon unverschämt. In letzter Zeit ist niemand gekommen, um eine Opfergabe zu meinem Fest zu bringen, verdammt, ich werde den nächsten Menschen, der in mein Gebiet trampelt, in den Schlamm werfen.« Der Erdgott knirschte wieder heftig mit den Zähnen.

Die Birke wusste nicht mehr, wie sie sich verhalten sollte, weil das, was sie dem Erdgott gesagt hatte, um ihn zu besänftigen, zu einer besonders hoffnungslosen Situation geführt hatte. Sie ließ nur ihre Blätter sanft im Wind wehen. Während der Erdgott im Sonnenschein zu glühen schien, streckte er wieder die verschränkten Arme von sich, knirschte heftig mit den Zähnen und lief ziellos in der Gegend herum. Anscheinend ärgerte ihn alles, je mehr er darüber nachsann, nur noch mehr. Und schließlich, da er es nicht mehr aushielt, stöhnte er laut auf, es klang wie ein Gebell, und stürmte in seinen Sumpf zurück.

Kapitel 3

Der Ort, an dem der Erdgott lebte, war ein kaltes Sumpfgebiet, etwa vom Umfang eines kleinen Pferderennplatzes. Moos, Schneckenklee, niedriges Schilf und ähnliche Pflanzen wuchsen dort, es gab aber auch hie und da Disteln sowie kleine, sehr krumme Weiden. Die Erde war feucht, das Wasser schien moderig, an seiner Oberfläche quoll hier und dort flüssiger roter Rost von Eisen hervor, es sah schlammig aus und wirkte unheimlich. Mittendrin gab es einen Ort, der einem Inselchen ähnlich war; darauf befand sich der kleine Schrein des Erdgottes, aus Rundholz gebaut, ungefähr 1 Ken* hoch.

Der Erdgott kehrte auf diese Insel zurück und legte sich lang ausgestreckt hin.

Dann kratzte er sich die schwarzen, mageren Beine. Der Erdgott beobachtete einen Vogel, der eben hoch über seinem Kopf dahinflog. Sogleich richtete er sich auf und stieß einen Zischlaut, sch, aus. Der Vogel erschrak, schwankend stürzte er beinahe ab, dann, als ob seine Flügel und sein übriger Körper gelähmt wären, sank er tiefer und entfloh.

Der Erdgott richtete sich auf und lachte. Aber gleich blickte er wieder zu der Anhöhe, auf der die Birke stand, plötzlich änderte sich sein Gesichtsausdruck und er erstarrte. Dann raufte er sich, als würde ihm etwas großen Ärger bereiten, mit beiden Händen die zerzausten Haare.

Gerade kam ein Holzfäller aus dem Süden des Sumpfgebiets heran. Wahrscheinlich war er auf dem Weg zum Berg Mitsumori, um dort zu arbeiten. Er ging mit großen Schritten auf einem schmalen Pfad entlang des Sumpfgebiets, doch wusste er anscheinend vom Erdgott, denn von Zeit zu Zeit schaute er ängstlich in Richtung seines kleinen Schreines.

Aber der Holzfäller konnte den Erdgott nicht sehen.

Als der Erdgott dies erkannte, freute er sich, plötzlich glühte sein Gesicht. Er streckte seine rechte Hand in Richtung des Holzfällers aus, fasste mit der linken Hand das Handgelenk seiner rechten Hand und zog es langsam zu sich heran. Darauf geschah etwas Seltsames: Der Holzfäller, der auf dem Pfad zu laufen meinte, trat offensichtlich langsam ins Sumpfgebiet ein. Da schien er zu erschrecken, seine Schritte wurden schneller, er erblasste und atmete mit offenem Mund.

Der Erdgott drehte langsam seine rechte Faust. Daraufhin begann der Holzfäller im Kreis herumzulaufen, immer hastiger

---

* etwa 1,8 m

und schwer keuchend kehrte er stets wieder an die gleiche Stelle
zurück. Obwohl er wahrscheinlich versuchte aus dem Sumpf
zu fliehen, kreiste er nur ausweglos und wie gehetzt um die
gleiche Stelle herum. Schließlich brach der Holzfäller vor Angst
in Tränen aus. Dann begann er, die Hände in die Luft stre-
ckend, zu rennen.

Der Erdgott grinste voller Schadenfreude und beobachtete
das Ganze im Liegen. Der Holzfäller verlor endgültig den Kopf
und stürzte plötzlich erschöpft ins Wasser, darauf erhob sich
der Erdgott gemächlich. Er watete mit großen Schritten dorthin, wo der Holzfäller umgefallen war, und schleuderte den
Körper in Richtung der Wiese. Der Holzfäller plumpste ins
Gras, stöhnte, schien sich ein wenig zu bewegen, aber kam noch
nicht zu sich.

Der Erdgott lachte laut. Seine Stimme erzeugte eine unheil-
volle Schallwelle, die in den Himmel hochstieg. Der in den
Himmel hochgestiegene Laut prallte von dort bald zurück, fiel
raschelnd auch auf die Birke hinunter. Vor Schreck änderte sich
plötzlich ihr Gesichtsausdruck, mit ihren im Licht bläulich
durchsichtigen Blättern zitterte sie heftig.

Während der Erdgott sich wieder mit beiden Händen die
Haare raufte, dachte er nach. »Dass ich so gar keinen Spaß habe,
daran ist in erster Linie der Fuchs schuld. Es ist jedoch eher
wegen der Birke als wegen des Fuchses. Es ist wegen des Fuchses und der Birke. Aber ich bin der Birke nicht böse. Aber wenn
ich versuche, ihr nicht böse zu sein, geht es mir miserabel. Wenn
die Birke mir einerlei wäre, wäre mir der Fuchs umso mehr egal.
Ich bin nichtswürdig, aber schließlich bin ich ein Gott. Und es
ist beschämend, dass ich mir die Sache mit dem Fuchs so zu
Herzen nehme. Aber trotzdem geht er mir nicht aus dem Sinn,
da kann ich nichts machen. Auch das mit der Birke sollte ich
vergessen. Aber ich kann es überhaupt nicht vergessen. Heute
Morgen erblasste sie und zitterte. Wie großartig sie war, kann
ich schon gar nicht vergessen. Ich war verärgert und hatte

schlechte Laune, deswegen quälte ich diesen elenden Menschen. Aber da ist nichts zu machen. Jeder, der schlechte Laune hat, tut etwas, das er selbst nicht versteht.«

Der Erdgott fühlte sich gequält und zerrissen. Im Himmel flog ein Falke hoch in den Lüften, der Erdgott erblickte ihn, blieb aber diesmal stumm.

Aus sehr, sehr weiter Entfernung vernahm er Gewehrschüsse, wahrscheinlich von den Manövern der Kavallerie, es klang wie knisterndes Salz. Blaugrüne Strahlen strömten vom Himmel auf das Feld herab. Vielleicht weil der kurz zuvor ins Gras geworfene Holzfäller sie einatmete, kam er endlich wieder zu sich, richtete sich ängstlich auf und schaute sich immer wieder in der Umgebung um.

Dann stand er plötzlich auf und machte sich eiligst aus dem Staub. Er floh in Richtung des Berges Mitsumori. Als der Erdgott dies sah, lachte er erneut schallend. Seine Stimme stieg wieder in den blauen Himmel und fiel auf halbem Weg plötzlich auf die Birke herunter. Die Birke änderte erschrocken die Farbe ihrer Blätter, unmerklich zitterte sie. Nachdem der Erdgott viele Male um seinen kleinen Schrein herumgekreist war, schien er sich endlich zu beruhigen. Plötzlich ließ er seine Gestalt im Schrein verschwinden.

Kapitel 4

Es war ein sehr nebliger Abend im August. Der Erdgott fühlte sich unsagbar einsam und hatte darüber hinaus einfach schlechte Laune, deswegen trat er aus seinem kleinen Schrein heraus. Seine Füße führten ihn, ohne dass er es merkte, in Richtung der Birke. Irgendwie begann sein Herz immer dann plötzlich zu klopfen, wenn er über die Birke nachsann. Außerdem fühlte er sich heftig hin und her gerissen. In diesen Tagen erlebte er sich selbst als anders, wie besser geworden. Darum versuchte er an den Fuchs und auch an die Birke möglichst nicht zu denken,

aber vergebens, er konnte es nicht verhindern. »Ich bin doch ein
Gott, und welche Bedeutung könnte eine Birke wohl für mich
haben?« Tagtäglich, tagtäglich hatte er, der Erdgott, sich zu
überzeugen versucht. Aber er fühlte sich dabei einfach traurig.
Besonders wenn er sich auch an den Fuchs erinnerte, empfand
er einen Schmerz, als ob sein Körper brennen würde.

Während der Erdgott verschiedenen tiefgründigen Gedanken
nachhing, kam er langsam in die Nähe der Birke. Inzwischen
war ihm klar geworden, dass er zu der Birke gehen wollte. Da
begann sein Herz plötzlich zu jubeln. »Wirklich, weil ich lange
Zeit nicht hingegangen bin, könnte es sein, dass die Birke auf
mich wartet, irgendwie scheint es so zu sein und wenn es so ist,
tut es mir leid«. Solche Gedanken überwältigten den Erdgott.
Während er forsch das Gras betrat, hüpfte sein Herz und er lief
mit großen Schritten weiter. Aber diese kräftigen Schritte wurden mit der Zeit unbeständig, dann musste der Erdgott steif
stehen bleiben, als ob sein Kopf von einer blauen Traurigkeit
übergossen würde. Denn der Fuchs war da. Es war Nacht geworden und durch den Nebel im trüben Mondlicht war bloß
die Stimme des Fuchses zu hören.

»Ja, es ist freilich so. Weil es einfach dem Gesetz der Symmetrie entspricht, ist das kein Grund, es schön zu nennen. Es
ist eine vergangene Schönheit.«

»Bestimmt ist es so«, war die ruhige Stimme der Birke zu
hören.

»Die wirkliche Schönheit entspricht nicht einem festgelegten,
versteinerten Modell. Wenn etwas dem Gesetz der Symmetrie
entspricht, ist es in der Tat wünschenswert, dass die Symmetrie
in Wirklichkeit nur als Idee da ist.«

»Wirklich, es ist so, denke ich«, sagte erneut die freundliche
Stimme der Birke. Diesmal hatte der Erdgott das Gefühl, dass
sein ganzer Körper, mitten in ein pfirsichfarbenes Feuer getaucht,
brennen würde. Er begann unruhig zu atmen, wirklich, er
konnte es nicht aushalten. »Was tut mir so weh? Das ist bloß ein

kleines Gespräch mitten im Feld zwischen der Birke und dem Fuchs. Wenn du dich durch so etwas beunruhigen lässt, kannst du dich dann noch Gott nennen?«, klagte er sich selbst an.

Der Fuchs sagte weiter: »Daher wird in jedem Ästhetikbuch so etwas erörtert.«

»Besitzen Sie denn viele Ästhetikbücher?«, fragte die Birke.

»Also, ich habe nicht viele, aber die meisten in japanischer, englischer und auch in deutscher Sprache besitze ich. Diejenigen in italienischer Sprache sind neu erschienen, sie sind bis jetzt noch nicht angekommen.«

»Wie prächtig muss Ihr Arbeitszimmer wohl aussehen!«

»Nein, es ist völlig unordentlich, überdies wird es gleichzeitig als Forschungslabor benutzt. In jener Ecke befindet sich ein Mikroskop, in dieser die London Times, ein Cäsar aus Marmor liegt herum, es ist ein totales Durcheinander.«

»Oh, es muss prächtig sein, wirklich, es muss prächtig sein.«

Der Fuchs gab einen bescheiden-selbstgefälligen Laut von sich, dann wurde es eine Weile still.

Der Erdgott konnte das überhaupt nicht aushalten. Als er das Gerede des Fuchses hörte, schien es ihm, dass dieser gebildeter sei als er selbst. »Ich bin doch ein Gott«, hatte er sich immer eingeredet, aber diesmal konnte er sich nicht mehr überzeugen. »Ach, es ist hart, sehr hart, soll ich schnell hingehen und den Fuchs einfach in Stücke reißen?, aber an so etwas darf ich nicht einmal im Traum denken, aber was bin ich eigentlich?, im Grunde bin ich dem Fuchs unterlegen, was soll ich denn tun?«, grübelte der Erdgott und begann sich an der Brust zu kratzen.

»Ist jenes Fernrohr noch nicht gekommen?«, fragte die Birke.

»Ja, jenes Fernrohr. Es ist noch nicht gekommen. Es wird noch eine Weile dauern. Denn die Europaroute ist ziemlich in Unordnung. Sobald es da ist, werde ich es mitbringen und Ihnen vorführen. Die Saturnringe zum Beispiel sind sehr schön.«

Der Erdgott hielt sich plötzlich mit beiden Händen die Ohren zu und rannte Hals über Kopf Richtung Norden davon.

Hätte er das nicht getan, so hätte er vor sich selber Angst bekommen, da er nicht wusste, was er hätte anstellen können. Atemlos fiel er am Fuß des Berges Mitsumori um.

Während er sich die Haare raufte, wälzte er sich im Gras. Dann weinte er mit lauter Stimme. Diese Stimme stieg wie ein unzeitiges Donnergrollen in den Himmel und verbreitete sich über die ganzen Felder. Der Erdgott weinte, weinte sich müde und bei Tagesanbruch kehrte er in Gedanken versunken zu seinem kleinen Schrein zurück.

Kapitel 5

Mittlerweile war es endlich Herbst geworden. Die Birke war noch immer ganz grün, aber die Borstenhirse in ihrer Umgebung hatte schon goldgelbe Ähren, die im Wind glänzten, da und dort trugen die Maiglöckchen reife, rote Früchte.

An einem klaren, goldenen Herbsttag war der Erdgott ausgesprochen gut gelaunt. Die verschiedenen bitteren Erfahrungen, die er seit dem Sommer gemacht hatte, schienen sich ihm alle gleichsam in einen herrlichen Dunst zu verwandeln, der wie ein Ring seinen Kopf umgab. Und dann hatte er das Gefühl, dass sein boshafter Charakter irgendwohin verschwunden sei. »Wenn die Birke mit dem Fuchs sprechen möchte, soll sie sprechen, wenn beide gerne miteinander sprechen, ist es wirklich eine erfreuliche Sache.« Mit der Absicht, ihr diese Gedanken mitzuteilen, lief der Erdgott leichten Herzens in Richtung der Birke.

Die Birke sah ihn von weitem herankommen.

Sie war wie gewohnt besorgt und wartete zitternd.

Der Erdgott näherte sich und grüßte unbefangen.

»Frau Birke, guten Morgen. Es ist wirklich ein herrlicher Tag heute.«

»Schönen guten Morgen. Ja, es ist ein herrlicher Tag.«

»Ich möchte für die göttliche Ordnung danken. Der Frühling ist rot, der Sommer ist weiß, der Herbst ist gelb und wenn der

Herbst gelb wird, werden die Trauben violett. Wirklich, ich möchte mich dafür bedanken.«

»Ja, ich bin auch Ihrer Meinung.«

»Heute fühle ich mich sehr wohl. Seit diesem Sommer habe ich einige bittere Erfahrungen gemacht, erst seit heute Morgen fühle ich mich unerwartet erleichtert.«

Die Birke wollte antworten, aber irgendwie hatte sie ein bedrückendes Gefühl, sie zögerte.

»Heute möchte ich gern allen mein Leben schenken. Wenn ein Regenwurm sterben müsste, würde ich für ihn sterben«, sagte der Erdgott und betrachtete die Weite des blauen Himmels. Seine Augen waren dunkel und großartig.

Die Birke versuchte wieder eine Antwort zu geben, doch fühlte sie sich so bedrückt, dass sie nur einen Seufzer von sich gab.

Genau da kam der Fuchs.

Als er den Erdgott bemerkte, änderte sich plötzlich seine Gesichtsfarbe. Aber da er keinen Grund hatte kehrtzumachen, lief er leicht zitternd weiter, bis er vor der Birke stand.

»Frau Birke, guten Morgen. Die Person, die sich bei Ihnen aufhält, ist der Erdgott, nicht wahr?« So sprach der Fuchs, der die roten Lederschuhe und einen braunen Regenmantel angezogen hatte und immer noch einen Sommerhut trug.

»Ich bin der Erdgott. Schönes Wetter, nicht wahr?«, sagte der Erdgott gut gelaunt. Während der Fuchs vor Eifersucht erblasste, sprach er zu der Birke:

»Bitte entschuldigen Sie, dass ich Sie besuche, wenn Sie gerade einen Gast haben. Hier ist das Buch, das ich Ihnen kürzlich versprochen habe. Und dann werde ich Ihnen das Fernrohr irgendwann an einem klaren Abend präsentieren. Auf Wiedersehen.«

»Oh, vielen Dank.« Während die Birke dies sagte, hatte sich der Fuchs schon wieder auf den Weg gemacht, ohne den Erdgott zu grüßen. Die Birke wurde plötzlich bleich, wieder bebte sie leicht.

Der Erdgott blieb eine Weile in Gedanken versunken stehen und verfolgte den Fuchs mit den Augen, aber gerade als die roten Lederschuhe des Fuchses im Gras aufblitzten, schrak er zusammen und ihm wurde plötzlich schwindlig. Der Fuchs lief wirklich selbstgefällig mit hochgezogenen Schultern und schwungvoll davon. Der Erdgott steigerte sich in seinen Ärger hinein. Sein Gesicht veränderte sich und wurde ganz dunkel. »Das Ästhetikbuch und auch das Fernrohr, verdammt, er soll schon sehen, wozu ich fähig bin!«, und plötzlich rannte er dem Fuchs hinterher. Die Birke verlor die Fassung und ihre Äste zitterten auf einmal. Auch der Fuchs fragte sich, was los sei, und als er unwillkürlich zurückschaute, kam ihm der Erdgott wie ein dunkler Sturm hinterher. Himmel! Der Fuchs bekam plötzlich eine andere Gesichtsfarbe und verzog den Mund, er floh schnell wie der Wind.

Der Erdgott hatte das Gefühl, alle Gräser der Umgebung würden wie weißes Feuer brennen. Er meinte auch, dass selbst der Himmel, der blau schimmerte, sich plötzlich in eine schwarze Höhle verwandelt hätte, auf deren Boden rote Flammen zischend loderten.

Beide keuchten und rasten wie Züge dahin.

»Es ist bald zu Ende, es ist bald zu Ende, das Fernrohr, das Fernrohr, das Fernrohr«, während dem Fuchs immer wieder solche Gedanken durch den Kopf schossen, rannte er wie benebelt davon.

Weiter vorne gab es einen baumlosen kleinen Hügel. Der Fuchs wollte in ein rundes Loch an seinem Fuß verschwinden, aber drehte sich noch einmal um. Dann versuchte er auf einmal mit eingezogenem Kopf hineinzuspringen und als er die Hinterfüße leicht hob, da stürzte sich der Erdgott von hinten auf ihn. Sofort verdrehte er seinen Körper, der Kopf des Fuchses, der mit spitzem Maul ein wenig lächelte, hing in den Händen des Erdgottes schlaff herunter.

Plötzlich warf der Erdgott den Fuchs zu Boden und trat vier-, fünfmal an verschiedenen Stellen auf ihn ein. Dann sprang er in den Fuchsbau hinein. Drinnen war es leer und dunkel, er sah nur festgestampfte rote Erde. Er riss den Mund schief auf und trat mit einem merkwürdigen Gefühl nach draußen.

Er steckte seine Hand in die Manteltasche des Fuchses, der tot vor ihm lag. In der Tasche befanden sich zwei braune Knäuelgras-Ähren. Der Erdgott begann, den Mund noch immer offen, mit ungeheuerlicher Stimme zu weinen.

Seine Tränen fielen wie Regen auf den Fuchs, dessen Kopf immer mehr erschlaffte und der im Tod leicht lächelte.

Kenji Miyazawa

Kenjus Parkwäldchen

Kenju, der seinen Kimono immer mit einem Seil als Gurt zuband, lief langsam im Wald oder zwischen den Äckern herum und lachte.

Er freute sich und seine Augen funkelten jedes Mal, wenn er bei Regen die bläulichen Büsche sah oder wenn er einen Falken erblickte, der hoch im blauen Himmel herumflog. Dann machte er einen Luftsprung, klatschte in die Hände und erzählte es allen.

Aber da die Kinder Kenju immer auslachten und ihn für strohdumm hielten, tat Kenju mit der Zeit so, als ob er nicht lachen würde.

Wenn der Wind kräftig blies und die Blätter der Buche im Licht glänzten, freute sich Kenju so sehr, dass er gegen sein Lachen nicht ankämpfen konnte. Ohne es zu wollen, machte er den Mund ganz gewaltig weit auf und täuschte über sein Lachen hinweg, indem er nur ein unterdrücktes »Haha« ausstieß. Er blickte andauernd zu dieser Buche auf und blieb lange Zeit darunter stehen.

Ab und zu rieb er mit einem Finger eine Stelle neben seinem groß aufgerissenen Mund, tat so, als ob ihn dort etwas jucken würde, und lachte nur mit dem Atem.

Von Weitem sah es wirklich so aus, als ob Kenju sich mit dem Finger an der Stelle neben dem Mund kratzen oder als ob er gähnen würde, aber in der Nähe konnte man natürlich den lachenden Atem hören und auch die Lippen zucken sehen. Deshalb verspotteten ihn die Kinder trotzdem.

Wenn Kenju von seiner Mutter den Auftrag bekommen hätte, 500 Eimer Wasser zu schöpfen, hätte er das getan. Er hätte auch den ganzen Tag auf den Feldern Unkraut gejätet. Aber weder Kenjus Mutter noch sein Vater trugen ihm so etwas auf.

Hinter Kenjus Haus gab es ein Feld, welches ungefähr die Größe eines Sportplatzes hatte und nicht als Ackerland bearbeitet wurde.

Eines Tages, als der weiße Schnee noch auf dem Berg lag und die frischen Gräser auf den Feldern noch nicht gesprossen waren, kam Kenju plötzlich zu seiner Familie gerannt, welche die Reisfelder bestellte, und sagte:

»Bitte, Mutter, kauf mir 700 Zedernjungpflanzen.«

Kenjus Mutter stellte die glänzende, dreizackige Hacke ab, starrte in Kenjus Gesicht und sagte:

»700 Zedernjungpflanzen, wo sollen sie gepflanzt werden?«

»Auf dem Feld hinter dem Haus.«

Darauf sagte Kenjus älterer Bruder:

»Kenju, auch wenn man dort Zedernbäumchen pflanzt, werden an diesem Ort keine Zedern wachsen. Hilf uns stattdessen ein wenig die Reisfelder zu bestellen.«

Kenju war verunsichert, zögerte und blickte zu Boden. Darauf sagte von drüben der Vater, seinen Schweiß abwischend und sich aufrichtend: »Kauft sie ihm, kauft sie ihm. Bis jetzt hat Kenju überhaupt nie um etwas gebeten. Kauft sie ihm.«

Da schien Kenjus Mutter auch erleichtert und lachte.

Kenju freute sich riesig, gleich lief er auf geradem Weg zum Haus zurück. Dort nahm er eine Feldhacke aus der Scheune und fing an, damit Unkraut auszustechen und die Löcher für die Zedernjungpflanzen zu graben.

Kenjus älterer Bruder war ihm hinterhergekommen und als er dies sah, sagte er:

»Kenju, erst wenn man die Zedern setzen will, muss man Löcher graben. Warte bis morgen. Ich werde die Jungpflanzen für dich kaufen gehen.«

Kenju legte verlegen die Hacke hin.

Am nächsten Tag war der Himmel aufgeklart, der Schnee auf den Bergen war leuchtend weiß und die Feldlerche flog hoch, hoch hinauf und sang »tschiitschiku tschiitschiku.« Da lächelte Kenju fröhlich, anscheinend konnte er es nicht unterdrücken. Diesmal fing er an, vom nördlichen Rand her Löcher für die Zedernjungpflanzen zu graben, wie es ihm der ältere Bruder gezeigt hatte. Er grub sie wirklich schnurgerade hintereinander und im richtigen Abstand. Kenjus älterer Bruder pflanzte darin je eine Jungpflanze ein.

Da kam gerade Heiji heran, der nördlich des Feldes einen Acker besaß, eine Pfeife im Mund, die Hände in den Kimonoärmeln versteckt und die Schultern eingezogen, als ob ihm kalt wäre. Heiji arbeitete manchmal auf dem Feld, aber eigentlich verrichtete er sonstige Arbeiten, solche, die andere Leute verabscheuen. Heiji sagte zu Kenju: »Hei, Kenju, an diesem Ort Zedern zu pflanzen, du bist nicht ganz bei Trost. Und vor allem werden sie Schatten auf meinen Acker werfen.«

Kenju wurde rot im Gesicht, es machte den Anschein, als ob er etwas dazu sagen wollte, aber er brachte nichts heraus und zögerte. Da sagte Kenjus älterer Bruder aus dem Hintergrund: »Heiji, guten Morgen«, und stand auf. Heiji aber murrte, während er sich langsam entfernte.

Dass auf diesem Grasland Zedern gepflanzt wurden, darüber wurde gespottet und keineswegs nur von Heiji.

An einem solchen Ort könnten Zedern und dergleichen nicht wachsen, da der Boden hart und lehmig sei, sagten alle, und weiter sagten sie, dass dieser Dummkopf wirklich ein Dummkopf sei.

Sie schienen tatsächlich recht zu behalten. Fünf Jahre lang wuchsen die grünen Stämme der Zedern in den Himmel, aber danach bekamen sie langsam runde Köpfe und im siebten und achten Jahr waren sie noch immer auf der Höhe von 9 Shaku˙.

* etwa 2,7 m

Als Kenju eines Morgens vor dem Wäldchen stand, sagte ein Bauer zum Scherz:

»Hallo, Kenju. Willst du nicht diese Zedern auslichten?«

»Was heißt auslichten?«

»Auslichten heißt, die unteren Äste abhauen, mit dem Buschmesser macht man das.«

»Auch ich werde die Äste abhauen.«

Kenju rannte weg und holte ein Buschmesser.

Dann begann er von den Zedern, einer nach der anderen, die unteren Äste abzuhauen. Aber da die Zedern nur 9 Shaku hoch waren, musste sich Kenju etwas bücken, um unter sie zu kommen.

Am frühen Abend waren an jedem Baum nur drei, vier Äste übrig, der Rest war vollständig abgehauen worden. Die dunkelgrünen Äste bedeckten überall das wilde Gras, dieses kleine Wäldchen war nun hell und fast leer geworden. Da es auf einmal so leer geworden war, fühlte sich Kenju irgendwie unbehaglich, sein Herz war schmerzerfüllt.

Kenjus älterer Bruder, der vom Feld zurückkehrte, kam dort vorbei und als er das Wäldchen sah, musste er lachen. Er sagte gut gelaunt zu dem in Gedanken versunkenen Kenju:

»Oh, lass uns die Äste einsammeln, das wird viel gutes Brennmaterial geben. Das Wäldchen sieht jetzt auch großartig aus.«

Da war Kenju endlich erleichtert, er ging mit dem älteren Bruder unter den Zedern durch und sie sammelten alle abgeschnittenen Äste ein. Das wilde Gras darunter war kurz und schön und sah aus wie ein Platz, auf dem taoistische Heilige Go spielen könnten.

Aber am nächsten Tag, als Kenju in der Scheune wurmzerfressene Bohnen aussortierte, hörte er aus der Richtung des Wäldchens einen ohrenbetäubenden Lärm.

Man vernahm hier und dort kommandierende Stimmen, solche, die Trompeten nachahmten, sowie den Lärm von trampelnden Füßen und auch Stimmen, die in Lachen ausbrachen.

Sie waren so laut, dass jeder Vogel in der Umgebung aufgestoben wäre. Kenju erschrak und lief hin, um nachzusehen.

Da, welch eine Überraschung, die von der Schule zurückkehrenden Kinder, etwa fünfzig an der Zahl, waren dort versammelt und marschierten im Gleichschritt hintereinander zwischen den Zedern umher. Plötzlich waren die in Reihen stehenden Zedern, egal, wo man ging, wie Alleebäume. Die Kinder freuten sich riesig, denn es sah so aus, als ob die Zedern blaue Kleider tragen und auch in Reihen marschieren würden. Alle Kinder hatten hochrote Gesichter und schrien wie Würgervögel, während sie durch die Zedernreihen liefen. Die Reihen erhielten schnell Namen wie Tokyo-, Russland- und auch Europa-Landstraße.

Auch Kenju freute sich und während er sich hinter den Zedern versteckt hielt, öffnete er den Mund ganz weit und lachte, haa haa.

Von da an versammelten sich die Kinder tagtäglich dort.

Nur an Regentagen kamen sie nicht.

An einem solchen Tag stand Kenju im Regen, der vom zarten weißen Himmel rieselte, ganz alleine vor dem Wäldchen, mit völlig durchnässtem Körper.

»Herr Kenju. Auch heute stehen Sie Wache bei dem Wäldchen, nicht wahr?«, sagte jemand lachend, der mit einem Regenmantel bekleidet vorbeilief. An den Zedern hingen schwarzmilanfarbene Zapfen, von den herrlichen grünen Zweigspitzen rieselten die klaren, kalten Regentropfen, potari, potari, herab. Kenju blieb eine Ewigkeit lang dampfend im Regen stehen, öffnete den Mund weit, atmete keuchend.

Es geschah an einem Morgen mit dichtem Nebel.

Unerwartet begegnete Kenju in einem Röhricht Heiji. Nachdem Heiji sich umgeschaut hatte, brüllte er mit bösem Wolfsgesicht:

»Kenju, du musst deine Zedern fällen!«

»Warum?«

»Sie werfen Schatten auf mein Feld.«

Kenju schwieg und blickte zu Boden. Der Schatten der Zedern auf Heijis Feld, von dem die Rede war, betrug nicht mehr als 5 Sun*. Außerdem bildeten die Zedern einen Schutz gegen die starken Winde, die vom Süden bliesen.

»Fällen, fällen, du musst sie fällen!«

»Ich werde sie nicht fällen.« Kenju schaute auf und sagte es beinahe drohend. Seine Lippen zuckten, jeden Augenblick hätte er in Tränen ausbrechen können. Wirklich, dies waren die einzigen rebellischen Worte, die Kenju in seinem ganzen Leben gegen jemanden äußerte.

Aber Heiji, der das Gefühl hatte, der einfältige Kenju würde ihn zum Narren halten, wurde wütend, seine Schultern spannten sich und er schlug plötzlich auf Kenjus Wange. Er schlug ihn immer wieder auf die Wangen. Kenju hielt sich mit der Hand die geschlagene Wange, ließ sich schweigend weiter schlagen. Mit der Zeit erschien ihm die Umgebung rings um ihn ganz blass und er schwankte. Da wurde es Heiji unheimlich, er verschränkte die Arme und entfernte sich schwerfällig im Nebel.

Im folgenden Herbst erkrankte Kenju an Typhus und starb. Auch Heiji war etwa zehn Tage vor ihm an derselben Krankheit gestorben.

Aber auch weiterhin versammelten sich die Kinder tagtäglich in dem Wäldchen. Die Geschichte setzte sich fort.

Im nächsten Jahr fuhr schon eine Eisenbahn durch das Dorf und ungefähr 3 Cho** östlich von Kenjus Haus wurde der Bahnhof errichtet. Hier wurde eine große Keramikfabrik, dort eine Garnspinnerei eröffnet. Die Äcker und Felder in der Nähe verschwanden schnell, es wurden Häuser gebaut und irgendwann

* etwa 15 cm

** etwa 327 m

wurde daraus eine Stadt. In ihr blieb, aus welchem Grund auch immer, nur Kenjus Wäldchen unverändert. Die Zedern hatten endlich 1 Jo* erreicht und tagtäglich versammelten sich die Kinder dort. Da das Schulhaus gleich in der Nähe stand, meinten sie, dieses Wäldchen und der Rasen südlich davon seien eine Erweiterung ihres Sportplatzes.

Kenjus Vater hatte schon ganz weiße Haare. Denn seit Kenjus Tod waren beinahe zwanzig Jahre vergangen. Eines Tages kehrte ein junger Professor, der vor langer Zeit aus dem Dorf weggegangen war und jetzt an irgendeiner amerikanischen Universität lehrte, nach über fünfzehn Jahren in die Heimat zurück.

Wo waren die Felder und Wälder von damals geblieben? Auch die meisten Bewohner der Stadt waren neu, aus anderen Orten zugezogen.

Eines Tages wurde dieser Professor von der Volksschule gebeten in der Aula des Schulhauses über das Land, in dem er jetzt lebte, einen Vortrag zu halten.

Als der Vortrag zu Ende war, ging der Professor zusammen mit dem Schuldirektor und anderen auf den Sportplatz und weiter in Richtung von Kenjus Wäldchen.

Da rückte der junge Professor erstaunt immer wieder seine Brille zurecht und sagte schließlich wie zu sich selbst: »Ach, hier stehe ich genau wie früher. Auch die Bäume sind gleich geblieben. Sie wirken nur eher etwas kleiner. Auch die Kinder spielen hier. Ach, sind meine damaligen Freunde und ich wohl auch dabei?« Der Professor schien plötzlich wieder zu sich zu kommen, sein Gesicht hellte sich auf und er sagte zum Schuldirektor:

»Befindet sich hier jetzt der Sportplatz der Schule?«

»Nein. Das Grundstück hier gehört zu jenem Haus dort, den Bewohnern des Hauses aber macht es nichts aus, die Kinder

---

* etwa 3 m

können sich hier versammeln. Deshalb scheint es inzwischen so, als ob es ein Teil des Sportplatzes wäre, aber in Wahrheit ist es anders.«

»Das sind aber wundersame Leute, nicht wahr, wie kommt das?«

»Nachdem hier die Stadt entstanden war, haben immer wieder alle zu ihnen gesagt, sie sollten es verkaufen. Aber ein älteres Familienmitglied habe geantwortet, dies sei das einzige Andenken an Kenju, auch wenn es finanzielle Schwierigkeiten gäbe, wollten sie diesen Ort nicht aus der Hand geben.«

»Ach so, ja, ich erinnere mich, ich erinnere mich. Wir waren der Meinung, dass dieser Mann mit Namen Kenju etwas zurückgeblieben sei. Er war ein Mensch, der immer lachte, ›ha ha‹. Täglich stand er hier irgendwo und beobachtete uns beim Spielen. Alle diese Zedern soll er auch gesetzt haben. Ach, da weiß man nicht, wer klug und wer nicht klug ist. Die zehn Geisteskräfte des Buddhas bewirken so Wundersames. Hier hat sich die ganze Zeit diese schöne Parkanlage für die Kinder erhalten. Wie wäre es, wenn wir diesen Platz ›Kenjus Parkwäldchen‹ nennen würden und er für immer so bliebe, wie er jetzt ist?«

»Das ist eine gute Idee. Wie glücklich werden die Kinder sein, wenn es so bleibt!«

Nun, es wurde wie geplant umgesetzt.

Mitten auf dem Rasen vor dem Wäldchen der Kinder wurde ein Gedenkstein aus blauem Peridotit aufgestellt, in den »Kenjus Parkwäldchen« gemeißelt war.

Von den ehemaligen Schülern, die jetzt schon hervorragende Staatsanwälte oder auch Offiziere waren oder die im Ausland immerhin kleine Plantagen besaßen, bekam die Schule viele Briefe und Geldspenden.

Kenjus Familie weinte vor Freude.

In der Tat, die herrliche dunkelgrüne Farbe der Zedern dieses Parkwäldchens, der frische Duft, der kühle Schatten und der mondscheinfarbene Rasen haben unzählige Menschen erkennen lassen, was wahre Glückseligkeit ist.

Das Wäldchen ließ wie zu Kenjus Zeit jedes Mal, wenn es geregnet hatte, klare kühle Tropfen, potari potari, auf das niedrige Gras fallen und wenn die Sonne schien, strömte es frische, saubere Luft aus.

Kenji Miyazawa

Das Restaurant, in dem viel verlangt wurde

Zwei junge Gentlemen, ganz in der Art englischer Soldaten gekleidet, ein glänzendes Gewehr mit sich tragend und begleitet von zwei Hunden, die wie Eisbären aussahen, sprachen untereinander, während sie tief in den Bergen, wo die Blätter der Bäume raschelten, herumliefen: »Eigentlich ist es schlimm hier in diesen Bergen, nicht wahr? Es gibt nicht mal einen Vogel und auch kein einziges vierbeiniges Tier. Ich möchte doch schnell, egal was, tan taan, schießen.«

»Wenn wir zwei-, dreimal auf die gelben Lenden von Rehen schießen könnten, wäre das wirklich herrlich, nicht wahr? Sie würden sich schnell umdrehen und dann auf einmal, platsch, umfallen, nicht?«

Sie befanden sich so tief in den Bergen, dass auch der professionelle Jäger, der sie begleitet hatte, sich nicht mehr zurechtgefunden und irgendwie verlaufen hatte.

Da der Berg so unheimlich war, wurde den wie Eisbären aussehenden Hunden beiden gleichzeitig schwindlig, sie stöhnten eine Weile, und nachdem sie Schaum erbrochen hatten, starben sie.

»Das ist für mich ein Schaden von 2400 Yen«, sagte einer der Gentlemen, nachdem er das Augenlid seines Hundes kurz aufgeklappt hatte.

»Für mich ist es ein Schaden von 2800 Yen«, sagte der andere ärgerlich und ließ den Kopf hängen.

Der erste Gentleman, dessen Gesichtsfarbe etwas fahler wurde, sagte, während er unverwandt die Miene des zweiten Gentlemans betrachtete: »Ich denke, dass ich zurückkehren möchte.«

»Mir ist jetzt kalt und ich bin hungrig, ich möchte auch umkehren.«

»Also, lass uns damit Schluss machen. Und auf dem Rückweg können wir Waldvögel, für höchstens 10 Yen, in dem Gasthof von gestern kaufen.«

»Es gab auch Hasen, nicht? So könnten wir unser Jagdpech doch noch ausgleichen. Also lass uns zurückkehren.«

Das Problem war, dass sie leider keine Ahnung hatten, in welche Richtung sie sich wenden sollten, um zurückzukehren.

Der Wind fing sehr stark an zu blasen, das Gras rauschte, die Blätter der Bäume raschelten, die Bäume schlugen, goton, goton, aneinander.

»Ich habe einfach Hunger und schon lange Seitenstechen, es ist kaum auszuhalten.«

»Mir geht es gleich. Ich habe keine Lust mehr herumzulaufen.«

»Ich mag nicht mehr laufen, ach, es ist schlimm, ich möchte etwas essen.«

»Ich möchte auch etwas essen.«

Solche Gespräche führten die beiden Gentlemen inmitten des rauschenden Stielblütengrases.

Plötzlich, als sie sich umschauten, sahen sie ein herrliches Haus in westlichem Stil. Und an seinem Eingang war auf einem Schild Folgendes zu lesen:

Restaurant
Europäische Küche
WILDCAT HOUSE
Bergkatzenklause

»Du, wir sind hier genau richtig. Hier sieht es wirklich modern aus. Lass uns eintreten.«

»Hm, an so einem Ort ist das seltsam, nicht wahr? Aber auf jeden Fall könnte es etwas zu essen geben.«

»Natürlich gibt es etwas, na klar. Es steht ja so auf dem Schild geschrieben.«

»Lass uns eintreten. Ich möchte schon irgendetwas essen, ich bin zum Umfallen hungrig.«

Die beiden standen vor dem Eingang. Er war aus weißen Seto-Backsteinen gemauert, es war wirklich ein herrlicher Eingang. Und dann gab es eine Flügeltür aus Glas, auf der mit goldenen Buchstaben geschrieben stand:

Wer auch immer Sie sind, bitte treten Sie ein.
Bitte genieren Sie sich nicht.

Da sprachen die beiden höchst erfreut: »Was für ein Glück, auf dieser Welt ist es nicht immer schlimm. Heute haben wir den ganzen Tag über Kummer gehabt und jetzt stoßen wir auf so eine gute Gelegenheit. Dieses Haus ist ein Restaurant, aber man lädt uns sogar zum Essen ein.«

»Es scheint irgendwie so zu sein. Man soll sich ja nicht genieren.«

Die zwei stießen die Tür auf und traten ein. Da standen sie gleich in einem Gang. Auf der Rückseite der Glastüren war Folgendes mit goldenen Buchstaben geschrieben:

Vor allem wohlgenährte und junge Gäste
sind hier sehr willkommen.

Dass sie hier offenbar so gern gesehen waren, freute die beiden sehr.

»Du, wir sind hier wirklich sehr willkommen.«

»Denn wir erfüllen beide Bedingungen.«

Als sie flott den Gang entlanggingen, trafen sie diesmal auf eine Tür, die mit hellblauer Farbe gestrichen war.

»Ah, das ist aber ein seltsames Haus. Wieso gibt es denn so viele Türen?«

»Das ist die russische Art. An kalten Orten und in den Bergen ist es ja immer so.«

Als sie die Tür eben aufmachen wollten, bemerkten sie, dass darauf mit gelben Buchstaben Folgendes geschrieben war:

Nehmen Sie bitte hier zur Kenntnis,
dass in diesem Restaurant viel verlangt wird.

»Es ist offenbar gut besucht. Mitten in solchen Bergen.«

»Ja, das stimmt. Aber sieh mal, auch in den Hauptstraßen von Tokyo gibt es nicht viele große Restaurants.«

Während die beiden so sprachen, stießen sie die Tür auf. Sie lasen auf ihrer Rückseite:

Es wird wirklich viel verlangt werden,
seien Sie doch bitte jedes Mal geduldig.

»Was bedeutet das Ganze?« Einer der Gentlemen runzelte die Stirn.

»Hm, das heißt wohl, es gibt viele Bestellungen und man benötigt für deren Zubereitung viel Zeit. Deshalb entschuldigen sie sich.«

»Das ist wohl möglich. Könnten wir doch schnell in irgendein Zimmer hineingehen, nicht?«

»Dann könnten wir uns an einen Tisch setzen, nicht?«

Aber, so lästig es auch war, es gab wieder eine Tür. Daneben hing ein Spiegel, unter dem eine Bürste mit langem Stiel lag. An der Tür stand mit roten Buchstaben geschrieben:

Verehrte Gäste, bringen Sie hier bitte Ihre Haare in Ordnung
und dann entfernen Sie bitte den Schmutz von Ihren Schuhen.

»Das ist nun wirklich angebracht. Ich habe das Lokal vorher beim Eintreten unterschätzt, weil wir uns mitten in den Bergen befinden.«

»Dieses Haus verlangt gute Manieren. Bestimmt kommen oft äußerst bedeutende Persönlichkeiten hierher.«

So bürsteten die beiden ihre Haare schön flach und entfernten den Schmutz von ihren Schuhen.

Aber was passierte denn da? Kaum lag die Bürste wieder auf dem Brett, da wurden ihre Umrisse undeutlich und schließlich war sie ganz verschwunden, ein starker Wind fegte durch den Raum.

Die beiden erschraken, sie wichen einander nicht von der Seite und öffneten die Tür mit einem Ruck. Sie gingen in den nächsten Raum hinein, denn sie hatten das Gefühl, wahnsinnig zu werden, wenn sie nicht schnell etwas Warmes zu essen bekämen und sich stärken könnten.

Auf der Innenseite der Tür war wieder etwas Merkwürdiges geschrieben:

Bitte legen Sie hier das Gewehr und die Kugeln ab.

Bei näherem Hinsehen erkannten sie gleich neben der Tür ein schwarzes Gestell.

»Tatsächlich, es ist unvernünftig, mit einem Gewehr zu essen.«

»Das finde ich nicht, aber vielleicht kommen ständig sehr einflussreiche Leute hierher.«

Die beiden nahmen die Gewehre ab, öffneten die Ledergürtel und legten alles auf das Gestell.

Wieder trafen sie auf eine Tür. Sie war schwarz.

Bitte ziehen Sie Ihre Mützen, Mäntel und Schuhe aus.

»Was meinst du? Sollen wir das tun?«

»Nichts zu machen, tun wir es. Sicher befinden sich da drinnen äußerst wichtige Persönlichkeiten.«

Die beiden hängten Mützen und Mäntel an den Nagel, zogen die Schuhe aus und traten, peta peta, durch die Tür ein.

Auf der Rückseite der Tür stand geschrieben:

Bitte legen Sie Ihre Krawattennadeln, Manschettenknöpfe,
Brillen, Geldbeutel sowie andere metallene Gegenstände,
besonders spitze Sachen, allesamt hier ab.

Gleich neben der Tür befand sich ein schwarz lackierter, prächtiger Geldschrank mit offenem Rachen. Es gab sogar einen Schlüssel.

»Aha, es scheint, dass man für irgendwelche Speisen Elektrizität braucht, nicht? Metallene Sachen sind gefährlich, besonders die spitzen Gegenstände sollen gefährlich sein.«

»Das ist möglich. So werden wir wohl auf dem Rückweg hier die Rechnung bezahlen?«

»Es wird wohl so sein.«

»Ganz bestimmt.«

Die beiden nahmen Brillen, Manschettenknöpfe und so weiter ab, legten alles in den Geldschrank und schlossen die Tür, patschin, ab.

Als sie ein Stück weitergegangen waren, trafen sie wieder auf eine Tür, vor der ein Gefäß aus Glas stand. An der Tür stand Folgendes geschrieben:

Bitte streichen Sie mit der Creme aus diesem Gefäß
Ihr Gesicht, Ihre Hände und Ihre Füße vollständig ein.

Als sie nachsahen, war die Substanz in dem Gefäß in Wirklichkeit Sahne.

»Was soll das wohl bedeuten, dass man sich mit Creme einstreichen soll?«

»Also, draußen ist es außerordentlich kalt, nicht wahr? Das ist eine Vorsichtsmaßnahme. Wenn es im Zimmer zu warm ist, könnten deswegen Risse in der Haut entstehen. Dort drinnen befinden sich wohl äußerst bedeutende Persönlichkeiten. Es ist gut möglich, dass wir an diesem Ort unverhofft Adlige kennen lernen.« Die beiden strichen mit der Sahne ihr Gesicht und auch ihre Hände ein, darauf zogen sie die Socken aus und beschmierten ihre Füße. Da trotzdem noch etwas übrig blieb, aßen sie heimlich davon, jeder für sich, während sie so taten, als würden sie ihr Gesicht damit einstreichen.

Dann öffneten sie in großer Eile die Tür, auf deren Rückseite geschrieben stand:

Haben Sie sich mit der Creme sorgfältig eingerieben?
Haben Sie auch die Ohren gut eingeschmiert?

Ein kleines Sahnetöpfchen war auch hier aufgestellt.

»Ach so, ich habe nichts an die Ohren gestrichen. Fast hätte ich Risse an den Ohren bekommen. Der Besitzer hier ist wirklich umsichtig, nicht?«

»Oh ja, alles ist bis ins kleinste Detail durchdacht. Im Übrigen möchte ich bald etwas zu essen bekommen, ach, wenn es immer nur neue Korridore gibt, kann man nichts machen.«

Schon standen sie vor der nächsten Tür, mit der Aufschrift:

Das Essen wird gleich folgen. Keine fünfzehn Minuten
mehr lassen wir Sie noch warten. Bald wird gegessen.
Schnell, besprühen Sie bitte Ihre Köpfe hinreichend
mit dem Parfum in der Flasche.

Vor der Tür war eine golden glänzende Parfumflasche aufgestellt. Die beiden sprühten, patscha patscha, das Parfum aus der Flasche auf ihre Köpfe. Aber dieses Parfum verströmte einen irgendwie essigartigen Duft.

»Dieses Parfum riecht merkwürdig nach Essig. Wie kommt das wohl?«

»Da ist ein Fehler passiert. Es wird wohl eine Magd sein, die vielleicht erkältet ist und irrtümlicherweise Essig statt Parfum hineingefüllt hat.«

Die beiden öffneten die Tür und traten ein.

Auf der Rückseite der Tür stand mit großen Buchstaben Folgendes geschrieben:

Wahrscheinlich war es Ihnen lästig, alles zu tun,
was verlangt wurde. Es tut mir leid. Jetzt nur noch eins:
Bitte reiben Sie sich den ganzen Körper gut mit dem
Salz ein, welches sich im Topf befindet.

Tatsächlich, dort stand ein prächtiges blaues Keramik-Salzgefäß, doch diesmal waren die beiden wirklich erschrocken, jeder schaute in das mit viel Sahne beschmierte Gesicht des anderen.

»Das ist aber irgendwie komisch.«

»Ich finde es auch komisch.«

»Dass hier viel verlangt wird, das galt uns!«

»Also, in den westlichen Restaurants werden, so wie ich es mir vorstelle, die westlichen Speisen nicht den Gästen serviert, sondern die Gäste werden als westliche Speisen verspeist, so wie hier. Mensch, das, letz…, letz…, letz…, letzten Endes, sind wi…, wi…, wir, wir …« Zitternd und bebend konnte er nichts mehr sagen.

»Mensch, wi…, wir …, naaah …« Zitternd und bebend konnte auch der andere nichts mehr sagen.

»Weg …« Zitternd und bebend versuchte einer der Gentlemen die Tür hinter ihnen wieder aufzustoßen, doch merkwürdigerweise bewegte sie sich kein bisschen.

Weiter hinten gab es noch eine Tür, aus welcher zwei große silberfarbige Schlüssellöcher in der Form von Gabel und Messer herausgeschnitten waren. Da stand geschrieben:

Also, vielen Dank für Ihre außerordentliche Mühe,
das haben Sie großartig gemacht. Willkommen in
meinem Inneren!

Dazu spähten durch die Schlüssellöcher zwei unruhige, blaue Augen.

»Uaah …«, Zittern und Beben.

»Uaah …«, Zittern und Beben.

Die beiden fingen an zu weinen.

Da wurde hinter der Tür heimlich gesprochen: »Es geht nicht. Sie haben schon etwas bemerkt. Anscheinend wollen sie sich nicht mit dem Salz einreiben.«

»Klar. So wie der Boss es geschrieben hat, ist es ungeschickt. Außerdem: ›Wahrscheinlich war es Ihnen lästig, alles zu tun, was verlangt wurde. Es tut mir leid.‹ So etwas Dummes!«

»Mir ist es egal, für uns werden sowieso nicht mal Knochen zum Teilen übrig bleiben.«

»Das stimmt wohl. Aber wenn die Kerle nicht eintreten, dann ist es unsere Schuld.«

»Sollen wir rufen? Lass uns rufen. He, Gäste, treten Sie rasch ein. Willkommen! Willkommen! Die Teller sind schon gewaschen, die Salatblätter sind schon gut mit Salz eingerieben. Jetzt werden Sie noch mit den Salatblättern schön garniert und auf einem schneeweißen Teller angerichtet. Schnell, treten Sie ein.«

»He, willkommen, willkommen! Oder passt Ihnen der Salat nicht? Wenn dem so ist, sollen wir dann lieber das Feuer anfachen und Sie frittieren? Jedenfalls kommen Sie bitte schnell herein!«

Weil den beiden das Herz so schwer war, wurden ihre Gesichter ganz knittrig, wie Papierknäuel. Sie blickten einander an, zitterten und weinten lautlos.

Von drinnen aber wurde wieder mit unterdrücktem Lachen gerufen: »Willkommen, willkommen! Wenn Sie so viel weinen, wird die ganze Sahne wegfließen. Jawohl, sofort. Gleich wird serviert. Also, treten Sie schnell ein.«

»Treten Sie schnell ein. Der Meister hat sich schon die Serviette umgebunden, er schwingt das Messer, das Wasser läuft ihm im Mund zusammen und er wartet auf Sie.«

Die beiden weinten und weinten und weinten und weinten.

In diesem Augenblick ertönte plötzlich von hinten: »Wan, wan, guaa«. Es waren die zwei wie Eisbären aussehenden Hunde, welche die Tür durchbrachen und hereingesprungen kamen. Die Augen im Schlüsselloch verschwanden sofort, die Hunde knurrten, liefen eine Weile im Kreis herum, dann aber bellten sie, wan, wieder laut und sprangen plötzlich die nächste Tür an.

Diese öffnete sich mit einem Ruck und die Hunde flogen wie eingesogen hinein.

In der Finsternis hinter der Tür hörte man Laute wie »Miauuu, Kuaaa, Grruu« und danach ein Rascheln.

Das Haus war plötzlich verschwunden, die zwei standen vor Kälte schlotternd inmitten des Grases. Sie schauten sich um, ihre Jacken wie auch die Schuhe, die Geldbeutel und die Krawattennadeln hingen teils weiter entfernt an den Zweigen, teils waren sie auf den Baumwurzeln verstreut. Der Wind blies sehr stark, das Gras rauschte, die Blätter der Bäume raschelten und die Bäume selbst schwankten donnernd hin und her.

Die Hunde kehrten knurrend zurück. Da rief jemand von hinten: »Gentlemen, Gentlemen!«

Die beiden wurden plötzlich wieder munter und riefen:

»Hallo, hallo, hier sind wir, komm schnell!«

Der professionelle Jäger mit dem Strohhut näherte sich, das rauschende Gras mit den Händen teilend.

Die beiden konnten endlich aufatmen.

Sie aßen die Klöße, die der Jäger mitgebracht hatte, und nachdem sie für nur 10 Yen Bergvögel gekauft hatten, kehrten sie nach Tokyo zurück.

Aber die Gesichter der beiden, die wie Papierknäuel geworden waren, erholten sich, auch nach der Rückkehr der Gentlemen nach Tokyo und sogar nachdem sie ein Bad genommen hatten, nicht mehr.

Kenji Miyazawa

Der Stern Falkennachtschwalbe

Die Falkennachtschwalbe war offen gesagt ein hässlicher Vogel. Ihr Gesicht war an mehreren Stellen wie mit einer Paste aus vergorenen Sojabohnen besprenkelt, der ganz flache Schnabel reichte bis zu den Ohren. Die Füße waren äußerst tatterig, sie konnte nicht mal 1 Ken* am Stück laufen. Wenn andere Vögel auch nur das Gesicht der Falkennachtschwalbe erblickten, waren sie angewidert. Zum Beispiel die Feldlerche, die auch kein besonders hübscher Vogel war, glaubte, dass sie ihr überlegen sei, und wenn sie ihr am frühen Abend begegnete, schloss sie angewidert die Augen und wandte den Kopf zur Seite. Auch die geschwätzigen kleinen Vögel lästerten über die Falkennachtschwalbe: »Ach, sie ist wieder gekommen. Oh, schaut euch die an. Wirklich, sie ist ein Schandfleck unter allen Vögeln.«

»Schaut, oh, dieses große Maul. Bestimmt ist sie mit Fröschen oder so verwandt.«

So tönte es. Ach, wenn die Falkennachtschwalbe einfach ein Falke gewesen wäre, wären diese unvollkommenen kleinen Vögel allein beim Hören des Namens erschauert, erbleicht, hätten sich geduckt und zwischen den Blättern der Bäume versteckt. Aber die Falkennachtschwalbe war in Wirklichkeit nicht mit dem Falken verwandt, sondern eher mit dem schönen Eisvogel und dem Kolibri, der wie ein Juwel unter den Vögeln herausstach. Der Kolibri ernährte sich vom Honig der Blütenpflanzen, der Eisvogel von Fischen, die Falkennachtschwalbe aber von Insekten. Außerdem hatte die Falkennachtschwalbe weder

---

* etwa 1,8 m

scharfe Krallen noch einen scharfen Schnabel, wie schwach ein Vogel auch war, vor der Falkennachtschwalbe musste er keine Angst haben.

Irgendwie war es also seltsam, dass ihr Name »Falke« enthielt. Allerdings waren erstens die Flügel der Falkennachtschwalbe sehr kräftig und wenn sie im Wind herumsauste, erschien sie ganz und gar wie ein Falke, zweitens ähnelte auch ihr schriller Schrei irgendwie dem des Falken. Natürlich beschäftigte das den Falken andauernd und störte ihn enorm. Deshalb sagte er jedes Mal, wenn er das Gesicht der Falkennachtschwalbe sah, mit hochgezogenen Schultern, der Name müsse schnell geändert werden, der Name müsse geändert werden.

An einem frühen Abend kam der Falke schließlich zum Haus der Falkennachtschwalbe.

»He, bist du da? Hast du deinen Namen immer noch nicht geändert? Wirklich, du bist unverschämt. Du und ich, wir sind doch äußerst verschiedene Persönlichkeiten. Zum Beispiel steige ich immer in die blauen Lüfte hoch. Du aber kannst nur an einem bewölkten, trüben Tag oder nachts ausfliegen. Und schau meinen Schnabel und meine Krallen an. Und vergleich sie doch mal mit deinen.«

»Herr Falke, das ist ganz unmöglich. Ich habe mir meinen Namen nicht selbst ausgesucht. Ich habe ihn von den Göttern erhalten.«

»Nein, was meinen Namen betrifft, kann man sagen, dass ich ihn von den Göttern erhalten habe, aber dein Name ist sozusagen von mir und von der Nacht geliehen. Los, gib ihn mir zurück!«

»Herr Falke, das ist unmöglich.«

»Es ist nicht unmöglich. Ich werde dir einen guten Namen zuteilen. Du heißt jetzt Ichizo. Ichizo ist dein Name. Das ist doch ein guter Name. Des Weiteren, wenn du deinen Namen änderst, muss die Namensänderung angekündigt werden, verstehst du? Das heißt, du musst dir ein Schild um den Hals hängen, auf dem ›Ichizo‹ steht. Du musst überall herumgehen und sagen: ›Ich heiße nun Ichizo‹, und dich verbeugen.«

»Das ist absolut unmöglich.«

»Nein. Es ist möglich. Du musst das tun! Wenn du es bis übermorgen früh nicht getan hast, werde ich dich sofort umbringen. Du musst damit rechnen, dass ich dich packen und töten werde. Übermorgen früh werde ich von einem Haus zum andern gehen und fragen, ob du vorbeigekommen bist. Wenn es ein einziges Haus gibt, das du nicht aufgesucht hast, dann bedeutet dies dein Ende.«

»Ist das nicht allzu hart? Bevor ich das tue, möchte ich lieber sterben. Bringen Sie mich bitte jetzt sofort um.«

»Also, überlege dir das noch gut. Ichizo ist eigentlich kein so schlechter Name.«

Der Falke breitete seine Flügel weit aus und flog in Richtung seines eigenen Nestes weg. Die Falkennachtschwalbe schloss die Augen und dachte nach: »Wieso bin ich eigentlich bei allen so unbeliebt? Mein Gesicht ist wie mit einer Paste aus vergorenen Sojabohnen befleckt und mein Schnabel ist ein großer Schlitz. Aber ich habe bis heute überhaupt nichts Schlechtes getan. Ich habe das Junge des Japanbrillenvogels, als es aus dem Nest gefallen war, gerettet und zum Nest zurückgebracht. Daraufhin hat der Japanbrillenvogel das Junge so an sich gerissen, als ob er das Baby vor einem Dieb retten wollte. Dann hat er mich böse ausgelacht. Ach, und jetzt soll ich auch noch Ichizo heißen und ein Schild mit diesem Namen um meinen Hals tragen, das ist bitter.«

Die Gegend war nun in Halbdunkel getaucht. Die Falkennachtschwalbe verließ ihr Nest. Die Wolken leuchteten boshaft und hingen tief. Die Falkennachtschwalbe flog dicht an den Wolken lautlos im Himmel herum. Dann plötzlich sperrte sie im Sinkflug den Schnabel groß auf und durchquerte mit ausgespannten Flügeln wie ein Pfeil den Himmel. Viele, sehr viele kleine Insekten stürzten ihr in den Hals. Ehe ihr Körper den Boden berührte, flog sie wieder in den Himmel hoch. Die Wolken waren schon mausgrau geworden, am gegenüberliegenden Berg glühte ganz rot ein Waldbrand.

Während die Falkennachtschwalbe mutig herumflog, schien der Himmel wie zweigeteilt. Ein Hirschkäfer geriet ihr in den Hals und zappelte gewaltig. Die Falkennachtschwalbe schluckte ihn schnell herunter, aber da schauderte es sie. Die Wolken waren ganz schwarz geworden, nur im Osten war der Himmel von dem Waldbrand rot gefärbt, es war furchtbar. Beklommen stieg die Falkennachtschwalbe wieder in den Himmel hoch. Wieder geriet ein Hirschkäfer in ihren Hals. Er kratzte im Hals der Falkennachtschwalbe, zappelte. Die Falkennachtschwalbe schluckte ihn mit Widerwillen herunter, diesmal pochte ihr Herz, sie schrie laut auf und begann zu weinen. Während sie weinte, kreiste sie ununterbrochen am Himmel.

»Ach, Hirschkäfer, viele Insekten werden jeden Abend von mir getötet. Und diesmal werde nur ich allein vom Falken umgebracht werden. Das ist wirklich so schmerzlich. Ach, hart, hart. Ich will keine Insekten mehr fressen und verhungern. Aber vermutlich wird mich der Falke schon vorher töten. Nein, noch bevor das geschieht, werde ich weit, weit in den Himmel davonfliegen.«

Der Waldbrand dehnte sich allmählich wie strömendes Wasser aus und die Wolken schienen zu lodern.

Die Falkennachtschwalbe flog geradewegs zu ihrem jüngeren Bruder, dem Eisvogel. Der hübsche Eisvogel war eben aufgestanden und beobachtete aus der Ferne den Waldbrand. Da sah er die Falkennachtschwalbe herankommen und sagte:

»Großer Bruder. Guten Abend. Was führt dich plötzlich zu mir?«

»Also, da ich jetzt weit fortgehen will, bin ich davor noch einmal vorbeigekommen, um dich zu sehen.«

»Großer Bruder, du darfst nicht fortgehen. Auch der Kolibri wohnt sehr weit weg, ich würde mutterseelenallein zurückbleiben.«

»Dagegen kann ich nichts tun. Bitte sag heute nichts mehr. Und noch etwas: Fange keinen Fisch zum Spaß, nur, wenn es sein muss. Also, leb wohl.«

»Großer Bruder. Was ist los? Warte bitte noch ein wenig.«

»Nein, auch wenn ich noch lange hierbleibe, ändert es nichts. Überbringe dann bitte dem Kolibri meine besten Grüße. Leb wohl. Wir werden uns nicht mehr sehen. Leb wohl.«

Die Falkennachtschwalbe kehrte weinend zu ihrem Haus zurück. Die kurze Sommernacht ging langsam zu Ende. Die noch kalten, blaugrünen Blätter des Farnkrauts nahmen bei Tagesanbruch die Feuchtigkeit der Frühnebel auf und bewegten sich hin und her. Die Falkennachtschwalbe kreischte und schrie laut, kishi kishi kishi. Dann räumte sie ihr Nest sorgfältig auf, brachte ihr ganzes Federkleid hübsch in Ordnung und verließ ihr Nest wieder.

Der Nebel verzog sich, die Sonne ging gerade im Osten auf. Die Falkennachtschwalbe trotzte der starken Blendung, die sie fast zum Wanken brachte, und flog wie ein Pfeil der Sonne entgegen.

»Verehrte Sonne, verehrte Sonne. Bitte nehmen Sie mich zu sich. Es macht mir nichts aus, dabei umzukommen. Ich bin zwar hässlich, werde aber beim Verbrennen dennoch ein kleines Licht von mir geben. Nehmen Sie mich zu sich.« Sie flog und flog, aber die Sonne kam nicht näher. Während sie im Gegenteil kleiner wurde und sich entfernte, sagte sie:

»Du bist eine Falkennachtschwalbe. Ich verstehe, dass es hart ist. Flieg heute Nacht durch den Himmel und frag bei den Sternen an. Du bist nämlich ein Nachtvogel.«

Die Falkennachtschwalbe dachte, sie hätte sich nur einmal kurz verbeugt, aber unvermittelt schwankte sie und fiel schließlich ins Gras eines Feldes. Da war es für sie, als ob sie träumen würde. Sie meinte zwischen roten und gelben Sternen hochzusteigen und vom Wind immer weiter getrieben zu werden, sie meinte, der Falke sei zurückgekommen und habe ihren Körper gepackt. Etwas Kaltes fiel plötzlich auf ihr Gesicht. Die Falken-nachtschwalbe öffnete die Augen. Es war ein Tautropfen vom Blatt eines jungen Chinaschilfhalmes. Die Nacht war nun völ-lig hereingebrochen, der Himmel blauschwarz, überall leuchte-ten die Sterne.

Die Falkennachtschwalbe flog in den Himmel hoch. Auch an diesem Abend glühte der Waldbrand ganz rot. Die Falken-nachtschwalbe flog zwischen dem schwachen Schimmer des Feuers und dem kalten Licht der Sterne herum. Und dann flog sie noch einmal herum. Endlich flog sie entschlossen auf den schönen Orion im Westen des Himmels zu und rief:

»Oh, ehrwürdiger Stern, blasser Stern des Westens. Bitte nehmen Sie mich zu sich. Es macht mir nichts aus, dabei um-zukommen.«

Orion, der ununterbrochen sein schmissiges Lied sang, nahm überhaupt keine Notiz von der Falkennachtschwalbe. Die Fal-kennachtschwalbe war dem Weinen nahe und sank leicht schwankend hinunter, schließlich fing sie sich auf und flog noch einmal herum. Dann flog sie geradewegs in Richtung des Gro-ßen Hundes im Süden und rief dabei: »Ehrwürdiger Stern. Ehrwürdiger blauer Stern des Südens. Bitte nehmen Sie mich zu sich. Es macht mir nichts aus, dabei umzukommen.«

Der Große Hund, der blau und violett und gelb so hübsch und eifrig flackerte, sagte:

»Du redest dummes Zeug. Wer bist du denn überhaupt? Du bist nur einfach ein Vogel. Um mit deinen Flügeln hierher zu kommen, brauchst du Millionen und Abermillionen von Billi-onen Jahren.« Daraufhin schaute er in eine andere Richtung.

Die Falkennachtschwalbe war sehr enttäuscht und sank schwankend hinunter, doch dann flog sie wieder zweimal he-rum. Dann rief sie, während sie entschlossen geradewegs nach Norden in die Richtung des Großen Bären flog:

»Ehrwürdiger nördlicher blauer Stern, bitte nehmen Sie mich zu sich. Es macht mir nichts aus, dabei umzukommen.« Der

Große Bär antwortete gelassen: »Mach dir keine unnötigen Gedanken. Beruhige dich doch. In solchen Fällen ist es gut, ins Meer zu springen, wo Eisberge herumschwimmen, oder wenn es in der Nähe kein Meer gibt, ist es am besten, in ein Wasserglas mit Eis hineinzuspringen.«

Die Falkennachtschwalbe war enttäuscht, sie sank schwankend hinunter und wieder flog sie viermal im Himmel herum. Dann rief sie wiederum in die Richtung des Adlers auf der anderen Seite der Milchstraße, die gerade von Osten her aufstieg: »Ehrwürdiger weißer Stern im Osten, bitte nehmen Sie mich zu sich. Es macht mir nichts aus, dabei umzukommen.«

Der Adler sagte überheblich: »Nein, das kommt überhaupt nicht in Frage. Um ein Stern zu werden, muss man eine entsprechende Herkunft haben. Viel Geld braucht man dafür auch.«

Die Falkennachtschwalbe war völlig entmutigt, klappte die Flügel zu und stürzte zur Erde hinunter. Als sie mit ihren schwachen Füßen nur noch 1 Shaku* vom Boden entfernt war, stieg sie plötzlich wie ein Signalfeuer in den Himmel hoch. Mitten im Himmel angekommen, rüttelte die Falkennachtschwalbe, wie ein Adler, der sich auf einen Bären stürzen will, und sträubte die Federn. Dann stieß sie schrille, laute Schreie aus, kishi kishi kishi kishi. Ihre Stimme klang ganz wie die des Falken. Die Vögel, die im Feld und im Wald schliefen, wachten auf, zitternd und ganz verwundert schauten sie zum Sternenhimmel auf.

Die Falkennachtschwalbe stieg immer, immer weiter pfeilgerade in den Himmel hoch. Der Waldbrand erschien nur noch wie ein brennender Zigarettenstummel. Die Falkennachtschwalbe stieg höher und höher. In der Kälte vereiste ihre Atemluft und bildete eine weiße Schicht auf ihrer Brust. Da die Luft immer dünner wurde, musste sie ihre Flügel viel mehr bewegen. Aber an der Größe der Sterne änderte sich trotzdem kaum et-

* etwa 30 cm

was. Ihr Atem klang wie ein Blasebalg. Die Kälte und der Reif stachen wie ein Schwert auf sie ein. Sie hatte überhaupt kein Gefühl mehr in ihren Flügeln. Mit Tränen in den Augen erblickte sie noch einmal den Himmel. So war es. Das war das Ende der Falkennachtschwalbe. Sie wusste nicht mehr, ob sie schon fiel oder ob sie aufstieg, ob ihr Kopf sich nach oben oder nach unten richtete. Aber ihre Gefühle waren friedlich, und obwohl ihr von Blut befleckter Schnabel verbogen war, lächelte sie ganz gewiss ein wenig.

Dann, eine Weile später, öffnete die Falkennachtschwalbe die Augen weit. Da sah sie, dass ihr Körper ein blaues, schönes Licht geworden war, wie brennender Phosphor, und ruhig strahlte. Ganz in ihrer Nähe befand sich das Sternbild Kassiopeia. Das bleiche Licht der Milchstraße war gleich dahinter zu erkennen.

Der Stern Falkennachtschwalbe leuchtete weiter. Für immer, immer leuchtete er. Auch heute noch leuchtet er weiter.

Kenji Miyazawa

Die Eicheln und die Bergkatze

Eine merkwürdige Postkarte erreichte an einem späten Samstagnachmittag Ichiros Haus.

> An Herrn Ichiro Kaneta, 19. September
> freue mich, dass Sie gut gehen.
> Da ich morgen einen schwierigen Gerichtsfall habe,
> kommen Sie bitte. Bitte nehmen Sie keine
> Schusswaffen mit.
> Bergkatze

So war zu lesen. Die Schrift war gar nicht schön und die Tusche so spröde, dass die Finger davon gefärbt wurden. Aber Ichiro freute sich wahnsinnig. Er steckte die Postkarte heimlich in seine Schultasche und sprang und tanzte im ganzen Haus herum.

Auch nachdem er ins Bett geschlüpft war, sah er das grinsende Gesicht der Bergkatze vor sich, stellte sich die Gerichtsszene und das ganze Drumherum vor und konnte lange nicht einschlafen.

Als Ichiro am Morgen die Augen öffnete, war es schon ganz hell. Er ging nach draußen und schaute sich um, rings um ihn herum standen die Berge alle feucht und taufrisch vor dem blauen Himmel aufgebaut, als wären sie eben erst entstanden.

Ichiro aß eilig sein Frühstück, dann lief er alleine auf einem schmalen Uferweg dem Oberlauf des Bergbachs entgegen.

Ein frischer, kräftiger Wind blies, ein Kastanienbaum ließ seine Früchte polternd, bara bara, herabfallen. Ichiro blickte zum Kastanienbaum hinauf und fragte: »Kastanienbaum, Kastanienbaum, ist hier nicht die Bergkatze vorbeigekommen?«

Der Kastanienbaum hielt kurz inne und antwortete: »Was die Bergkatze betrifft, sie ist heute Morgen mit ihrem Pferdewagen gegen Osten geeilt.«

»Osten wäre die Richtung, in die ich gerade gehe, komisch, nicht? Jedenfalls werde ich noch weitergehen. Danke, Kastanienbaum!«

Der Kastanienbaum ließ schweigend weitere Kastanien herabfallen, bara bara.

Als Ichiro ein wenig weitergegangen war, traf er auf den Wasserfall Flötenspieler. Man nannte ihn so, weil das Wasser, das ungefähr in der Mitte eines schneeweißen, felsigen Steilhangs aus kleinen Löchern herausspritzte, wie eine Flöte klang, bis es plötzlich zum Wasserfall wurde und donnernd, goo goo, ins Tal hinunterstürzte.

Ichiro wandte sich dem Wasserfall zu und rief: »Hallo, flötender Wasserfall, ist hier nicht die Bergkatze vorbeigekommen?«

Der Wasserfall antwortete pfeifend, pii pii: »Die Bergkatze ist vorhin mit ihrem Pferdewagen gegen Westen geeilt.«

»Komisch, gegen Westen wäre in Richtung meines Hauses. Aber ich werde ein wenig weitergehen. Danke, flötender Wasserfall!«

Der Wasserfall flötete weiter, so wie zuvor.

Als Ichiro wieder etwas weitergegangen war, traf er unter einer Buche viele weiße Pilze, die, dotteko dotteko dotteko, eine seltsame Musikkapelle bildeten.

Ichiro bückte sich und fragte: »Hallo, Pilze, ist hier nicht die Bergkatze vorbeigekommen?«

Darauf antworteten die Pilze: »Was die Bergkatze betrifft, sie ist heute am frühen Morgen mit dem Pferdewagen gegen Süden geeilt.«

Ichiro wiegte nachdenklich den Kopf.

»Gegen Süden würde bedeuten, dort in die Berge, komisch. Also, ich werde ein wenig weitergehen. Danke, Pilze!«

Die Pilze gaben sich alle sehr beschäftigt und fuhren, dotteko dotteko, mit ihrem seltsamen Konzert fort.

Ichiro ging ein wenig weiter. Da sprang im Wipfel eines Nussbaumes ein Eichhörnchen, pyon, herum. Ichiro winkte es gleich näher, stoppte es und fragte: »Hallo, Eichhörnchen, ist hier nicht die Bergkatze vorbeigekommen?«

Darauf antwortete das Eichhörnchen, ein Pfötchen an die Stirn haltend, vom Baum herab, während es Ichiro ansah: »Was die Bergkatze betrifft, sie ist heute Morgen, als es noch dunkel war, mit dem Pferdewagen gegen Süden geeilt.«

»Gegen Süden ist sie gefahren, das habe ich an zwei Orten gehört, komisch. Aber ich werde ein wenig weitergehen. Danke, Eichhörnchen!« Das Eichhörnchen war schon verschwunden. Die höchsten Zweige des Nussbaumes aber zitterten noch und die Blätter der benachbarten Buche glänzten nur einen Augenblick lang.

Als Ichiro ein wenig weiterging, wurde der Weg entlang des Bergbachs immer schmaler und verlor sich schließlich ganz. Da begann ein neuer, kleiner Pfad südlich des Bergbachs in Richtung eines stockdunklen Nusseibenwaldes. Ichiro lief diesen Pfad hoch. Die Äste der Nusseiben griffen dicht ineinander, man konnte nicht einmal ein Stück Himmelsblau erblicken. Der Pfad führte zu einem sehr steilen Anstieg. Ichiros Gesicht wurde ganz rot und der Schweiß rann ihm von der Stirn, während er immer weiter hochstieg. Da wurde es plötzlich so hell, dass seine Augen schmerzten. Vor ihm lag eine wundervolle goldfarbene Wiese, deren Gras im Wind raschelte, sie war rings von einem herrlichen olivgrünen Eibenwald umgeben.

Mitten auf der Wiese stand ein kleiner Mann von bizarrem Aussehen, er hatte die Knie gebeugt und hielt eine Lederpeitsche in der Hand. Schweigend blickte er in Ichiros Richtung.

Ichiro näherte sich ihm langsam und blieb plötzlich vor Schreck stehen. Dieser Mann konnte nur auf einem Auge sehen, das andere, blinde Auge war weiß und zuckte ständig. Er steckte in einem merkwürdigen Kleidungsstück, so etwas wie eine Jacke oder ein japanischer Westenkittel, seine Beine waren so gebogen wie die einer Ziege und die Fußspitzen hatten die Form eines Kochlöffels, mit dem man Reis in eine Schale füllt. Ichiro war es unheimlich zumute, doch er versuchte möglichst gelassen zu bleiben und fragte: »Kennen Sie nicht die Bergkatze?«

Der Mann warf Ichiro daraufhin einen Seitenblick zu, verzog den Mund und sagte grinsend: »Herr Bergkatze wird gleich hierher zurückkehren. Ihr seid wohl Herr Ichiro.«

Ichiro war verblüfft, er trat einen Schritt zurück und sagte: »Hm? Ja, ich bin Ichiro. Aber woher wissen Sie das?«

Darauf lächelte dieser kuriose Mann noch verschmitzter. »Dann habt Ihr die Postkarte gelesen?«

»Ich habe sie gelesen, deswegen bin ich hier.«

»Sie war ziemlich schlecht geschrieben, nicht wahr?«, sagte der Mann, während er ganz traurig den Kopf senkte. Ichiro empfand Mitleid.

»Also, sie scheint recht gut geschrieben zu sein.« Als er dies sagte, freute sich der Mann, er atmete schnell und sein Gesicht wurde bis über die Ohren feuerrot. Während er den Kragen seines Kimonos öffnete, um den Wind an seinen Körper heranzulassen, fragte er: »Sind auch die Schriftzeichen wirklich gut?«

Ichiro fing unwillkürlich an zu lachen und antwortete: »Sie sind gut, so gut kann nicht einmal ein Fünftklässler schreiben.«

Da verzog der Mann plötzlich wieder das Gesicht. »Meint Ihr einen gewöhnlichen Volksschüler in der fünften Klasse?«

Weil seine Stimme so schwach und traurig klang, erwiderte Ichiro hastig: »Nein, ich meine, ein Uni-Student im fünften Jahr.«

Da war der Mann wieder glücklich, er grinste über das ganze Gesicht und rief aus: »Diese Karte habe nämlich ich geschrieben!«

Ichiro fragte, sein Kichern unterdrückend: »Wer sind Sie denn überhaupt?«

Der Mann wurde plötzlich wieder ernst und antwortete: »Ich bin der Pferdeknecht des Herrn Bergkatze.«

Genau in diesem Augenblick begann der Wind heftig zu blasen, das Gras neigte sich überall wellenartig und der Pferdeknecht machte plötzlich eine höfliche Verbeugung. Ichiro wunderte sich und drehte sich um, hinter ihm stand die Bergkatze in einer Art gelbem Wams und mit ganz runden grünen Augen. Ichiro dachte gerade, die Bergkatze habe wirklich spitze Ohren, da verbeugte sie sich zackig. Auch Ichiro grüßte höflich: »Ah, guten Tag, danke für die Postkarte, die ich gestern erhalten habe.«

Die Bergkatze zog sich die Schnurrhaare glatt, streckte den Bauch vor und sagte: »Guten Tag, seid herzlich willkommen. In der Tat gibt es seit vorgestern einen lästigen Streit und da das Urteil mir Schwierigkeiten macht, wollte ich Eure Meinung hören. Aber lasst Euch Zeit, ruht Euch bitte aus. Gleich werden die Eicheln da sein. Ach, jedes Jahr muss ich mich mit diesem Gerichtsfall herumschlagen.«

Die Bergkatze zog aus ihrem Kimono-Ärmel eine Schachtel mit Zigaretten und steckte sich eine in den Mund. »Möchtet Ihr auch eine?«, fragte sie Ichiro und bot ihm eine an. Er war überrascht und als er Nein sagte, lachte die Bergkatze herzhaft: »Ah ja, Ihr seid noch jung.« Während sie dies sagte, zündete sie, shut, ein Streichholz an, schnitt demonstrativ eine Grimasse und blies den blauen Dunst aus. Der Pferdeknecht der Bergkatze stand stramm und verharrte auch in dieser Stellung, konnte aber anscheinend nur mit Gewalt seinen Wunsch nach einer Zigarette unterdrücken. Große Tränen kullerten ihm, boro boro, über die Wangen.

In diesem Augenblick vernahm Ichiro um seine Füße herum ein Knistern, als ob Salz aufspritzen würde. Erstaunt bückte er sich, im Gras leuchtete und funkelte hier und dort etwas goldenes Rundes. Bei genauerem Hinsehen waren es alles Eicheln, die rote Hosen trugen, mehr als dreihundert an der Zahl. Alle redeten lauthals durcheinander, wa wa wa wa.

»Aha, sie kommen. Wie die Ameisen kommen sie. He, lass schnell die Klingel ertönen. Da es hier heute sonnig ist, mähe das Gras an dieser Stelle.« Die Bergkatze warf ihre Zigarette fort, in enormer Eile hatte sie das zum Pferdeknecht gesagt. Auch der Pferdeknecht beeilte sich sehr, er nahm eine große Sense, die an seiner Hüfte hing, und schnitt zügig das Gras vor der Bergkatze. Da sprangen die Eicheln aus dem hohen Gras aller vier Himmelsrichtungen glitzernd herbei und sagten: »Wa wa wa wa!«

Jetzt schwang der Pferdeknecht ein Glöckchen, garan garan garan garan, hin und her. Die Töne hallten durch den ganzen Eibenwald, garan garan garan garan, und die goldenen Eicheln beruhigten sich ein wenig. Als Ichiro einen Blick auf die Bergkatze warf, hatte sie schon den langen schwarzen Satinüberwurf an und saß übertrieben feierlich vor den Eicheln. Ichiro dachte, das sei ein Bild, als ob der große Buddha im Tempel von Nara angebetet würde. Der Pferdeknecht ließ diesmal seine Lederpeitsche zwei- bis dreimal knallen, hyuupatschi, hyuu, patschi ertönte sie.

Der Himmel war blau und die Eicheln funkelten wirklich schön.

»Das Gericht tritt heute schon zum dritten Mal zusammen, wie wäre es, wenn ihr euch endlich versöhnen würdet?« Als die Bergkatze dies etwas sorgenvoll, aber wichtigtuerisch sagte, schrien die Eicheln durcheinander:

»Nein, nein, das geht nicht, wirklich, ein spitzer Kopf ist das Wichtigste. Und ich bin am spitzesten.«

»Nein, das stimmt nicht. Ein runder ist wichtig. Ich bin am rundesten.«

»Es geht um die Größe. Die Großen sind die Wichtigsten. Da ich der Größte bin, bin ich bedeutend.«

»Ich bin nicht einverstanden. Ich bin viel größer als du, das hat der Herr Richter gestern auch gesagt.«

»So geht das nicht. Es dreht sich um die Körpergröße, die Rede ist von der Körpergröße.«

»Die Stärksten beim Stoßen sind die Wichtigsten. Man sollte ein Wettstoßen organisieren und dann entscheiden.«

Alle sprachen durcheinander, gaya gaya gaya gaya, man wusste nicht, worum es überhaupt ging, es war, wie wenn man in ein Wespennest gestochen hätte.

Jetzt schrie die Bergkatze: »Ruhe! Wofür haltet ihr das hier eigentlich? Beruhigt euch, beruhigt euch!«

Da der Pferdeknecht wieder die Peitsche knallen ließ, hyuu patschi, beruhigten sich die Eicheln endlich. Die Bergkatze sagte, während sie zackig ihre Schnurrhaare zwirbelte:

»Das Gericht tritt heute zum dritten Mal zusammen. Wie wäre es, wenn ihr euch endlich versöhnen würdet?«

Die Eicheln aber schrien wieder alle durcheinander:

»Nein, nein, das geht nicht! Wirklich, ein spitzer Kopf ist das Wichtigste.«

»Nein, das stimmt nicht! Ein runder ist wichtig.«

»Ich bin nicht einverstanden. Es geht um die Größe!«

Gaya gaya gaya gaya, sie redeten alle durcheinander, man verstand überhaupt nichts mehr. Die Bergkatze schrie: »Schweigt, Ruhe! Wofür haltet ihr das hier eigentlich? Beruhigt euch, beruhigt euch.«

Der Pferdeknecht ließ, hyuu patschi, die Peitsche knallen. Die Bergkatze sagte, während sie zackig ihre Schnurrhaare zwirbelte:

»Das Gericht tritt heute zum dritten Mal zusammen. Wie wäre es, wenn ihr euch endlich versöhnen würdet?«

»Nein, nein, das geht nicht! Einer mit spitzem Kopf ...« Gaya gaya gaya gaya.

Die Bergkatze schrie:

»Ruhe! Wofür haltet ihr das hier eigentlich? Beruhigt euch, beruhigt euch.«

Der Pferdeknecht ließ, hyuu patschi, die Peitsche knallen, alle Eicheln beruhigten sich.

Die Bergkatze sagte leise zu Ichiro: »Ihr seht, wie es steht. Wie sollen wir das anpacken?«

Ichiro antwortete lachend: »In diesem Fall könnten Sie Folgendes verkünden: Am wichtigsten unter euch ist derjenige, der am dümmsten ist, alles durcheinanderbringt, eine völlige Niete ist. Ich habe das in einer Predigt so gehört.«

Die Bergkatze nickte zum Zeichen, dass sie einverstanden war, darauf öffnete sie sehr affektiert ihren schwarzen Satinüberwurf, zeigte ein wenig von ihrem gelben Wams und verkündete den Eicheln ihr Urteil.

»Gut. Bleibt ruhig. Ich verkünde das Gerichtsurteil. Unter euch ist derjenige am wichtigsten, der nicht am wichtigsten ist, dumm ist, alles durcheinanderbringt, eine völlige Niete ist und dessen Kopf kaputt ist.«

Die Eicheln waren ganz still geworden. So still, dass sie in Regungslosigkeit erstarrten.

Dann nahm die Bergkatze ihren schwarzen Satinüberwurf ab und während sie sich den Schweiß von der Stirn abwischte, fasste sie Ichiros Hand. Auch der Pferdeknecht freute sich riesig, fünf-, sechsmal ließ er die Peitsche, hyuupatschi, hyuupatschi, hyuuhyuupatschi, knallen. Die Bergkatze sagte:

»Ich danke Ihnen sehr. Sie haben einen so furchtbaren Prozess in nur anderthalb Minuten für uns erledigt. Seien Sie doch bitte von jetzt an Ehrenrichter meines Gerichtshofes. Wenn Sie in Zukunft eine Postkarte erhalten, würden Sie bitte kommen? Ich werde Ihnen jedes Mal ein Honorar zahlen.«

»Ich bin einverstanden, aber ich brauche doch kein Honorar.«

»Doch, bitte nehmen Sie das Honorar an. Es geht nämlich um mein Ansehen. Ab jetzt schreibe ich auf der Postkarte wie bisher als Empfänger Herrn Ichiro Kaneta, aber als Absender den Gerichtshof. Sind Sie auch damit einverstanden?«

Als Ichiro sagte: »Ja, ich bin einverstanden«, schien die Bergkatze noch etwas Weiteres mitteilen zu wollen, sie zwirbelte eine Weile ihre Schnurrhaare, blinzelte, schließlich hatte sie offenbar einen Entschluss gefasst und sagte:

»Und es geht um die Worte auf der Postkarte, wie wäre es, wenn man ab jetzt so schreiben würde: Hiermit werden Sie zur morgigen Verhandlung über einen Gerichtsfall vorgeladen?«

Ichiro antwortete lachend: »Tja, das wäre irgendwie komisch, nicht? Gerade das sollte man nicht tun.«

Die Bergkatze schien zu bedauern, dass sie sich ungeschickt ausgedrückt hatte, denn sie zwirbelte eine Weile mit gesenktem Blick ihre Schnurrhaare, gab aber schließlich auf und sagte: »Also, wir können die Worte so lassen, wie wir sie diesmal geschrieben haben. Es geht um die heutige Entschädigung. 1 Sho[*] der goldenen Eicheln oder der Kopf eines in Salz eingelegten Lachses, was ist Ihnen lieber?«

»Die goldenen Eicheln hätte ich gerne.«

Die Bergkatze sagte hastig, als wäre sie erleichtert, dass nicht der Kopf eines in Salz eingelegten Lachses gewählt worden war, zum Pferdeknecht: »Bring schnell 1 Sho dieser Eicheln her. Falls es nicht reicht, ergänze es mit vergoldeten Eicheln zu 1 Sho, los, schnell!«

Der Pferdeknecht sammelte diese Eicheln in einen Scheffel, kontrollierte und rief: »Es ergibt gerade 1 Sho.«

Das Wams der Bergkatze flatterte, bata bata, im Wind. Da streckte sich die Bergkatze mit einer weit ausholenden Bewegung, schloss die Augen und sagte halb gähnend:

* etwa 1,8 l

»Gut, mach schnell den Pferdewagen bereit.« Ein aus einem großen weißen Pilz gefertigter Pferdewagen wurde herangeschleppt. Angespannt war ein mausgraues Pferd von merkwürdiger Gestalt. Die Bergkatze sagte: »Also, wir werden Sie nach Hause fahren.« Beide stiegen in den Pferdewagen ein. Der Pferdeknecht stellte den Scheffel mit den Eicheln in den Pferdewagen.

Dann knallte die Peitsche, hyuu, patschi. Der Pferdewagen verließ die Wiese. Die Bäume und Büsche schwankten so heftig, dass sie nur noch verschwommen erkennbar waren. Ichiro betrachtete die goldenen Eicheln, während die Bergkatze mit leerem Blick in die Ferne schaute.

Je weiter der Pferdewagen fuhr, desto schwächer wurde das Leuchten der Eicheln, als der Pferdewagen anhielt, hatten die zuvor goldenen Eicheln ihre normale braune Farbe wiedergefunden. Und dann verschwanden auf einmal das gelbe Wams mitsamt der Bergkatze, der Pferdeknecht sowie auch der Pferdewagen aus Pilz. Ichiro befand sich vor seinem eigenen Haus mit einem Scheffel voller brauner Eicheln in der Hand.

Danach kam keine Postkarte mehr von der Bergkatze. Er hätte der Bergkatze doch sagen sollen, dass sie ihm eine Postkarte mit Vorladung schreiben dürfe, dachte Ichiro ab und zu.

Keinji Miyazawa

Der Wald der Wölfe, der Wald der Körbe, der Wald der Diebe

Nördlich des Landwirtschaftsgutes Koiwai gab es vier schwarze Kiefernwälder. Im äußersten Süden befand sich der Wald der Wölfe, es folgte der Wald der Körbe, darauf kam der Wald des schwarzen Hügels und am nördlichen Rand lag der Wald der Diebe. Wann ungefähr und wie diese Wälder entstanden seien und wieso sie solch kuriose Namen erhalten hätten, das wisse er, nur er alleine, von allem Anfang an, sagte mir eines Tages stolz der riesige Felsen mitten im Wald des schwarzen Hügels und erzählte mir die folgende Geschichte.

In grauer Vorzeit ist der Vulkan Iwate oftmals ausgebrochen. Von seiner Asche wurde die ganze Gegend verschüttet. Auch dieser rabenschwarze, riesige Felsen ist vom Vulkan weggeschleudert worden und am jetzigen Ort hingefallen. Als der Vulkan sich endlich beruhigt hatte, wuchsen auf den Feldern und Hügeln allmählich von Süden her Gräser mit oder ohne Ähren und begannen mit der Zeit dichter zu werden. Danach sprossen Eichen und Kiefern und so entstanden die vier jetzigen Wälder. Aber die Wälder hatten noch keine Namen und jeder dachte einfach: »Ich bin ich.«

Es geschah an einem Herbsttag irgendeines Jahres, als ein Wind, kalt und durchsichtig wie Wasser, das dürre Laub der Eichen rascheln ließ und die Wolken schwarze Schatten auf die silberne Krone des Berges Iwate warfen. Vier Bauern, die mit einer Kera* bekleidet waren und ein Buschmesser, eine Dreizin-

---

* Eine Kera ist eine Art Regenmantel aus Lindenrinde.

kenhacke und eine Feldhacke, alles Werkzeug für Berg- und Feldarbeit, fest am Körper angebunden hatten, kamen schwerfällig von Osten her über den kantigen Berg Hiuchiishi auf ein kleines Feld, das von Wald umgeben war. Wenn man genauer hinsah, konnte man erkennen, dass alle auch noch ein großes Schwert trugen.

Der Bauer an der Spitze wies mit dem Finger hierhin und dorthin auf eine Landschaft, die dem Bild einer Laterna magica ähnlich war. »Schaut. Das ist ein guter Ort, nicht wahr? Die Felder könnten schnell umgepflügt werden, die Wälder sind nah, klares Wasser gibt es auch und außerdem ist es sonnig. Also, ich habe mich schon lange für diesen Platz entschieden.« Als er dies sagte, meinte einer der Bauern: »Aber wie ist denn der Boden?« Er bückte sich, riss ein Chinaschilf aus, schüttelte die Erde aus der Wurzel auf seine Handfläche, knetete sie eine Weile zwischen den Fingern, leckte kurz daran und sagte dann: »Hm. Der Boden ist nicht besonders gut, aber auch nicht besonders schlecht.« – »Also, dann können wir uns endlich für diesen Ort entscheiden?«, fragte ein anderer, der sich voller Sehnsucht in der Gegend umsah. »Gut, es ist entschieden«, sagte der vierte Bauer, der bis jetzt schweigend dagestanden hatte. Da freuten sich die vier Bauern, sie ließen das Gepäck auf ihrem Rücken, doshin, herunterfallen und riefen dann laut in die Richtung, aus der sie gekommen waren: »Hallo, hallo. Wir sind hier. Kommt schnell! Kommt schnell!« Mitten aus dem Chinaschilfrohr kamen drei Frauen, schwer beladen mit Gepäck und ganz rot im Gesicht. Hinter ihnen tauchten neun Kinder auf, keine fünf oder sechs Jahre alt, die laut schreiend herbeirannten.

Da riefen die vier Männer im Chor, jeder in die Richtung seiner Wahl: »Dürfen wir hier die Felder bearbeiten?« – »Es ist gut so!«, antworteten die Wälder einstimmig. Alle riefen noch einmal: »Dürfen wir hier unsere Häuser bauen?« – »In Ordnung«, antworteten die Wälder wie aus einem Munde. Die Bauern riefen wieder im Chor: »Ist es auch in Ordnung, hier

Feuer zu machen?« – »Es ist gut so«, antworteten die Wälder wie aus einem Munde. Alle riefen wieder: »Dürfen wir ein wenig Holz holen?« – »In Ordnung!«, antworteten die Wälder einstimmig. Die Männer freuten sich und klatschten in die Hände, die Frauen und die Kinder, die bleich und still geworden waren, begannen plötzlich zu jubeln, die Kinder stritten sich vor lauter Freude und die Frauen gaben ihnen einen Klaps.

An diesem Tag wurde bis zur Abenddämmerung eine kleine Blockhütte mit Schilfdach errichtet. Die Kinder freuten sich und sprangen um die Hütte herum. Vom nächsten Tag an sahen die Wälder diese Leute wie besessen arbeiten. Die Männer ließen ihre Feldhacken blitzen und entfernten damit das Unkraut. Die Frauen sammelten die von den Eichhörnchen und den Feldmäusen übrig gelassenen Kastanien und sägten Kiefernäste für das Brennholz. Und dann lag bald überall Schnee.

Während des Winters versuchten die Wälder mit ganzer Kraft die Leute vor dem Nordwind zu schützen. Trotzdem war den kleinen Kindern kalt, sie legten sich die roten, geschwollenen Händchen um den Hals und sagten. »Es ist kalt, es ist kalt«, und weinten häufig.

Als es Frühling wurde, gab es zwei Hütten. Buchweizen und Hirse wurden angesät. Der Buchweizen blühte weiß und die Hirse brachte schwarze Ähren hervor. Als im folgenden Herbst auch Getreide geerntet werden konnte, noch mehr Äcker bestellt wurden und drei Hütten dastanden, waren alle mehr als erfreut und sogar die Erwachsenen hüpften herum. Aber eines Morgens, als die Erde hart gefroren war, waren von den neun Kindern vier der kleinsten einfach über Nacht verschwunden. Alle suchten fieberhaft die Gegend ab, aber sie fanden die Kinder nicht, nicht einmal den Schatten eines Kindes. Da riefen alle im Chor, jeder in die Richtung seiner Wahl: »Weiß jemand, wo unsere Kinder sind?« – »Wir wissen es nicht«, antworteten die Wälder einstimmig. »Dann dürfen wir suchen gehen?«, riefen die Familien zurück. »Kommt herbei«, antworteten die Wälder einstimmig. Also holten sie verschiedene Werkzeuge und gingen zuerst zum nächstgelegenen Wald der Wölfe. Als sie in den Wald eintraten, überfiel sie gleich ein feuchter, kalter Wind und der Geruch von welkem Laub. Sie gingen tiefer hinein. Da hörten sie aus dem Innern des Waldes ein Knistern. Eiligst gingen sie in die Richtung, wo sie ein durchsichtiges, rosarotes Feuer lichterloh brennen sahen, neun Wölfe liefen und tanzten darum herum.

Die Familien näherten sich langsam und sahen die vier verschwundenen Kinder, die, dem Feuer zugewandt, geröstete Kastanien und Hatsutake-Milchlinge aßen. Die Wölfe sangen Lieder und tanzten um das Feuer herum, es wirkte wie Bilder einer Drehlaterne im Sommer.

>>Mitten im Wald der Wölfe
Knistert das Feuer, prasseln die Flammen,
Knistert das Feuer, prasseln die Flammen,
Rollen die Kastanien, bersten die Schalen,
Rollen die Kastanien, bersten die Schalen.<<

Die Familien riefen darauf im Chor: »Liebe Wölfe, liebe Wölfe, bitte geben Sie uns die Kinder zurück.« Die Wölfe waren überrascht, sie hörten plötzlich auf zu singen, sahen sich um und wandten sich ihnen zu. Da erlosch das Feuer, auf einmal war die Gegend still und blau und die Kinder neben der Feuerstelle begannen zu weinen. Die Wölfe schauten sich unruhig um, ratlos, was sie tun sollten, schließlich flohen sie noch tiefer ins Waldinnere. Daraufhin nahmen die Eltern ihre Kinder bei der Hand und wollten den Wald verlassen. Da hörte man die Wölfe aus dem Innern des Waldes rufen: »Bitte denkt nicht schlecht von uns. Wir haben ihnen einen Haufen Kastanien und Pilze kredenzt!« Als die Familien nach Hause zurückgekehrt waren, bereiteten sie Hirsekuchen zu und brachten diese als Zeichen der Dankbarkeit in den Wald der Wölfe.

Es wurde wieder Frühling. Da gab es elf Kinder. Auch zwei Pferde waren dazugekommen. Weil in die Äcker Gräser, abgefallene Blätter der Bäume und auch der Dung der Pferde untergegraben wurden, sprossen Kolbenhirse und Hühnerhirse tiefblau. Dann gab es auch eine gute Ernte. Am Ende des Herbstes waren alle überglücklich. Aber es geschah an einem Morgen, als Raureif gefallen war. Nachdem die Bauern auch dieses Jahr die Felder umgepflügt und die Äcker erweitert hatten, wollten sie sich auch an diesem Morgen mit ihrem Werkzeug an die Arbeit machen, fanden aber in ihren Häusern weder ein Buschmesser noch eine Dreizinkenhacke noch eine Feldhacke. Sie suchten eifrig die ganze nähere Umgebung ab, aber sie konnten sie nirgendwo entdecken. Da riefen sie notgedrungen wieder im Chor, ein jeder in die Richtung seiner Wahl: »Weißt du, wo sich unsere Geräte befinden?« – »Wir wissen es nicht«, antworteten die Wälder wie aus einem Munde. »Dürfen wir suchen gehen?«, riefen alle erneut. »Kommt herbei«, antworteten die Wälder einstimmig.

Die ganze Schar lief diesmal ohne irgendetwas in der Hand in Richtung der Wälder. Zuerst gingen sie zum nächstgelegenen Wald der Wölfe. Da kamen sofort die neun Wölfe hervor, alle mit ernster Miene, und sagten eifrig mit den Pfoten winkend: »Nichts, nichts, absolut nichts, nichts. Geht anderswo suchen, wenn ihr nichts findet, kommt wieder zurück.« Da alle davon überzeugt waren, dass sie die Wahrheit sagten, gingen sie in westliche Richtung weiter zum Wald der Körbe. Als sie tiefer hineingegangen waren, sahen sie unter einer alten Eiche einen aus Zweigen geflochtenen, großen umgedrehten Korb. »Das Ding da ist irgendwie verdächtig. Natürlich gibt es im Wald der Körbe Körbe, aber wir wissen nicht, was sich darunter befindet. Lasst uns nachsehen.« Mit diesen Worten drehten sie den Korb um. Darin befanden sich tatsächlich die neun fehlenden Werkzeuge. Und nicht nur diese. Mitten zwischen den Geräten saß im Schneidersitz ein Gebirgler mit goldenen Augen und knall-

rotem Gesicht. Als er sie erblickte, öffnete er den Mund ganz
weit und sagte: »Baah«. Die Kinder wollten schreiend wegren-
nen, aber die Erwachsenen sagten furchtlos im Chor: »Gebirgler, von jetzt an lass bitte die Streiche sein. Wir bitten dich, von
jetzt an lass bitte die Streiche sein.« Der Gebirgler schien sehr
beschämt, stand da und kratzte sich am Kopf. Sie nahmen ihre
Werkzeuge und wollten den Wald verlassen. Da rief der Gebirgler: »Bitte, bringt mir auch Hirsekuchen!« Dann drehte er sich
um und rannte, den Kopf in den Händen verbergend, noch
tiefer in den Wald hinein. Alle lachten aus voller Kehle und
kehrten nach Hause zurück. Dort bereiteten sie wieder Hirsekuchen zu und brachten sie in den Wald der Wölfe und in den
Wald der Körbe.

Im Sommer des nächsten Jahres waren alle ebenen Flächen
in Äcker verwandelt worden. Die Häuser wurden durch Holz-
schuppen und eine große Scheune ergänzt. Außerdem gab es
jetzt drei Pferde. Die Ernte dieses Herbstes erfüllte alle mit großer Freude. Sie dachten, dass die Hirsekuchen, die sie in diesem
Jahr zubereiten würden, so groß sein könnten, wie sie es nur
wünschten. Doch dann geschah etwas Seltsames. An einem
Morgen, als überall Reif lag, war die ganze Hirse aus der Scheune
verschwunden, alle liefen sehr beunruhigt herum, mit großem
Eifer suchten sie die ganze Umgebung ab, aber nirgends konnte
ein einziges Korn gefunden werden. Sie waren enttäuscht und
ein jeder rief in die Richtung seiner Wahl: »Weißt du, wo unsere
Hirse ist?« – »Wir wissen es nicht«, antworteten die Wälder wie
aus einem Munde. »Dürfen wir suchen gehen?«, riefen alle erneut. »Kommt herbei«, antworteten die Wälder einstimmig.

Jeder nahm sein Lieblingswerkzeug mit und sie gingen zunächst zum Wald der Wölfe, der am nächsten lag. Die neun
Wölfe waren schon herausgekommen und warteten auf sie. Sie
erblickten sie und sagten lachend: »Gebt uns heute auch Hirsekuchen! Hier gibt es keine Hirse, nichts, absolut nichts. Geht
an einem anderen Ort suchen und wenn nichts zu finden ist,

kommt hierher zurück.« Alle waren überzeugt, dass sie die Wahrheit sagten, sie kehrten um und liefen zum Wald der Körbe. Da stand der Gebirgler mit seinem roten Gesicht am Waldrand, verschmitzt lachend sagte er: »Hirsekuchen. Hirsekuchen. Ich habe nichts genommen. Wenn ihr eure Hirse sucht, solltet ihr weiter nördlich danach Ausschau halten.«

Da alle überzeugt waren, dass er die Wahrheit sagte, gingen sie weiter nach Norden zum Wald des schwarzen Hügels, der mir ja diese Geschichte erzählt hat, und als sie am Waldrand ankamen, sagten sie: »Bitte, gebt uns die Hirse zurück. Bitte, gebt uns die Hirse zurück.« Niemand kam aus dem Wald des schwarzen Hügels heraus, nur eine Stimme antwortete: »Ich habe bei Tagesanbruch große, rabenschwarze Füße gesehen, die im Himmel gegen Norden flogen. Geht etwas weiter nach Norden.« Von Hirsekuchen sagte sie kein Wort. Und ich glaube auch, dass es genau so war. Denn nachdem dieser Wald mir die Geschichte erzählt hatte, habe ich zum Dank die letzten sieben Kupfermünzen aus meiner Geldbörse geklaubt, aber er hat sie nicht gleich angenommen, er ist so großzügig.

Nun, alle waren überzeugt, dass das, was der Wald des schwarzen Hügels gesagt hatte, wahr sei, und sie gingen ein wenig weiter gegen Norden. Eben dort befand sich der Wald der Diebe, in dem schwarze Kiefern wuchsen. Sie sagten: »Bei diesem Namen weiß man, dass es nach Dieben stinkt«, traten in den Wald ein und brüllten: »Also, rückt unsere Hirse heraus! Rückt unsere Hirse heraus!« Da kam aus dem Innern des Waldes ein kohlschwarzer, riesiger Mann mit langen Armen und sagte mit dröhnender Stimme: »Was soll das?! Ich soll ein Dieb sein? Wer so etwas sagt, den werde ich prügeln und totschlagen. Welche Beweise habt ihr?« – »Es gibt einen Zeugen. Es gibt einen Zeugen«, antworteten alle. »Wer ist denn das? Verdammt, wer wagt es, so etwas zu sagen?«, schrie der Wald der Diebe. »Der Wald des schwarzen Hügels«, riefen alle tapfer zurück. »Was dieser Kerl sagt, ist nicht wahr, überhaupt nicht, überhaupt nicht, überhaupt nicht, verdammt!«, brüllte der Wald der Diebe zurück. Sie dachten, er könnte recht haben, und bekamen es mit der Angst zu tun, sahen einander an und wollten fliehen. Da hörten sie plötzlich über ihren Köpfen ganz klar eine würdevolle Stimme: »Nein, nein, ihr dürft nicht fliehen.« Es stellte sich heraus, dass es der Berg Iwate mit seiner silbernen Krone auf dem Haupt war, der das sagte. Da nahm der dunkle Mann vom Wald der Diebe den Kopf zwischen die Hände und fiel zu Boden. Der Berg Iwate sagte ruhig: »Der Dieb war ganz sicher der Wald der Diebe. Ich selbst habe es bei Tagesanbruch am leuchtenden östlichen Himmel und dann im Licht des Mondes, der im Westen stand, beobachtet. Aber ihr alle könnt schon nach Hause gehen. Die Hirse werde ich zurückbringen lassen. Also denkt nicht schlecht von ihm. Der Wald der Diebe wollte unbedingt selbst Hirsekuchen zubereiten. Deshalb hat er sie gestohlen. Ha ha ha.« Danach wandte sich der Berg Iwate selbstgefällig wieder dem Himmel zu. Der dunkle Mann war schon aus der Gegend verschwunden. Alle waren verblüfft, redeten durcheinander und kehrten nach Hause zurück. Die Hirse war wirklich wieder in die Scheune zurückgekehrt. Da lachten sie und bereiteten Hirsekuchen zu, die sie an die vier Wälder verteilten. Dem Wald der Diebe brachten sie die größte Portion. Dafür soll etwas Sand darin gewesen sein, aber da war wohl nichts zu machen. Von da an waren sie mit den Wäldern eng befreundet. Diese bekamen jedes Jahr pünktlich am Anfang des Winters Hirsekuchen geschenkt. Aber die Hirsekuchen seien mit der Zeit den Umständen entsprechend ziemlich klein geworden, auch dagegen sei nichts zu machen, sagte der rabenschwarze, riesige Felsen vom Wald des schwarzen Hügels als Letztes.

Kenji Miyazawa

Kairo der Gruppenchef

Es waren einmal dreißig Laubfrösche, die gemeinsam eine interessante Arbeit verrichteten. Ihre Aufgabe bestand darin, im Auftrag ihrer Insektenfreunde Samen von Perilla und Mohn zu sammeln, um damit ein Blumenbeet anzulegen. Sie suchten Steine mit schönen Formen sowie Moos und gestalteten damit herrliche Gärten. So geschaffene schöne Gärten können wir oft an verschiedenen Orten sehen. Unter den Bohnenpflanzen auf dem Feld, zwischen den Wurzeln einer Eiche, auch im Schatten der Steine, die dem Auffangen des Regenwassers dienen, entstanden gut angelegte, niedliche Gärten.

Nun, die dreißig Laubfrösche hatten tagtäglich ein interessantes Leben. Am Morgen, wenn der Mais in den goldenen Strahlen der Sonne einen sogar 2600 Sun* langen Schatten warf, begannen sie, die frische Luft tief einatmend, zu arbeiten. Am frühen Abend erledigten sie ihre Arbeit singend, lachend und schreiend, bis das Licht der Sonne das Grün der Bäume und des Grases bernsteinfarben erstrahlen ließ.

Besonders am Tag nach einem Sturm kamen die Aufträge von überallher, wie zum Beispiel: »Kommen Sie schnell, stellen Sie bitte die Bretter, die im Garten herumliegen, wieder auf!« – »Unser Haarmoosbaum ist umgefallen, kommen Sie schnell mit vier bis fünf Leuten!« Sie hatten dann sehr viel zu tun. Je beschäftigter sie waren, umso mehr hatten sie das Gefühl, großartige Leute geworden zu sein, und sie freuten sich riesig. »Also, hopp, zieh fest, kapiert?, hau ruck, he, Butchuko, das Seil wird

* etwa 78 m

179

oehlaff, ochon gut, sieh doch, he, he, Bikiko, lass dort los, binde das Seil fest, hau ruck, nur noch ein bisschen, hau ruck ...« Ungefähr so ging es zu.

Eines Tages, als die dreißig Laubfrösche dem Garten der Ameisen den letzten Schliff gegeben hatten, freuten sich alle und während sie auf dem Weg zu ihrem Hauptsitz unter einem Pfirsichbaum durchzogen, erblickten sie dort einen neuen Laden. Da hing ein Schild, auf dem stand:

Importwhisky, ein Glas 2,5 Rin*

Da die Laubfrösche neugierig waren, betrat die ganze Schar den Laden. Ein schwärzlicher Leopardenfrosch saß plump da und streckte wie gelangweilt seine Zunge hin und her, um sich die Zeit zu vertreiben, aber als er sie alle hereinkommen sah, sagte er mit einer äußerst verführerischen Stimme: »Hallo, willkommen allerseits. Bitte gönnen Sie sich eine kurze Pause.«

»Wir verstehen das nicht genau. Der sogenannte Importweku. Was ist das? Könnten wir bitte eine Kostprobe haben?«

»Jawohl, wünschen Sie Importwhisky? Ein Glas kostet 2,5 Rin. Ist das in Ordnung?« – »Ja, es ist in Ordnung.« Der Leopardenfrosch schenkte das starke Gebräu in Trinkgefäßen aus ausgehöhlten Hirsekörnern aus.

»Uui. Das da ist wirklich stark. Der Bauch scheint zu brennen. Uui. He, ihr alle, das ist wirklich sonderbar. Sobald es in die Kehle gelangt, brennt es. Ich fühle mich gut. Bitte, könnten Sie mir noch eins geben?«

»Jawohl, wenn ich hier einmal durch bin, werde ich Ihnen nachschenken.«

»Auch hierher, schneller bitte.«

»Jawohl, ich verteile es der Reihe nach, eins nach dem anderen. Also, das da ist für Sie.«

* 1000 Rin sind 1 Yen

»Ah, vielen Dank. Uui. Ufu, uh, vortrefflich.«

»Auch hierher, schneller bitte.«

»Ja, das ist für Sie.«

»Uui.«

»He, bring mir bitte noch eins.«

»Hierher, bitte schnell.«

»Noch eins, schnell.«

»Jawohl, jawohl. Bitte hetzen Sie mich nicht so, sonst fließt das Maß über. Jawohl, das ist für Sie.«

»Ja, danke. Uui, kehon, kehon, uui, wie gut! Danke.«

Nun, auf diese Weise tranken die Laubfrösche ein Glas nach dem anderen. Sie tranken viel und je mehr sie tranken, umso mehr wollten sie davon. Da allerdings der Ölkanister bis oben hin mit dem Whisky des Leopardenfrosches gefüllt war, hätte man Zehntausende von Trinkgefäßen aus ausgehöhlten Hirsekörnern damit füllen können und der Whiskypegel wäre nicht mal um 1 Bu[*] gesunken.

»Hallo, bring mir noch eins.«   »Gib mir schnell noch eins.«

»Hei, bring es bitte schnell.«

»Ja, ja, Sie haben jetzt schon das 302. Schälchen, ist das in Ordnung?«

»Es ist gut so, gib mir, gib mir schon.«

»Jaja, wenn Sie es wünschen, bediene ich Sie weiter, bitte.«

»Uui, wie gut das schmeckt.«

»Hallo, bring schnell noch mehr auch hierher.«

Allmählich wurden die Laubfrösche betrunken, hier und dort schliefen sie schnarchend, kii, kii, ein.

Da grinste der Leopardenfrosch, schloss schnell den Laden und drückte den Deckel fest auf den Ölkanister mit dem Gebräu. Und dann nahm er aus dem Schrank ein Kettenhemd hervor, von Kopf bis Fuß mummelte er sich ein. Danach holte er einen Tisch und einen Stuhl und setzte sich ordentlich hin.

---

[*] etwa 3 mm

Alle Laubfrösche schnarchten, kii, kii. Der Leopardenfrosch ergriff einen kleinen Hocker und stellte ihn seinem Stuhl gegenüber. Dann nahm er von einem Regal eine Eisenstange herunter, setzte sich auf den Stuhl und schlug auf den grünen Laubfroschkopf, der am weitesten entfernt war, kotsun, ein.

»He. Steh auf! Du musst die Rechnung bezahlen. Also.«

»Kii, kii, kwa, au, das tut weh. Wer ist das? Wer schlägt mir auf den Kopf?«

»Bezahle die Rechnung.«

»Ach so, so. Wie hoch ist denn die Rechnung?«

»Du hast 342 Schälchen getrunken, das macht 85,5 Sen*. Wie steht's? Kannst du es bezahlen?«

Der Laubfrosch zog seinen Geldbeutel hervor und zählte nach, er hatte nur 3 Sen und 2 Rin.

»Was soll das, du hast nur 3 Sen und 2 Rin? Du bist ein unmöglicher Kerl. Also, was sollen wir tun? Ich werde es der Polizei melden!«

»Bitte verzeihen Sie. Bitte verzeihen Sie.«

»Nein, das geht nicht. Also, bezahle!«

»Ich habe es nicht. Bitte verzeihen Sie. Stattdessen könnte ich Ihr Knecht werden.«

»Ach so. Gut. Also, du bist mein Knecht.«

»Jawohl, da ist nichts zu machen.«

»Gut, geh hier rein.« Der Leopardenfrosch öffnete die Tür zu einem anderen Zimmer, schob diesen lästigen Laubfrosch hinein und knallte die Tür zu. Dann grinste er und setzte sich wieder schwerfällig auf seinen Stuhl. Er nahm abermals seine Eisenstange fest in die Hand, schlug, kotsun, auf den grünspanfarbenen Kopf eines zweiten Laubfrosches ein und sagte: »He he! Steh auf. Die Rechnung, die Rechnung.«

»Kii, kii, kwa, uui. Gib mir noch eins.«

»Sei nicht so verschlafen. Steh auf. Wach auf. Bezahle.«

* 100 Sen sind 1 Yen

»Uui, aaaa. Uui. Was soll das? Warum schlägst du mir auf den Kopf?«

»Wie lange noch willst du so verschlafen sein? Bezahle. Bezahle.« – »Ach. Ach so. So, ach ja, natürlich. Wie viel denn?«

»Du hast 600 Gläser gehabt, das macht 1 Yen 50 Sen. Also, hast du so viel?«

Der Laubfrosch wurde so blass, dass er durchsichtig erschien, er stülpte seinen Geldbeutel um und schaute nach, aber es waren nur 1 Sen und 2 Rin drin.

»Ich werde alles geben, was ich habe, könnten Sie dann nicht den Betrag so weit herabsetzen?«

»Ja, hast du 1 Yen und 20 Sen? Aha, aber da sind doch nur 1 Sen und 2 Rin drin! Das geht zu weit, du solltest mich nicht für so dumm halten. Die Rechnung hundertfach billiger machen, wie kannst du so etwas vorschlagen. In einer Fremdsprache ausgedrückt heißt das, dass du mich darum bittest, die Summe auf ein Prozent zu reduzieren. Du solltest mich nicht für so dumm halten. Also, bezahle! Bezahle, und zwar schnell!«

»Aber ich habe es nicht.«

»Wenn du es nicht hast, werde mein Knecht.«

»Da ist nichts zu wollen. Wenn es so ist, bitte ich Sie, es so zu machen.«

»Gut, komm hierher.« Der Leopardenfrosch schob diesen Laubfrosch auch in das andere Zimmer. Als er zu seinem Stuhl zurückkehren wollte, um sich wieder hinzusetzen, fiel ihm offensichtlich etwas ein. Schnell ging er zu den schnarchenden Laubfröschen, nahm von jedem einzelnen die Geldbörse in die Hand und prüfte deren Inhalt. Welche Geldbörse es auch immer war, in allen waren weniger als 3 Sen drin. Nur eine war wirklich groß und gewölbt, aber als er sie öffnete, um nachzusehen, war darin keine einzige Geldmünze, sondern sie enthielt nur kleingefaltete Kamelienblätter. Der Leopardenfrosch freute sich, freundlich lächelnd nahm er erneut seine Eisenstange und knallte sie, pon, pon, pon, pon, auf die grünen Köpfe der Laubfrösche, einen nach dem anderen. Oh, war das schlimm: »Es tut weh, es tut weh, wer macht das?«, wimmerten alle und während sie wimmerten, öffneten sie die Augen und schauten eine Weile unruhig hin und her. Aber endlich begriffen sie, dass es der alte Leopardenfrosch vom Spirituosenladen war, da riefen alle gleichzeitig: »He, Alter. Wie kommt es, dass du uns schlägst!« Während sie das riefen, sprangen sie ihn von allen Seiten an. Aber da der Leopardenfrosch so viel Kraft wie dreißig Laubfrösche zusammen besaß und dazu noch das Kettenhemd trug und außerdem alle Laubfrösche wegen des Importwhiskys schwankten, warf er sie einen nach dem anderen, suton, suton, um. Dann nahm der Leopardenfrosch elf Laubfrösche zwischen die Handflächen, ballte sie zusammen, modja modja, und schmiss sie, petschan, auf den Boden. Die Laubfrösche waren voller Furcht, sie zitterten, wurden blass, wie durchsichtig, und warfen sich ihm zu Füßen.

Da sprach der Leopardenfrosch würdevoll: »Ihr alle habt meinen Alkohol getrunken. Es gibt keine Rechnung, die weniger als 80 Sen beträgt. Aber es gibt keinen Einzigen unter euch, der mehr als 5 Sen besitzt. Denkt mal nach. Besitzt jemand mehr? Wohl keiner. Was nun?«

Die Laubfrösche atmeten keuchend, fuu fuu, und blickten einander nur an. Der Leopardenfrosch fuhr hochmütig fort: »Was nun? Wohl keiner. Besitzt jemand mehr? Wohl keiner. Deswegen haben zwei eurer Kameraden vorhin versprochen meine Knechte zu werden, anstatt die Summe zu bezahlen. Und, wie steht es mit euch?« In diesem Augenblick zeigten sich im Türspalt nur die Augen der uns bekannten zwei Eingeschlossenen, die, kii, leise weinten. Alle blickten einander an.

»Da ist nichts zu wollen. Machen wir es so?«

»Lasst es uns so machen.«

»Machen Sie es bitte auch so mit uns.«

Da die Laubfrösche, wie Sie sehen, einen guten Charakter haben, ergaben sie sich gleich dem Leopardenfrosch als Knechte.

Da öffnete der Leopardenfrosch die hintere Tür und schleppte die zwei heraus. Dann wandte er sich feierlich an alle und sprach: »Passt auf. Wir wollen diese Gruppe ›Kairo-Gruppe‹ nennen. Ich bin der Gruppenchef Kairo. Von morgen an müsst ihr meine Befehle befolgen, einverstanden?« – »Da ist nichts zu wollen«, antworteten alle. Darauf stand der Leopardenfrosch auf und drehte sein Haus um. Der Schnapsladen wurde dabei sofort zum Heim des Gruppenchefs Kairo. Es war nämlich vorher ein viereckiges Haus gewesen, jetzt wurde es sechseckig. Nun, dieser Tag ging zu Ende, und der nächste kam. Die goldenen Strahlen der Sonne ließen den Pfirsichbaum einen sogar 3000 Sun langen Schatten werfen, der Himmel erstrahlte tiefblau, aber niemand war gekommen, um der Kairo-Gruppe Arbeit zu geben. Daher versammelte der Leopardenfrosch alle und sagte: »Gar niemand ist gekommen, um uns Arbeit zu geben. Wenn wir also überhaupt keine Arbeit haben, ist es für mich nicht einträglich, euch zu verpflegen. Auch für mich ist es ganz schlimm. Aber wenn es keine Arbeit gibt, ist es außerordentlich wichtig, sich gut für die Vollbeschäftigung vorzubereiten. Das heißt, während dieser Zeit muss man das Material für die Arbeit sammeln. Nun also, als Erstes geht es um Holz. Heute müsst ihr alle rausgehen und 10 großartige Äste sammeln. 10 sind etwas wenig, also 100. 100 sind immer noch zu wenig, nur mit 1000 dürft ihr zurückkommen. Wenn ihr keine 1000 zusammenbringt, werde ich euch sofort bei der Polizei anzeigen. Ihr werdet alle zum Tode verurteilt werden. Eure dicken Hälse werden, spon, durchgeschnitten. Da eure Hälse zu dick sind, geht es spon nicht, sie werden shuppon durchgeschnitten.«

Die Laubfrösche zitterten mit ihren grünen Händen und Füßen und bekamen Krämpfe. Dann verschwanden sie heimlich fluchtartig nach draußen, ein jeder hatte wohl einen Anteil von mehr als 33,33 Ästen einzusammeln. Mit voller Energie suchten sie nach guten Ästen, aber sie hatten in der Gegend schon lange gesucht und wie sehr sie auch alle, hyoi, hyoi, sprangen, sie konnten bis zum frühen Abend nur 9 Stück einsammeln. Ach, alle Laubfrösche hatten verweinte Gesichter, sie liefen ziellos herum, es wurde immer unerträglicher. In diesem Augenblick kam gerade eine Ameise vorbei. Als sie alle ganz blass und durchsichtig im bernsteinfarbenen Abendlicht weinen sah, wunderte sie sich und sagte: »Laubfrösche, vielen Dank für gestern. Was ist denn los?« – »Heute müssen wir 1000 Äste sammeln und dem Leopardenfrosch bringen. Bis jetzt haben wir nur 9 Stück gesammelt.«

Als die Ameise dies hörte, brach sie, ke kke kke ke, in schallendes Gelächter aus. Dann sagte sie: »Wenn er 1000 Stück verlangt, dann müsst ihr 1000 Stück bringen. Dort, aus einer Handvoll Äste von diesem schimmeligen Baum, der aussieht wie Dunst, können leicht 500 Äste werden.« Sie wurden zuversichtlich, alle waren erfreut und jeder Einzelne nahm von dem schimmeligen Baum seine 33,33 Äste. Sie sprachen der Ameise ihren Dank aus und kehrten zu Gruppenchef Kairo zurück. Da bekam der Gruppenchef sehr gute Laune. »Hm hm, gut, gut, in Ordnung, ihr alle könnt ein Glas Importwhisky trinken und schlafen.« Darauf tranken alle einen Hirsebecher voll Importwhisky, schwindlig und quietschend schliefen sie ein.

Am nächsten Morgen war die Sonne wieder aufgestiegen, da sagte der Leopardenfrosch: »Hallo, ihr alle. Kommt mal her. Auch heute hat uns niemand einen Arbeitsauftrag gegeben. Also, heute geht ihr überall auf die Blumenfelder und sucht Samen. Jeder Einzelne muss 100 Körner sammeln. Nein, 100 Körner sind zu wenig, 1000 Körner. Nein, 1000 Körner sind für diesen langen Tag zu wenig. 10 000 Körner sollten wohl gut sein. Wenn ihr zurückkommt, muss ein jeder 10 000 Körner gesammelt haben. Einverstanden? Wenn ihr nicht damit zurückkommt, übergebe ich euch sofort der Polizei. Die Polizei wird euch einfach, shuppon, den Hals abschneiden.«

Alle Laubfrösche wurden in der Sonne ganz blass und transparent, sie gingen in Richtung der Blumenfelder. Aber glückli-

cherweise waren gerade die Samen der Blumen wie Regen nie-
dergefallen, auch die Bienen summten herum, die Laubfrösche
hockten da und sammelten alle mit großem Eifer. Während sie
sammelten, sprachen sie untereinander: »Hallo, Bitchuko,
kannst du 10 000 Körner sammeln?«

»Ich muss mich anscheinend beeilen. Ich habe nur 300 Körner gesammelt.«

»Vorhin hat der Gruppenchef zuerst von 100 Körnern gesprochen, nicht wahr? Wenn es 100 gewesen wären, wäre es gut,
nicht wahr?«

»Ja, dann hat er von 1000 Körnern gesprochen, wenn es 1000
gewesen wären, wäre es auch noch gut, nicht wahr?«

»Wirklich, warum habe ich so viel Schnaps getrunken?«

»Ich habe auch darüber nachgedacht. Der erste Becher und
der zweite, der zweite und der dritte und so weiter, die waren
vielleicht alle irgendwie durch einen Faden oder so miteinander
verbunden. 350 Becher dürften miteinander verbunden gewesen
sein, denke ich jetzt gerade.«

»Genau, mein Gott, wir müssen uns beeilen.«

»Ja, ja.«

Also, alle sammelten und sammelten. Bis zum frühen Abend
hatte jeder endlich die 10 000 Körner zusammengesucht und
sie kehrten zum Gruppenchef Kairo zurück. Da freute sich der
Leopardenfrosch und Gruppenchef Kairo und sagte: »Ja. Gut.
Also, jeder von euch kann ein Glas Importwhisky trinken und
schlafen gehen.«

Die Laubfrösche freuten sich sehr, ein jeder trank einen Hirsebecher Importwhisky und sie schliefen quietschend, kii kii,
ein.

Als die Laubfrösche am nächsten Morgen aufwachten, sahen
sie, dass ein weiterer Leopardenfrosch gekommen war. Er führte
mit dem Gruppenchef folgendes Gespräch:

»Jedenfalls, man sollte sie tüchtig schuften lassen, sonst wird
man nur ausgelacht.«

»Genau so ist es. Wie wäre es, wenn jeder Einzelne 90 Yen einbringen würde?«

»Ja, wenn es ungefähr so viel wäre, das fände ich in Ordnung.«

»Ja, das wäre gut. Oh, alle sind aufgestanden. Welche Arbeit soll ich ihnen heute zuteilen? Es ist irgendwie schwierig, sie zu beschäftigen, wenn es keinen Auftrag gibt.«

»Ja, das kann ich sehr gut nachfühlen.«

»Soll ich sie heute Steine tragen lassen? Hallo. Ihr alle müsst heute Steine herbringen, wobei jeder von euch mit 90 Monme* zurückkommen muss. Nein, 90 Monme ist schon etwas wenig.«

»Ja, 900 Kan** klingt eigentlich besser.«

»Ja, ja. Das ist viel besser. Hallo, ihr alle. Heute müsst ihr Steine herbringen, wobei jeder Einzelne 900 Kan herbeischaffen muss. Falls es nicht gelingt, werdet ihr schnell der Polizei übergeben. Dort gibt es auch Gerichtsdiener. Es ist dann wirklich einfach, euch den Hals, shuppon, abzuschneiden.«

Alle Laubfrösche wurden transparent und leichenblass. Das war nicht verwunderlich: Alleine 900 Kan Steine zu schleppen, das schafft sogar ein erwachsener Mensch nicht. Also, wie viel Monme beträgt das Gewicht eines Laubfrosches? Es werden nur 8 bis 9 Monme sein. Also, dass jeder an einem einzigen Tag 900 Kan Steine herantragen sollte, nur schon bei dem Gedanken daran wurde ihnen schwindlig. Kuu, kuu, quakten sie und fielen, batari batari, einer nach dem anderen um, kein Wunder.

Der Leopardenfrosch holte sofort die Eisenstange hervor und schlug, kotsun, kotsun, auf die Köpfe aller Laubfrösche. Während die Umgebung bläulich um sie zu kreisen schien, machten sich die Laubfrösche auf den Weg zur Arbeit. Selbst die Sonne, ganz weit hinten am Horizont, sahen sie dreieckig um sie herumkreisen. Sie kamen an den Ort, an dem die Steine waren. Und

* etwa 337,5 g
** etwa 3375 kg

dann wickelte ein jeder um einen ungefähr 100 Monme schweren Stein ein Seil herum und begann, enjaraja, hoi, enjaraja, zu ziehen. Alle schufteten aus vollster Kraft, der Schweiß tropfte ihnen von überall, tschik tschik tschik tschik, herab, ihr ganzer Körper wurde schlaff wie ein Segel ohne Wind, die Welt erschien ihnen rabenschwarz. Als trotz allem jeder einzelne der dreißig Laubfrösche einen Stein bis zum Haus von Gruppenchef Kairo herangeschleppt hatte, war es schon Mittag. Dazu kam, dass alle müde waren, ihnen war schwindlig, sie konnten die Augen nicht mal offen halten und auch nicht mehr stehen. Oh Schreck, wenn sie bis zum Abend keine 899 Kan und 900 Monme hierher bringen konnten, dann würde ihnen der Hals, shuppon, abgeschnitten. Gruppenchef Kairo, der noch im Haus schlief und schnarchte, wurde schließlich wach und kam langsam aus dem Haus heraus. Die einen Laubfrösche setzten sich seufzend auf die herangeschleppten Steine, die anderen streckten sich auf dem Boden aus und schliefen ein. Ihre Schatten erschienen im Tageslicht bläulich und fielen hübsch auf den Boden. Der Gruppenchef ärgerte sich, schnell ging er ins Haus, um die Eisenstange zu holen. Währenddessen rüttelten die schon erwachten Laubfrösche die noch schlafenden Kollegen auf, und als der Gruppenchef zurückkehrte, standen alle ordentlich da.

Der Gruppenchef sprach: »Was soll das, ihr Schlafmützen! Bis jetzt habt ihr nur so wenig herangeschleppt. Was für Schwächlinge seid ihr! Ich könnte solche 900 Kan Steine in nur dreißig Minuten herbeischaffen.«

»Wir können es absolut nicht. Wir sind sterbensmüde.«

»He, ihr Schwächlinge. Bringt sie schnell herbei! Wenn ihr es bis zum Abend nicht schafft, werdet ihr der Polizei übergeben, und eure Hälse werden dort, shuppon, abgeschnitten. Ihr Dummköpfe.«

Die Laubfrösche gerieten in Verzweiflung und riefen: »Also schicken Sie uns schnell zur Polizei. Shuppon, shuppon, so etwas klingt irgendwie interessant.«

Gruppenchef Kairo ärgerte sich und fing an zu schreien: »He, Dummköpfe, eine Bande von Schwächlingen. He, gaaaaaaaaaa.« Gruppenchef Kairo machte ein komisches Gesicht und schloss, patan, den Mund. Aber das »Gaaaaaaaaa« tönte ununterbrochen weiter. Es kam nicht aus der Kehle des Gruppenchefs sondern aus einem Megafon, das die Form einer Schnecke hatte, vom blauen Himmel. Es war das Signal, das einen neuen Befehl des Königs ankündigte.

»Hört, es gibt einen neuen Befehl.« Die Laubfrösche und auch der Leopardenfrosch standen sofort stramm. Die Stimme, die aus dem Megafon kam, klang äußerst fröhlich.

»Es ist der neue Befehl des Königs. Es ist der neue Befehl des Königs. Artikel eins. Dies ist die Methode, wie man den Leuten Aufgaben zuteilen sollte. Dies ist die Methode, wie man den Leuten Aufgaben zuteilen sollte. Erstens: Wenn man den Leuten Arbeiten zuteilt, soll das Resultat so sein, dass das Körpergewicht des Auftraggebers durch das Körpergewicht des Beauftragten geteilt wird. Zweitens: Das Maß des Auftrags soll mit dem Endresultat multipliziert werden. Drittens: Diese Methode soll der Auftraggeber zuerst zwei Tage lang an sich selbst testen. Das ist alles. Wer diese Anordnungen nicht befolgt, wird dem Land der Vögel übergeben.«

Oh, die Laubfrösche jubelten. Einer namens Chekko, der gut rechnen konnte, begann sofort mit dem Kopfrechnen: »Unser Gewicht beträgt 10 Monme, das Gewicht des Auftraggebers, des Gruppenchefs, ist 100 Monme, 100 Monme geteilt durch 10 Monme, die Antwort ist 10. Der Auftrag war 900 Kan, 900 Kan multipliziert mit 10, die Antwort ist 9000 Kan. 9000 Kan. Hallo. Ihr alle.« – »Gruppenchef. Also, von jetzt bis zum Abend ziehen Sie bitte 4500 Kan Steine hierher.«

»Nun, es ist der Befehl des Königs. Ziehen Sie bitte.«

Diesmal war es der Leopardenfrosch, der allmählich die Farbe verlor, er wurde durchsichtig, wie bernsteinfarben, und fing an zu zittern, buru buru. Alle Laubfrösche umringten den

Leopardenfrosch und nahmen ihn mit zu dem Ort, an dem sich die Steine befanden. Dann banden sie ein Seil um einen ungefähr 1 Kan schweren Stein. »Also, wenn Sie bis zum Abend 4500 Stück davon herbringen würden, wäre es gut.« Während sie das sagten, banden sie das andere Ende des Seiles um die Schultern von Gruppenchef Kairo. Der Gruppenchef gab sich nun gefasst, er warf die Eisenstange weg, die er noch in der Hand hielt, und das Ziel fest vor Augen blickte er in die Richtung, in welche er den Stein ziehen sollte, aber er hatte absolut keine Lust, den Stein zu ziehen. Da fingen die Laubfrösche an, ihn im Chor anzuspornen: »Hau ruck, hau ruck, hau ruck, hau hau ruck.« Gruppenchef Kairo wurde dadurch angestachelt, etwa fünfmal trampelte er mit den Füßen, tek tek, auf der Stelle und zog am Seil, aber der Stein blieb unerschütterlich stehen. Dem Leopardenfrosch tropfte der Schweiß, tschik tschik, herab, er riss den Mund weit auf und schnaufte, fuu fuu. Alles um ihn herum drehte sich im Kreis und erschien ihm braun. »Hau ruck, hau ruck, hau ruck, hau hau ruck.« Der Leopardenfrosch trampelte noch etwa viermal mit den Füßen, aber schließlich knackte es, kikuk, und seine Füße verdrehten sich. Die Laubfrösche brachen unwillkürlich in Gelächter aus. Aber, aus welchem Grund auch immer, es wurde plötzlich totenstill. Es wurde wirklich totenstill. Verehrte Leserinnen und Leser, ich kann nicht beschreiben, wie einsam man sich in diesem Moment fühlt. Verehrte Leserinnen und Leser, verstehen Sie? Wenn man jemanden verspottet, dann wird es plötzlich totenstill, eine totenstille Einsamkeit.

Genau in diesem Augenblick ertönte es wieder aus dem Schneckenmegafon hoch im blauen Himmel: »Es ist der neue Befehl des Königs. Es ist der neue Befehl des Königs. Alle Lebewesen ohne Ausnahme haben ein gutes Herz und sind zu bemitleiden. Sie dürfen einander nie hassen. Das ist alles.« Und dann entfernte sich die Stimme und ließ nachklingen: »Es ist der neue Befehl des Königs.« Da liefen alle Laubfrösche zum

Leopardenfrosch hin und gaben ihm Wasser, rückten die verdrehten Füße zurecht und klopften ihm auf den Rücken. Der Leopardenfrosch vergoss Tränen der Reue. »Ach, ihr alle, ich war ein schlechter Kerl. Ich bin auch nicht mal euer Gruppenchef. Ich bin doch nur ein gewöhnlicher Frosch. Morgen mache ich ein Schneidergeschäft auf.« Die Laubfrösche freuten sich, alle klatschten in die Hände.

Am nächsten Tag fingen die Laubfrösche wieder an, das Leben wie früher zu genießen. Verehrte Leserinnen und Leser, nach dem Regen, nach einem windigen Tag, erst recht an einem schönen Tag, auf dem Feld und im Schatten eines Blumenbeetes, hören Sie diese leisen Stimmen? »Hallo. Bekko. Mach es an diesem Ort etwas schöner. Ja, in Ordnung. Hallo. Was wir hier anpflanzen, ist keine Taubnessel, sondern Sperlingskraut. Ah ja, beide Pflanzen haben mit Vögeln zu tun, darum habe ich sie verwechselt. Ha ha ha. He, Bitchuko. Hallo, Bitchuko, schütte bitte dieses Loch zu. Ist es gut? Da, fang! Gut. Ach, dumm von mir, los, zieh bitte. Hau ruck.«

Kenji Miyazawa

Der vierte Tag des Narzissenmonats

Die alte Schneefrau* war in die Ferne unterwegs. Sie hatte Ohren wie eine Katze, ihr graues Haar war zerzaust, sie war über den Bergen im Westen, die von gekräuselten, glänzenden Wolken umgeben waren, unterwegs.

Ein Kind, das sich in eine rote Wolldecke eingehüllt hatte, lief am Fuß eines schneebedeckten Hügels entlang, der die Form eines mächtigen Elefantenkopfes hatte. Es eilte nach Hause und dachte immer wieder an die Karamellen:

»Also, ich werde aus Zeitungspapier eine Spitztüte machen und durch sie hindurch auf die Holzkohle blasen, bis es blassblaue Flammen gibt. In den Karamelltopf werde ich eine Handvoll Rohzucker, dann eine Handvoll groben Zucker geben. Und Wasser, dann kann es brodeln.«

Wirklich, es war voll und ganz mit den Karamellen beschäftigt, während es nach Hause eilte.

In einer klaren, kalten, sehr weit entfernten Himmelsgegend entfachte die Sonne ihr blendend weißes Feuer. Sein Licht breitete sich in alle Himmelsrichtungen aus und wenn es auf den Boden fiel, verwandelte es den Schnee auf der totenstillen Hochebene in ein blendendes Alabasterbrett.

Zwei Schneewölfe, denen die roten Zungen aus dem Maul hingen, liefen auf der schneebedeckten Anhöhe des Elefantenkopfhügels herum. Diese Kerle selbst waren für Menschenaugen unsichtbar, aber wenn sie einmal im Wind begannen verrückt

---

* Die alte Schneefrau ist ein angsteinflößender Naturgeist aus den Volkssagen von Tohoku.

zu werden, sprangen sie aus dem Schnee der äußersten Kante der Hochebene auf und wirbelten in den leichten, luftigen Schneewolken herum.

»He, ihr dürft euch nicht so weit entfernen.« Hinter den Schneewölfen kam ein Schneeknabe mit einem glänzenden Gesicht, rund wie ein Apfel, langsam daher, seine dreispitzige Pelzmütze aus Eisbärenfell hatte er in den Nacken geschoben. Die Schneewölfe schüttelten die Köpfe, sie drehten sich im Kreis und rannten, ihre rote Zunge herausstreckend, wieder herum.

»Kassiopeia,
die Narzissen werden bald blühen,
drehe deine gläsernen Wasserräder weiter.«

Während der Schneeknabe zum tiefblauen Himmel blickte, rief er dies zu den unsichtbaren Sternen hinauf. Von diesem Himmel strömte wellenartig blaugrünes Licht, aus den Mäulern der Schneewölfe in der Ferne züngelte es wie rote Flammen.

»He, zurück, he.« Der Schneeknabe sprang hoch und schimpfte. Sein Schatten, der sich bisher klar auf dem Schnee abgezeichnet hatte, verwandelte sich in weiß glitzerndes Licht, die Schneewölfe spitzten die Ohren und liefen schleunigst zurück.

»Andromeda,
die japanische Lavendelheide wird bald blühen,
lass den Alkohol schnell in deine Lampe fließen.«

Der Schneeknabe begann geschwind auf den Elefantenhügel hochzusteigen. Der Wind hatte in den Schnee muschelähnliche Formen gezeichnet, auf dem Gipfel stand ein großer Kastanienbaum mit schönen goldenen Mistelkugeln.

»Geht, pflückt mir welche«, befahl der Schneeknabe, während er weiter hinaufstieg. Einer der Schneewölfe sprang, als er die glänzenden kleinen Zähne seines Chefs sah, sofort wie ein Gummiball auf den Baum und knabberte an einem kleinen Zweig mit roten Früchten herum. Der Schatten des Schneewolfes, der im Baum ständig den Kopf bewegte, fiel breit und lang auf den schneebedeckten Hügel. Schließlich waren die grüne Rinde und der gelbe Holzkern durchgebissen und der Zweig fiel vor die Füße des Schneeknaben, der gerade oben angekommen war.

»Danke«, sagte der Schneeknabe und während er ihn aufhob, betrachtete er weit in der Ferne eine schöne Stadt inmitten von weißen und indigoblauen Feldern. Der Fluss glänzte, vom Bahnhof stieg weißer Rauch auf. Der Schneeknabe warf einen Blick auf den Fuß des Hügels. Dort, auf einem schmalen Weg im Schnee, lief das Kind mit der roten Wolldecke, eilig ging es in Richtung seines Hauses in den Bergen. »Oh, dieses Kind hat gestern einen Schlitten mit Holzkohle gezogen. Es hat Zucker gekauft und kehrt ohne den Schlitten nach Hause zurück.« Der Schneeknabe lachte und warf den Mistelzweig, den er in der Hand hielt, dem Kind vor die Füße. Der Zweig flog so gerade wie eine Gewehrkugel und fiel direkt vor die Augen des Kindes. Das Kind erschrak und hob den Zweig auf, unruhig schaute es sich nach allen Seiten um. Der Schneeknabe lachte wieder und ließ seine lederne Peitsche einmal knallen. Da fiel aus dem tiefblauen, wolkenlosen, wie frisch polierten Himmel überall ganz weißer Schnee, wie Reiherfedern. Er ließ diesen ruhigen, wundervollen Sonntag mit seinem Schnee auf der weiten Ebene, den bierfarbenen Sonnenstrahlen und den braunen Zypressen noch schöner erscheinen.

Das Kind lief, den Mistelzweig in der Hand, kräftig weiter. Aber als dieser herrliche Schnee zu fallen aufhörte, machte die Sonne den Anschein, als ob sie sich weit zurückziehen würde, an einen Ort, an dem sie dieses blendend weiße Feuer erneut entfachen würde. Dann kam von Nordwesten her ein leichter Wind auf. Der Himmel wurde eiskalt. Aus der Richtung des Meeres, das weit im Osten lag, hörte man schwache Geräusche, als wäre im Himmel ein Mechanismus beschädigt worden. Das Antlitz der Sonne verwandelte sich in einen weißen Spiegel, vor dem irgendetwas Kleines schnell vorbeihuschte. Der Schneeknabe klemmte seine Peitsche fest in die Achselhöhle, verschränkte die Arme, presste die Lippen zusammen und schaute unbeweglich in die Richtung, aus der der Wind kam. Auch die Schneewölfe streckten die Hälse und blickten unverwandt dorthin.

Der Wind wurde immer stärker, der Schnee um ihre Füße rieselte nach hinten, bald darauf stieg drüben über dem Gipfel der Bergkette etwas Weißes, Rauchähnliches auf und fern im Westen wurde es schon vollkommen grau und dunkel.

Die Augen des Schneeknaben funkelten wie loderndes Feuer. Der Himmel wurde ganz weiß, der Wind wirbelte alles herum und schnell fiel trockener, feiner Schnee. Die Gegend war voll von grauem Schnee. Schnee oder Wolken, man wusste es nicht.

Überall auf dem Hügelland begann es auf einmal zu knirschen und zu klirren. Der Horizont und auch die Stadt, alles war in einen dunklen Rauch gehüllt, nur der weiße Schatten des Schneeknaben, der aufrecht dastand, war undeutlich zu sehen. Inmitten des tosenden, brüllenden Lärms des Windes ertönte eine unheimliche Stimme: »Hyuu, was trödelt ihr herum? Also, macht Schnee! Macht Schnee! Hyuu hyuu hyuu, hyuhyuu. Macht, dass es schneit, lasst den Schnee fliegen! Was trödelt ihr herum? Wir haben so viel zu tun. Hyuu, hyuu. Ich habe von drüben drei weitere Leute mitgebracht. Also lasst es schneien! Hyuu.« Der Schneeknabe flog blitzschnell hoch. Es war die alte Schneefrau, die eben angekommen war.

Patchi, die Lederpeitsche des Schneeknaben knallte. Die Wölfe sprangen beide gleichzeitig in die Luft. Das Gesicht des Schneeknaben wurde bleich, er presste die Lippen zusammen, seine Mütze flog davon.

»Hyuu, hyuu, also, nehmt euch zusammen. Jetzt wird gearbeitet. Hyuu, hyuu. Reißt euch zusammen! In dieser Gegend ist heute der vierte Tag des Narzissenmonats. Also, nur los! Hyuu«.

Die zerzausten, kalten weißen Haare der alten Schneefrau wirbelten im Schneegestöber und im Wind herum. Zwischen den immer näher kommenden schwarzen Wolken konnte man ihre spitzen Ohren und auch ihre blitzenden, goldgelben Augen erkennen. Die drei Schneeknaben, die sie von den westlichen Feldern mitgebracht hatte, waren alle blass, fest pressten sie die Lippen zusammen. Sie sprachen kein Wort miteinander, ununterbrochen ließen sie ihre Peitschen knallen und rannten in allen Richtungen herum. Sie konnten selbst nicht erkennen, wo der Hügel oder das Schneegestöber oder der Himmel war. Zu hören war das Geschrei der alten Schneefrau, die hin und her lief, das Knallen der Peitschen und jetzt auch noch das Keuchen der neun Schneewölfe, die im Schnee herumrannten. Mitten durch dieses Getöse hindurch nahm der Schneeknabe die weinende Stimme des Kindes wahr, die hin und wieder vom Wind herangetragen wurde.

Die Pupille des Schneeknaben funkelte etwas eigenartig. Er blieb eine Weile nachdenklich stehen, doch plötzlich eilte er, mit seiner Peitsche knallend, in eine Richtung. Aber anscheinend war es die falsche Richtung, denn der Schneeknabe stieß auf eine Bergwand mit dunklen Kiefern weit im Süden. Er klemmte seine Peitsche unter den Arm und spitzte die Ohren.

»Hyuu, hyuu. Faulenzen ist verboten! Lasst es schneien, lasst es schneien! Also, hyuu. Heute ist der vierte Tag des Narzissenmonats. Hyuu, hyuu, hyuu, hyuu hyuu.« Durch den heftigen Lärm des Windes und des Schnees hindurch konnte er wieder flüchtig eine weinende, aber klare Stimme hören. Er rannte geradewegs in diese Richtung. Die wirren Haare der alten Schneefrau berührten unheimlich sein Gesicht. Im Schnee auf dem Pass hatte sich das Kind, vom Wind umtost, in seine rote Decke eingewickelt. Es schwankte, die Füße im

Schnee eingeklemmt, und fiel um, dann versuchte es weinend mithilfe seiner Hände aufzustehen.

»Zieh die Decke über dich, bleib mit dem Gesicht nach unten. Zieh die Decke über dich, bleib mit dem Gesicht nach unten. Hyuu«, rief der Schneeknabe, während er herbeilief. Aber das Kind konnte nur die Geräusche des Windes vernehmen und die Gestalt des Schneeknaben war unsichtbar.

»Bleib mit dem Gesicht nach unten liegen. Hyuu. Halte dich still. Es wird bald aufhören, zieh die Decke über dich und bleib liegen.« Während der Schneeknabe näher kam, rief er weiter. Aber das Kind versuchte strampelnd trotzdem aufzustehen.

»Bleib liegen, hyuu, sei still. Bleib mit dem Gesicht nach unten, heute ist es nicht so kalt, deshalb wirst du nicht frieren.«

Dies rief der Schneeknabe, während er noch einmal vorbeilief. Das Kind weinte mit verkrampftem Mund, es versuchte noch einmal aufzustehen.

»Bleib liegen, so geht es nicht.« Der Schneeknabe gab ihm von weitem gezielt einen starken Hieb, der es zu Fall brachte.

»Hyuu, ihr müsst fleißiger sein! Faulenzt nicht herum! Also, hyuu.« Die alte Schneefrau erschien wieder. Man konnte ihren wie zerrissen wirkenden violetten Mund und ihre spitzen Zähne unklar erkennen.

»Ach, da liegt so ein komisches Kind. Soso. Nehmt es mit. Es ist der vierte Tag des Narzissenmonats, es ist gut, wenn wir ein bis zwei Menschen mitnehmen können.«

»Ja, so ist es, das Kind soll sterben«, sagte der Schneeknabe. Während er es nochmals gezielt stark anstieß, flüsterte er:

»Bleib liegen. Beweg dich nicht. Du darfst dich nicht bewegen.« Die Schneewölfe liefen wie wild geworden herum, ihre schwarzen Pfoten tauchten hier und dort im Schneegestöber auf.

»So so, so ist es recht. Also, lasst es schneien. Faulenzen ist verboten! Hyuu hyuu hyuu, hyuhyuu.« Die alte Schneefrau flog davon.

Das Kind versuchte wieder aufzustehen. Der Schneeknabe lachte und gab ihm nochmals einen starken Hieb. Es wurde schon verschwommen dunkel und obwohl es noch nicht drei Uhr war, hatte man das Gefühl, die Sonne würde schon untergehen. Das Kind war mit seiner Kraft am Ende, es versuchte nicht mehr aufzustehen. Der Schneeknabe lachte, streckte die Hand aus und breitete die rote Wolldecke sorgfältig über das Kind.

»Und jetzt bleib so und schlafe. Ich werde dich mit vielen Futons zudecken. Dann wirst du nicht frieren. Träume von Karamellen bis morgen früh.«

Der Schneeknabe lief mehrmals hin und her und häufte viel Schnee auf das Kind. Bald war die rote Wolldecke nicht mehr sichtbar und die Schneedecke überall gleich hoch.

»Das Kind hat den Mistelzweig, den ich ihm zugeworfen hatte, in der Hand behalten«, murmelte der Schneeknabe, den Tränen nahe.

»Also, strengt euch an, heute Nacht dürfen wir uns nicht vor zwei Uhr ausruhen. Weil in dieser Gegend der vierte Tag des Narzissenmonats ist, darf man keine Pause machen. Also, lasst es schneien, hyuu, hyuu hyuu, hyuhyuu.« Das Geschrei der alten Schneefrau kam mit dem Wind aus der Ferne. Und dann ging die Sonne wirklich im Wind und im Schnee und in den zerrissenen grauen Wolken unter, der Schnee fiel ununterbrochen, die ganze Nacht hindurch, fiel und fiel.

Endlich, gegen Tagesanbruch, kam die alte Schneefrau vom Süden her geradewegs in den Norden geflogen und sagte:

»Also, langsam dürft ihr euch ausruhen. Ich bewege mich jetzt nämlich wieder aufs Meer zu. Es braucht niemand mit mir zu kommen. Ruht euch nur aus und seid bereit für den nächsten Einsatz. Ah, es war fein. Der vierte Tag des Narzissenmonats ist gut zu Ende gegangen.« Ihre Augen leuchteten in der Finsternis seltsam blau und während ihre Haare wild herumwirbelten und ihr Mund zuckte, flog sie gegen Osten davon.

Die Felder und auch die Hügel schienen erleichtert, der Schnee leuchtete blassblau. Auch der Himmel hellte sich irgendwann auf. In der Himmelskugel, tiefblau wie eine Ballonblume, glänzten überall die Sternbilder.

Die Schneeknaben mit ihren Wölfen tauschten zum ersten Mal Grüße aus.

»Es war wirklich grausam, nicht wahr?«

»Oh ja.«

»Wann werden wir wieder zusammenkommen?«

»Wann wird es sein? In diesem Jahr wird es ungefähr noch zwei Mal geschehen.«

»Wir möchten bald zusammen gegen Norden aufbrechen.«

»Ja.«

»Vorhin ist ein Kind umgekommen, nicht wahr?«

»Keine Sorge. Es schläft. Morgen früh werde ich die Stelle markieren.«

»Gut, lasst uns zurückkehren. Wir müssen bei Tagesanbruch dort drüben sein.«

»Oh, es ist schon in Ordnung. Also, ich verstehe das überhaupt nicht. Das sollten die drei Sterne der Kassiopeia sein. Alle scheinen in ein blaues Licht getaucht, nicht wahr? Wieso schicken sie, wenn sie so schön glühen, trotzdem Schnee herab?«

»Es ist so, also, es ist wie bei einer Zuckerwattenmaschine. Schaut, sie dreht sich im Kreis herum und der grobe Zucker verwandelt sich in eine luftige, weiche Süßigkeit. Deshalb, wenn es gut brennt, gelingt es.«

»Aha.«

»Also, auf Wiedersehen.«

»Auf Wiedersehen.«

Die drei Schneeknaben kehrten mit ihren neun Schneewölfen in den Westen zurück.

Bald leuchtete der östliche Himmel wie eine gelbe Rose, er schimmerte bernsteinfarben und begann golden zu glühen. Die Hügel und die Felder waren voll von frischem Schnee. Die

Schneewölfe des Knaben hatten sich todmüde hingesetzt. Der Schneeknabe saß auch im Schnee und lachte. Seine Wangen waren wie Äpfel und sein Atem duftete wie Lilien. Eine brennende Sonne ging auf. Der Morgen erschien bläulich und war prachtvoll. Das Licht der Sonne floss pfirsichfarben über alles. Die Schneewölfe standen auf und öffneten ihre Mäuler weit, aus ihren Rachen traten flackernde blaue Flammen hervor.

»Also, folgt mir. Die Nacht ist zu Ende, wir müssen das Kind aufwecken.« Der Schneeknabe lief zu der Stelle, an der das Kind unter dem Schnee lag.

»Also, macht hier den Schnee weg.« Sofort scharrten die Schneewölfe mit ihren Hinterpfoten den Schnee weg. Der Wind fegte ihn wie Rauch fort.

Ein Mann in einem Pelzmantel und Schneeschuhen eilte vom Dorf heran. »Es reicht«, rief der Schneeknabe, als er den Rand der roten Wolldecke im Schnee kurz aufleuchten sah. »Dein Vater kommt, mach die Augen auf«, rief er, während er auf den Hügel hinauflief und dabei einen Schneewirbel auslöste. Das Kind schien sich leicht zu bewegen. Und dann kam der Mann im Pelzmantel aus voller Kraft angerannt.

Kenji Miyazawa

Goshu der Cellist

Goshu war Cellist am Lichtspieltheater der Stadt. Er hatte jedoch als Musiker einen nicht so guten Ruf. Er war nicht nur ein schlechter Spieler, sondern, offen gesagt, der schlechteste Spieler unter seinen Musikerkollegen, weshalb er vom Kapellmeister immer wieder schikaniert wurde.

Es war kurz nach Mittag, alle saßen in der Künstlergarderobe im Kreis und übten gerade *Die sechste Sinfonie* für das nächste Konzert der Stadt.

Die Trompete sang voller Energie. Die zweistimmigen Violinen klangen wie der Wind. Die Klarinette mit ihrem »Boh boh« half auch mit. Goshu spielte ebenfalls mit Leib und Seele, die Lippen fest zusammengepresst und mit aufgerissenen Augen auf die Noten starrend.

Plötzlich klatschte der Kapellmeister in die Hände. Sogleich hörten alle mit dem Spielen auf, es herrschte Ruhe. Dann brüllte der Kapellmeister:

»Das Cello ist zu langsam. Too-te-te te-te-tei, fangt noch einmal hier an, los.«

Alle setzten an der Stelle ein paar Takte vorher wieder ein. Endlich schaffte Goshu es, rot im Gesicht und mit schweißnasser Stirn, gerade noch die betreffende Stelle zu spielen. Aufatmend fuhr er mit seinem Spiel fort, als der Kapellmeister wieder in die Hände klatschte.

»Cellist, die Saiten sind nicht gestimmt. Schlimm, was? Ich habe keine Zeit, dich ›do re mi fa sol‹ zu lehren, nicht wahr?«

Alle anderen schauten, als hätten sie Mitleid mit ihm, demonstrativ auf die eigenen Noten oder zupften an ihren Musikinstrumenten herum. Goshu stimmte hastig sein Instrument. Es war wirklich seine Schuld, aber dazu kam, dass das Cello minderwertig war.

»Weiter ab einen Takt vorher, los.«

Alle fingen wieder an. Auch Goshu, mit verkniffenem Mund, war mit Leidenschaft dabei. Es ging diesmal leidlich vorwärts. Als er den Eindruck hatte, dass es in Ordnung sei, klatschte der Kapellmeister, irgendwie bedrohlich, abermals in die Hände. Schon wieder, dachte Goshu erschrocken, aber zum Glück betraf es diesmal einen anderen Musiker. So wie es vorher alle seine Kollegen getan hatten, starrte Goshu angestrengt auf seine Noten, als ob er über etwas nachdenken würde.

»Also jetzt sofort weiter, los.«

Kurz nachdem sie wieder zu spielen angefangen hatten, brüllte der Kapellmeister mit dem Fuß stampfend plötzlich:

»So geht es nicht weiter. Es klingt überhaupt nicht gut. Diese Stelle ist das Herz des Stückes. Aber es herrscht keine Harmonie. Meine Damen und Herren, bis zum Konzert sind es nur noch zehn Tage. Musik ist unser Fachgebiet. Wenn wir schlechter spielen als ein Ensemble von Hufschmieden oder Zuckerladenlehrlingen, die mit Musik nichts zu tun haben, was ist dann mit unserer Ehre? He, Goshu. Du machst uns Probleme, verstehst du? Dir fehlt die Ausdruckskraft. Ob Ärger oder Freude, du kannst diese Gefühle gar nicht ausdrücken. Außerdem bist du überhaupt nicht im Gleichklang mit den anderen Musikinstrumenten. Jedes Mal bist du es, du spielst, als ob du mit offenen Schuhbändeln den anderen hinterherhinken würdest, schlimm, dass du dich nicht zusammenreißen kannst. Wenn unser glanzvolles Abendstern-Sinfonieorchester nur deinetwegen einen schlechten Ruf bekommt, dann ist es für uns alle sehr bedauerlich. Also für heute ist die Probe beendet, ruht euch aus, pünktlich um sechs Uhr müsst ihr im Orchestergraben sein.«

Alle verbeugten sich, einige steckten sich eine Zigarette in den Mund und zündeten ein Streichholz an, andere verschwanden in verschiedene Richtungen.

Goshu, sein Cello wie eine minderwertige Schachtel in der Hand, drehte sich zur Wand um, verzog den Mund und ließ seinen Tränen freien Lauf; er fasste sich jedoch wieder und begann die betreffende Stelle ganz ruhig nochmals von Anfang an allein zu üben.

Spät an diesem Abend ging Goshu, etwas Großes, Schwarzes auf dem Rücken, auf sein Haus zu.

Man nannte es zwar Haus, es war jedoch eine kleine, baufällige Wassermühle am Ufer des Flusses am Stadtrand, in der Goshu ganz allein wohnte. Er pflegte vormittags im kleinen Gemüsegarten rund um die Mühle die Zweige der Tomatensträucher zu schneiden oder den Kohl von Raupen zu befreien und so weiter. Kurz nach Mittag verließ er immer das Haus.

Nachdem er das Haus betreten hatte, zündete er das Licht an und öffnete dann das schwarze Futteral. Es war nichts anderes drin als dieses ungehobelte Cello. Goshu legte sein Instrument sacht auf den Fußboden, nahm schnell ein Glas vom Regal und trank hastig Wasser vom Eimer. Dann schüttelte er kurz den Kopf, setzte sich auf einen Stuhl und begann das an dem Tag geprobte Stück kraftvoll wie ein Tiger zu spielen. Während er zwischendurch die Noten umblätterte, dachte er nach, dann spielte er wieder, dachte wieder nach, spielte das Stück mit voller Energie bis zum Ende und übte immer wieder von vorn.

Mitternacht war längst vorbei, schließlich wusste er nicht mehr, ob er noch spielte oder nicht, sein Gesicht war ganz rot geworden, die Augen blutunterlaufen, sodass er den Gesichtsausdruck eines Wahnsinnigen bekam. Es schien so, als ob er jeden Augenblick umfallen könnte.

Da klopfte jemand, ton ton, an die Hintertür.

»Hoshu?«, rief Goshu ganz benommen. Aber schon leise durch die Tür eingetreten war jene große dreifarbige Katze, die er schon fünf-, sechsmal gesehen hatte.

Sie brachte ihm halb reife Tomaten, die sie in Goshus Gemüsegarten gepflückt hatte. Er hatte den Eindruck, sie seien viel zu schwer für sie, sie stellte sie vor ihm ab und sagte:

»Ach, wie müde ich bin. Wie mühsam der Transport ist!«

»Wie bitte?«, fragte Goshu.

»Das hier ist eine Kleinigkeit für Sie. Bitte, für Sie zum Essen«, sagte die dreifarbige Katze.

Goshu, der noch wegen des Vorfalls am Mittag schlecht gelaunt war, begann auf einmal zu brüllen:

»Wer hat dir gesagt, dass du Tomaten mitbringen sollst? Ich will das, was du mitgebracht hast, sowieso nicht essen. Außerdem sind diese Tomaten da aus meinem Gemüsegarten. Was soll das! Du hast Tomaten gepflückt, die noch nicht rot sind. Bist du auch derjenige, der die Tomatenstiele angeknabbert und ausgerissen hat? Hau ab, Katze!«

Darauf machte die Katze einen Buckel, kniff die Augen halb zusammen, sagte aber verschmitzt lächelnd:

»Herr Lehrer, es ist nicht gut für Ihr Wohlbefinden, wenn Sie sich so ärgern. Stattdessen spielen Sie mir mal bitte die *Träumerei* von Schumann vor. Ich werde Ihnen zuhören.«

»Es ist unverschämt, was du da sagst. Du bist doch bloß eine Katze.«

Der Cellist, verärgert, überlegte eine Weile, wie er diesen Rüpel von einer Katze loswerden könnte.

»Nein, haben Sie bitte keine Hemmungen. Bitte. Ohne Ihre Musik, Herr Lehrer, kann ich nicht einschlafen.«

»Es ist eine Frechheit. Eine Frechheit. Eine Frechheit.«

Goshu wurde über und über rot, er stampfte und schrie wie der Kapellmeister am Mittag, aber auf einmal schlug seine Stimmung um und er sagte:

»Also, ich spiele.«

Goshu schloss, wer weiß, was er dabei dachte, die Tür mit dem Schlüssel, machte auch alle Fenster zu und nachdem er sein Cello in die Hand genommen hatte, löschte er auch das Licht. Da drang nur der Schein des abnehmenden Mondes herein und erleuchtete das halbe Zimmer.

»Was soll ich spielen?«

»Die *Träumerei* des romantischen Komponisten Schumann«, sagte die Katze affektiert, nachdem sie sich das Maul abgewischt hatte.

»So, ist die *Träumerei* etwa so wie das, was ich jetzt spielen werde?«

Was hatte der Cellist vor? Zunächst zerriss er ein Taschentuch und stopfte sich damit die Ohren voll. Dann fing er an schwungvoll das Stück *Die Tigerjagd in Indien* zu spielen.

Die Katze neigte für eine Weile den Kopf zur Seite und hörte zu, aber kaum hatte sie ein paarmal geblinzelt, da sprang sie unvermittelt Richtung Tür und stieß heftig dagegen, aber sie öffnete sich nicht. Die Katze verlor die Fassung, als ob sie den größten Fehler ihres Lebens gemacht hätte. Aus ihren Augen und von ihrer Stirn stoben Funken, auch von den Schnauzhaaren und aus der Nase. Sie schienen sie zu kitzeln, sie verzog kurz ihr Gesicht, als ob sie niesen müsste, dann fing sie an herumzulaufen, als könnte sie es so nicht aushalten. Goshu hatte großen Spaß daran, er spielte immer heftiger.

»Herr Lehrer, es reicht. Es reicht wirklich. Ich bitte Sie um Gottes Willen aufzuhören! Von jetzt an kommandiere ich nicht mehr.«

»Schweig! Nun kommt die Stelle, an der der Tiger gefangen wird.«

Die Katze sprang vor Schmerzen auf, drehte sich um sich selbst, lehnte sich an die Wand, an der für kurze Zeit eine blau leuchtende Spur hängen blieb. Schließlich umkreiste sie Goshu immer wieder wie ein Windrad.

Da es dabei auch Goshu schwindlig wurde, sagte er: »Ja, jetzt kann ich dich freilassen«, und hörte endlich auf.

Danach tat die Katze, als ob nichts gewesen wäre, und sagte: »Herr Lehrer, Ihr heutiges Spiel ist etwas komisch.«

Der Cellist ärgerte sich erneut gewaltig, holte aber nur eine Zigarette hervor und steckte sie sich in den Mund, dann zückte er ein Streichholz.

»Wie geht es dir? Geht es dir schlecht? Bitte zeig mir mal deine Zunge.«

Die Katze streckte ihre lange, spitze Zunge heraus, als würde sie ihn für blöd halten.

»Aha, sie ist ein wenig rau, nicht?« Während der Cellist dies sagte, strich er plötzlich mit dem Zündholz über ihre Zunge und steckte sich damit seine Zigarette an. Die Katze erschrak furchtbar. Während sie ihre Zunge wie ein Windrädchen kreisen ließ, lief sie zur Eingangstür, schlug mit dem Kopf dagegen, schwankte zurück, schlug wieder gegen die Tür, schwankte wieder zurück und immer so fort und versuchte einen Fluchtweg zu finden.

Goshu verfolgte dies eine Zeit lang mit Interesse.

»Ich lasse dich raus. Aber komm nie mehr zurück, du Dummkopf!«

Der Cellist öffnete die Tür, schaute, wie die Katze flink wie der Wind durch das Schilfgras verschwand, und lachte kurz auf. Danach schlief er fest ein, offenbar fühlte er sich befreit.

Auch am nächsten Abend kehrte Goshu mit seinem Cello, das im schwarzen Futteral steckte, nach Hause zurück. Nachdem er hastig Wasser getrunken hatte, begann er, gleich wie am letzten Abend, schwungvoll auf seinem Cello zu spielen. Mitternacht war bald vorbei, ein Uhr ging vorüber und auch zwei Uhr, Goshu hörte aber noch nicht auf zu spielen. Er schien die Zeit nicht mehr wahrzunehmen, er wusste nicht mehr, ob er noch spielte oder nicht, da klopfte jemand, kots kots, von oben an die Decke.

»Katze, hast du noch nicht genug?«, rief Goshu. Da hörte er durch ein Loch in der Decke ein Gepolter, boron, und plötzlich kam ein aschgrauer Vogel herabgeflogen. Als er sich auf den Fußboden setzte, erkannte Goshu, dass es ein Kuckuck war.

»Warum ausgerechnet ein Vogel? Was soll das?«, fragte Goshu.

»Ich möchte von Ihnen Musik lernen«, sagte der Kuckuck gekünstelt.

Goshu lachte. »Musik möchtest du lernen? Dein Lied besteht doch nur aus ›kuckuck, kuckuck‹.«

»Ja, das ist es eben. Es ist aber schwierig.«

»Das ist nicht schwierig. Es ist nur schlimm, wenn ihr alle ständig nichts als ›kuckuck‹ singt, *wie* ihr es singt, ist doch ganz einfach.«

»Nein, auch wie wir singen, ist schon schlimm. Zum Beispiel, wenn ich so singe: ›kuckuck‹, oder so: ›kuckuck‹, hören Sie schon einen beträchtlichen Unterschied, nicht wahr?«

»Nein, es ist kein Unterschied.«

»Also Sie bemerken ihn nicht. Wenn meine Kameraden zehntausendmal ›kuckuck‹ singen, klingt es zehntausendmal anders.«

»Das ist nicht mein Problem. Wenn du so viel davon verstehst, brauchst du nicht zu mir zu kommen.«

»Aber ich möchte tatsächlich ›do re mi fa sol‹ einwandfrei lernen.«

»Aus ›do re mi fa sol‹ wird garantiert nichts.«

»Aber bevor ich ins Ausland gehe, sollte ich es unbedingt einmal lernen.«

»Aus dem Ausland wird auch nichts.«

»Bitte schön, Herr Lehrer, lehren Sie mich bitte ›do re mi fa sol‹. Ich singe mit.«

»Muss das sein? Also, ich werde es nur dreimal für dich spielen, dann verschwindest du schleunigst.«

Goshu nahm sein Cello, stimmte die Saiten und spielte »do re mi fa sol la si do«. Da schlug der Kuckuck hastig mit den Flügeln.

»Es ist falsch, es ist falsch. So ist es nicht.«

»Ein lästiger Kerl bist du. Also dann versuche du es einmal.«

»Es ist so.« Der Kuckuck beugte seinen Körper nach vorne, blieb eine Weile in dieser Stellung und rief dann einmal: »Kuckuck«.

»Was soll das? Ist das ›do re mi fa sol‹? Für euch ist ›do re mi fa sol‹ identisch mit der *Sechsten Sinfonie*, nicht wahr?«

»Das stimmt nicht.«

»Was ist anders?«

»Viele verschiedene ›kuckuck‹ hintereinander zu singen, das ist schwierig.«

»Soll es also so sein?« Der Cellist nahm wieder sein Cello und spielte und spielte »kuckuck kuckuck kuckuck kuckuck kuckuck«.

Da war der Kuckuck hoch erfreut, irgendwann mittendrin schloss er sich an und schrie »kuckuck kuckuck kuckuck kuckuck«. Er hielt dazu den Körper nach vorne gebeugt und schrie pausenlos voller Leidenschaft.

In der Folge schmerzten Goshus Hände.

»He, hör endlich auf.« Während er das sagte, brach er ab. Darauf verdrehte der Kuckuck die Augen, sang noch eine Weile und sagte dann: »Kuckuck kucku kuk kuk kuk ku«, aber hörte schließlich ganz auf.

Goshu sagte höchst verärgert:

»He, Vogel, wenn sich das erledigt hat, hau ab.«

»Seien Sie bitte so gut und spielen Sie bitte noch einmal. Was Sie spielen, klingt eigentlich gut, aber noch klingt es nicht ganz so, wie ich es mir vorstelle.«

»Was? Ich lasse mich von dir nicht belehren! Geh jetzt.«

»Bitte, spielen Sie nur noch ein Mal. Bitte.« Der Kuckuck verbeugte sich immer wieder, immer wieder.

»Aber das ist dann das letzte Mal.«

Goshu nahm den Bogen in die Hand. Der Kuckuck stieß noch den Laut »ku« aus und sagte: »Also, ich bitte Sie, möglichst lange zu spielen.«

Darauf verbeugte er sich noch einmal.

»Wenn es sein muss.« Goshu lächelte sauersüß und fing an zu spielen. Da wurde der Kuckuck nochmals ganz ernst.

»Kuckuck, kuckuck, kuckuck«, schrie er aus Leibeskräften, den Körper nach vorne gebeugt.

Zuerst war Goshu nur ärgerlich, aber als er die Töne immer wieder spielte, erkannte er plötzlich, dass die Vogelstimme passender klang als sein Spiel. Je länger er spielte, umso mehr fand er, dass der Vogel im Vergleich zu seinem Spiel besser sang.

»He, wenn ich weiter solch einen Blödsinn spiele, werde ich selbst ein Vogel.« Genau da brach Goshu plötzlich das Cellospiel ab.

Der Kuckuck begann zu schwanken, als ob sein Kopf einen Schlag abbekommen hätte, und sagte wie zuvor: »Kuckuck kuckuck kuckuck ku ku ku«, dann hörte er auf. Er sah Goshu vorwurfsvoll an und fragte: »Warum haben Sie bloß aufgehört? Wir Kuckucke, auch die Schwächlinge unter uns, schreien, bis das Blut aus unserem Hals herausspritzt.«

»Was soll diese Frechheit! Wie lange noch soll ich diesen Unsinn mitmachen? Raus! Die Nacht geht ja schon zu Ende.« Goshu zeigte mit dem Finger auf das Fenster.

Im Osten tauchte die Sonne mit ihren silbernen Strahlen aus dem Dunst auf, und dicke schwarze Wolken zogen dort immer weiter gegen Norden.

»Also, bitte nur noch, bis die Sonne ganz aufgegangen ist, noch einmal. Es dauert nicht mehr lange.«

Der Kuckuck verbeugte sich wieder.

»Schweig! Du bis frech. So ein blöder Vogel. Wenn du nicht verschwindest, werde ich dich rupfen und zum Frühstück verspeisen.«

Goshu stampfte dröhnend auf den Fußboden.

Da flog der Kuckuck erschrocken plötzlich gegen das Fenster. Er stieß dabei mit dem Kopf heftig gegen die Scheibe und plumpste auf den Boden.

»Was soll das? Gegen die Scheibe, du Dummkopf.« Goshu stand schnell auf und wollte das Fenster aufmachen, aber dieses war nicht leicht zu öffnen. Während Goshu immer wieder am Rahmen des Fensters herumrüttelte, stieß der Kuckuck abermals heftig gegen die Scheibe und fiel wieder herunter. Aus seinem Schnabelansatz floss ein wenig Blut.

»Ich mache es jetzt auf, warte doch mal.« Nachdem Goshu das Fenster endlich ungefähr 2 Sun* weit geöffnet hatte, stand der Kuckuck wieder auf, unbeweglich betrachtete er durch das Fenster lange den Himmel im Osten, nahm dann alle Kraft zusammen und flog plötzlich auf. Natürlich stieß er noch schlimmer als das letzte Mal gegen die Scheibe, fiel auf den Boden und blieb eine Weile unbeweglich liegen. Als Goshu ihn mit den Händen packen wollte, um ihn durch die Tür hinausfliegen zu lassen, machte der Kuckuck plötzlich die Augen auf und wich zurück. Wieder versuchte er durch die Scheibe zu entkommen.

Da hob Goshu unwillkürlich den Fuß und trat schnell gegen das Fenster. Zwei, drei Scheiben zerbrachen mit einem wahnsinnigen Lärm und das Fenster fiel samt dem Rahmen nach draußen. Durch das offene Fensterloch flog der Kuckuck wie ein Pfeil ins Freie. Er flog weiter, weiter, geradeaus, bis man ihn schließlich nicht mehr sehen konnte. Goshu schaute ihm eine Weile sprachlos nach, dann ließ er sich einfach in einer Ecke des Zimmers fallen und schlief ein.

Auch am nächsten Abend spielte Goshu bis weit nach Mitternacht auf seinem Cello, müde trank er gerade ein Glas Wasser, als wieder jemand an die Tür klopfte.

Egal, wer heute kommen würde, er hatte vor, wie letzten Abend beim Kuckuck von Anfang an einschüchternd aufzutreten und den Eindringling gleich zu vertreiben. So wartete Goshu

* etwa 6 cm

gespannt, das Glas in der Hand, als die Tür sich nur ein wenig öffnete und ein kleiner Dachs hereinkam. Goshu öffnete die Tür noch ein wenig mehr, stampfte dann mit dem Fuß und brüllte: »He, Dachs, weißt du, was eine Dachssuppe ist?«

Der kleine Dachs blieb mit leerem Gesichtsausdruck ordentlich auf dem Fußboden sitzen, neigte den Kopf zur Seite, als ob er es wirklich nicht verstehen würde, überlegte und sagte nach einer gewissen Zeit: »Ich weiß nicht, was Dachssuppe ist.«

Als Goshu dieses Gesicht sah, brach er beinahe in Gelächter aus, aber er zwang sich sein furchterregendes Gesicht beizubehalten und sagte:

»Also ich werde es dir genau sagen. Die Dachssuppe also. Man nehme Dachse so wie dich, nicht wahr? Füge Kraut und Salz hinzu und koche das Ganze so lange, bis ich es dann essen kann.« Darauf antwortete der kleine Dachs wieder verwundert:

»Aber mein Vater hat mir gesagt, Herr Goshu sei ein ganz wunderbarer Mensch und nicht ein furchtbarer. Deshalb solle ich zu Ihnen gehen, um etwas von Ihnen zu lernen.« Da brach Goshu endlich in Gelächter aus.

»Was sollst du denn lernen? Ich habe viel zu tun. Außerdem bin ich müde.«

Der kleine Dachs tat, offenbar plötzlich Mut schöpfend, einen Schritt weiter nach vorne.

»Ich bin zuständig für die kleine Trommel. Man hat mir gesagt, ich solle mit einem Cellisten zusammenspielen.«

»Du hast gar keine kleine Trommel«.

»Schauen Sie mal hier.« Der kleine Dachs nahm zwei kurze Stöcke von seinem Rücken.

»Was willst du damit machen?«

»Also, spielen Sie bitte *Ein interessantes Pferdewagengeschäft*.«

»Ach, ist das *Interessante Pferdewagengeschäft* ein Jazz-Stück?«

»Oh ja, hier sind die Noten.« Der kleine Dachs nahm diesmal ein Blatt mit Noten von seinem Rücken. Goshu warf einen Blick darauf und fing an zu lachen.

»Hm, ein merkwürdiges Stück. Gut, spielen wir mal. Spielst du die kleine Trommel?« Goshu fragte sich, was der kleine Dachs machen würde, und begann zu spielen, während er hie und da zu ihm hinüberschaute. Da packte der kleine Dachs die Stöckchen und begann den Rhythmus einfach unterhalb des Cellosteges zu schlagen. Da es wirklich gut klang, fand es Goshu, während er spielte, sehr anregend.

Nachdem sie das Stück zu Ende gespielt hatten, sann der kleine Dachs eine Weile nach, den Kopf zur Seite geneigt. Dann sagte er, als hätte er endlich die Lösung gefunden:

»Herr Goshu, wenn Sie auf dieser zweiten Saite spielen, sind Sie jedes Mal zu spät. Irgendwie stolpere ich darüber.«

Goshu war wie vom Blitz getroffen. Wirklich, schon seit dem letzten Abend hatte er das Gefühl, dass der Ton, wie schnell er auch diese Saite spielte, etwas verzögert war.

»Ja, es kann sein. Dieses Cello ist schlecht«, sagte Goshu ganz niedergeschlagen. Da empfand der Dachs Mitleid und überlegte wieder eine Zeit lang.

»Woran mag es liegen? Könnten Sie bitte noch einmal spielen?«

»Gut, ich werde nochmals spielen.« Goshu fing wieder an. Während der kleine Dachs wie zuvor den Rhythmus schlug, neigte er von Zeit zu Zeit den Kopf gegen das Cello. Und als sie dann zum Ende gekommen waren, wurde es im Osten wieder heller.

»Ah, der Tag bricht an. Vielen Dank.« Der kleine Dachs nahm eilig die Noten und die Stöcke, befestigte sie mit einem Gummiband auf seinem Rücken, verbeugte sich zwei, drei Mal und verschwand schnell nach draußen. Goshu blieb für kurze Zeit in Gedanken versunken sitzen, atmete den Wind ein, der durch das Fenster hereinströmte, das am Abend zuvor zerbrochen war, schlüpfte dann aber schnell ins Bett in der Hoffnung, danach mit neuer Kraft in die Stadt gehen zu können.

Auch die ganze folgende Nacht hindurch spielte Goshu auf seinem Cello. Kurz vor Tagesanbruch nickte er übermüdet, die Noten in der Hand, ein, da klopfte wieder jemand an die Tür. Diesmal war es so leise, dass er es kaum wahrnahm. Da es aber jeden Abend geschah, bemerkte Goshu es trotzdem schnell.

»Herein«, sagte er. Durch den Türspalt schlich eine Feldmaus herein. Sie hatte ihr winziges Kind bei sich, die beiden trippelten auf Goshu zu. Goshu musste unwillkürlich lachen, denn das Feldmauskind war nur so groß wie ein Radiergummi. Da schaute die Feldmaus, die Goshus Lachen nicht begriff, unruhig um sich, trat vor Goshu hin, legte eine unreife Kastanie vor ihm nieder und sagte, sich artig verbeugend:

»Herr Lehrer, es geht diesem Kind so schlecht, dass es sterben könnte, Herr Lehrer, könnten Sie bitte so freundlich sein und es heilen?«

»Ich kann nicht heilen«, sagte Goshu etwas verärgert. Darauf schaute die Feldmausmutter zu Boden, schwieg eine Weile und sagte dann wieder entschlossen:

»Herr Lehrer, das dürfte eine Lüge sein. Sie machen doch täglich alle Kranken so geschickt wieder gesund, nicht wahr?«

»Was soll das? Ich verstehe nicht.«

»Aber, Herr Lehrer, dank Ihnen ist auch die Großmutter des Hasen genesen, auch der Vater des Dachses, außerdem haben Sie so eine gemeine Eule geheilt. Nur diesem Kind verweigern Sie die Hilfe. Es ist einfach erbärmlich.«

»Holla, da stimmt irgendetwas nicht. Ich habe die Krankheit der Eule nicht geheilt. Nur der kleine Dachs ist gestern gekommen und wir haben so getan, als wären wir eine Musikkapelle. Ha ha.« Goshu war entrüstet und lachte dabei, während er auf die kleine Feldmaus hinabschaute.

Schließlich begann die Feldmausmutter zu weinen.

»Ach, wenn dieses Kind schon krank werden musste, wäre es besser gewesen, es wäre früher erkrankt. Sie haben bisher so kräftig gespielt und jetzt, nachdem mein Kind krank geworden ist, bringen Sie keine Töne mehr hervor, obgleich ich Sie mehrmals höflich darum gebeten habe. Welch ein unglückliches Kind!«

Goshu rief erstaunt aus:

»Was? Wenn ich Cello spiele, genesen die Eule und der Hase von ihrer Krankheit? Aus welchem Grund? Was soll das?«

Die Feldmaus rieb sich immer wieder die Augen mit dem einen Pfötchen und erwiderte:

»Ja, wenn die Leute hier in der Gegend krank werden, kommen sie alle unter den Fußboden Ihres Hauses und werden gesund.«

»Dann werden sie gesund?«

»Ja, in ihrem Körper verbessert sich der Kreislauf wesentlich, sie fühlen sich sehr wohl. Es gibt welche, die sofort, und andere, die erst zu Hause gesund werden.«

»Ach so. Wenn mein Cello ertönt, wirkt es wie eine Massage und eure Krankheit wird geheilt? Gut. Ich habe verstanden. Ich werde spielen.« Goshu stimmte kurz seine Saiten etwas nach, nahm darauf das kleine Feldmauskind und beförderte es durch das Schallloch ins Innere des Cellos.

»Ich gehe auch mit ihm hinein. Ich begleite es nämlich in jedes Krankenhaus.«

Die Feldmausmutter sprang wie verrückt auf das Cello.

»Möchtest du auch hineingehen?« Der Cellist versuchte die Feldmausmutter durch das Schallloch schlüpfen zu lassen, aber nur der Kopf ging halbwegs hinein. Während sie mit den Füßen strampelte, rief sie ins Cello:

»Du, ist alles in Ordnung bei dir? Hast du, als du hinunterfielst, die Füße zusammengehalten, wie ich es dich immer gelehrt habe, und bist gut gelandet?«

»Es ist schon gut, ich bin sanft gelandet.« Das Feldmauskind antwortete mit einer Stimme, die so leise wie die einer Mücke war, vom Boden des Cellos.

»Es ist schon in Ordnung. Deswegen musst du nicht so eine weinerliche Stimme machen.«

Goshu stellte die Feldmausmutter auf den Fußboden, nahm den Bogen und begann voller Energie eine Rhapsodie zu spielen. Die Feldmausmutter hörte den Tönen mit sorgenvollem Gesicht zu, sie schien es aber kaum auszuhalten und sagte:

»Das ist genug. Lassen Sie bitte das Kind heraus.«

»Was, ist es schon genug?« Goshu drehte das Cello um und wartete, während er die Hand vor das Schallloch hielt. Plötzlich kam das Feldmauskind heraus. Goshu setzte es schweigend auf den Boden. Als er es ansah, hielt es die Augen fest geschlossen und zitterte und zitterte.

»Wie war es, wie fühlst du dich?«

Das Feldmauskind brachte keine Antwort heraus, seine Augen blieben noch für eine Weile geschlossen, es zitterte und zitterte, aber plötzlich stand es auf und fing an herumzurennen.

»Ah, es geht dir besser. Vielen Dank! Vielen Dank!« Die Feldmausmutter lief mit dem Kind herum, aber sie stand bald vor Goshu still und während sie sich immer wieder verbeugte, wiederholte sie ungefähr zehnmal: »Wir danken Ihnen, wir danken Ihnen.«

Goshu war irgendwie gerührt, sodass er fragte:

»He, möchtet ihr etwas Brot?«

Die Feldmaus schien zunächst erstaunt, unruhig blickte sie um sich.

»Nein, das, was Brot heißt, aus Weizenmehl geknetet und gedämpft, rund und schön aufgegangen, soll etwas Schmackhaftes sein, trotzdem haben wir niemals Ihre Schränke heimgesucht, schon gar nicht, nachdem Sie uns so sehr helfen. Wie könnten wir da so etwas tun?«, sagte sie.

»Nein, so war es nicht gemeint. Ich habe nur gefragt, ob ihr etwas essen möchtet. Also, ihr möchtet essen. Wartet nur ein wenig. Ich wollte diesem Kind mit Bauchproblemen etwas anbieten.«

Goshu stellte sein Cello auf den Boden, riss aus dem Brot im Schrank ein Stückchen heraus und setzte es der Feldmaus vor.

Die Feldmaus war ganz aus dem Häuschen, lachte, weinte und verbeugte sich, sorgsam nahm sie das Brot ins Maul, ließ das Kind vorangehen und verschwand nach draußen.

»Ach, ein Gespräch mit Mäusen macht schon müde.« Goshu fiel schwer ins Bett und schlief sofort tief ein.

Es war am Abend des sechsten Tages danach. Die Mitglieder des Abendstern-Sinfonieorchesters zogen sich allesamt von der Bühne zurück in den Vorraum hinter dem Konzertsaal der Stadthalle, jeder einzelne mit seinem Instrument, ihre Gesichter glühten. *Die sechste Sinfonie* war erfolgreich gespielt worden. Aus dem Konzertsaal ertönte immer noch das stürmische Klatschen. Der Kapellmeister hatte die Hand in der Tasche, als ob ihm das Klatschen gleichgültig wäre, er ging langsam zwischen allen herum, aber in Wirklichkeit war er überaus glücklich. Manche zündeten sich eine Zigarette an oder verstauten ihr Instrument im Futteral.

Im Konzertsaal wollte das Klatschen nicht aufhören. Nicht nur das, sondern es wurde immer lauter, so laut, dass es unheimlich wurde und außer Kontrolle zu geraten schien. Der Präsentator mit einer großen weißen Schleife auf der Brust kam herein.

»Es wird eine Zugabe erwartet, könnten Sie noch etwas Kurzes spielen?«

Der Kapellmeister antwortete darauf mit Bestimmtheit:

»Das geht nicht. Nach einem so bedeutenden Stück ist es unmöglich, noch etwas zu spielen, was für uns musikalisch befriedigend wäre.«

»Also, Herr Kapellmeister, gehen Sie bitte kurz auf die Bühne und halten Sie bitte eine Ansprache.«

»Unmöglich. Hallo, du, Goshu, geh aufs Podium und spiele irgendetwas.«

»Ich?« Goshu war entgeistert.

»Du, Du«, sagte plötzlich die erste Violine und sah auf.

»Also, geh mal hinaus«, sagte der Kapellmeister. Die Kollegen zwangen Goshu sein Cello auf, öffneten die Tür und stießen ihn schnell auf die Bühne. Goshu betrat ratlos mit dem Cello samt jenem Schallloch in der Hand das Podium. Die Leute klatschten noch heftiger, als hätte sich ihr Wunsch erfüllt. Es gab auch solche, die »Mensch, toll!« riefen.

»Wie werden sie mich auslachen. Gut, wartet nur! Ich werde nämlich *Die Tigerjagd in Indien* spielen.« Goshu, nun ganz gefasst, trat in die Mitte der Bühne.

Dann begann er, wie damals bei der Katze, wild zu spielen wie ein verärgerter Elefant auf Tigerjagd. Die Zuhörer aber waren totenstill und hörten mit ganzer Seele zu. Goshu spielte in einem Zug durch. Die Stelle, an der die Katze vor Schmerz mit den Augen gefunkelt hatte, ging vorbei. Auch jene, an der die Katze ihren Körper immer wieder an der Tür gestoßen hatte, war vorüber.

Als das Stück beendet war, nahm Goshu mit der Schnelligkeit jener Katze und ohne ins Publikum zu schauen, sein Cello in die Hand und flüchtete in die Künstlergarderobe. Dort saßen alle, der Kapellmeister und die Kollegen, mit starren Augen, als ob sie eine Feuersbrunst erlebt hätten, ohne ein Wort zu sagen. Goshu lief völlig verzweifelt schnell an ihnen vorbei zum Sofa, ließ sich schwer darauf fallen und schlug die Beine übereinander.

Da drehten alle auf einmal den Kopf und sahen Goshu an, jedoch ernst, ohne spöttischen Gesichtsausdruck.

»Ein komischer Abend«, dachte Goshu.

Aber der Kapellmeister stand auf und sagte:

»Goshu, es war wunderbar! So ein Stück, alle hier haben ziemlich ernsthaft zugehört. Du hast dein Spiel in den letzten zehn Tagen wirklich weitergebracht. Es ist, als wärst du vom Säugling zum Soldaten geworden. Wenn du es gewollt hättest, hättest du es schon immer gekonnt, du.«

Auch die Kollegen standen alle auf, kamen zu ihm und sagten: »Du hast es geschafft!«

»Tja, weil er so kräftig ist, kann ihm so was gelingen. Wenn ein durchschnittlicher Mensch etwas Derartiges täte, würde er dabei sterben«, sagte der Kapellmeister aus dem Hintergrund.

Goshu kehrte an diesem Abend spät nach Hause zurück.

Er trank wieder hastig Wasser. Darauf öffnete er das Fenster, und während er den Himmel in der Ferne betrachtete, wohin der Kuckuck vermutlich geflogen war, sagte er:

»Ach, Kuckuck. Es tut mir leid wegen neulich. Ich habe es nicht böse gemeint.«

Kenji Miyazawa

Die Bären vom Berg Nametoko

Was über die Bären vom Berg Nametoko erzählt wird, ist bemerkenswert. Der Nametoko ist ein hoher Berg. Der Fluss Fuchizawa entspringt im Nametoko. Dieser atmet während des ganzen Jahres beinahe täglich kalten Nebel oder Wolken ein und aus. Auch alle Berge in der Umgebung erscheinen wie blauschwarze Seegurken oder Meeresungeheuer. Ungefähr in der Mitte des Berges gibt es eine große, leere Höhle. Dort verwandelt sich der Fluss Fuchizawa plötzlich in einen ungefähr 300 Shaku* hohen Wasserfall, der mit Getöse mitten durch das Gestrüpp von Hinoki-Scheinzypressen und Ahornbäumen hinunterdonnert.

Da heute niemand mehr die Nakayama-Landstraße benutzt, wachsen dort Pestwurz und Windenknöterich in Hülle und Fülle, es gibt entlang des Weges noch Zäune, welche die Kühe zurückhalten sollten, und wenn man mühsam ungefähr 3 Ri** weitergeht, kann man aus der Ferne ein Geräusch hören, das wie das Blasen des Windes auf der Höhe eines Berges klingt. Wenn man aufmerksam dorthin schaut, bemerkt man auch irgendetwas, das nicht klar zu erkennen ist. Es ist weiß, schmal und länglich, bewegt sich am Berghang, fällt und steigt als Rauch auf. Das ist der Wasserfall Ozora des Berges Nametoko. Früher soll es in dieser Gegend viele Bären gegeben haben. In Wirklichkeit habe ich selbst weder den Berg Nametoko noch Bärengalle gesehen. Ich habe alles nur von anderen erfahren

* etwa 90 m
** etwa 12 km

und darüber nachgedacht. Es kann sein, dass es nicht stimmt, aber ich denke, dass es so ist. Jedenfalls ist die Galle der Bären vom Berg Nametoko berühmt geworden. Sie soll bei Bauchschmerzen wirksam sein und auch Wunden heilen. Beim Eingang zu der heißen Namari-Quelle gibt es ein altes Schild mit dem Hinweis, dass Bärengalle vom Berg Nametoko verkauft wird. Es ist also sicher, dass Bären am Nametoko mit heraushängenden roten Zungen Schluchten durchquert haben, die jungen Bären miteinander Ringkämpfe ausgetragen und schließlich richtig gegeneinander gekämpft haben. Fuchizawa Kojuro, ein meisterlicher Bärenjäger, hat sie einen nach dem anderen erlegt.

Fuchizawa Kojuro war ein robuster, älterer Mann, der schielte und ein dunkelrotes Gesicht hatte. Sein Rumpf war so breit wie ein kleiner Mühlstein und seine Handflächen waren so groß und fleischig wie diejenigen des Bishamon von Kitajima, dessen Hände Kranke heilten. Im Sommer trug Kojuro einen Regenumhang aus Lindenbaumrinde und eine halblange Hose, er besaß ein Buschmesser, wie es wilde Eingeborene benutzen, und hatte ein schweres Gewehr bei sich, das aussah wie aus Portugal stammend. Er lief mit seinem kräftigen, gelben Hund kreuz und quer durch die Gegend, auf den Nametoko, durch den Shidoke- und den Mitsumata-Gebirgsbach, über den Berg Sakkai, durch den Wald Mamiana und den Gebirgsbach Shirasawa. Wenn er aus den ausgetrockneten Tälern aufstieg, dort, wo die Bäume üppig wuchsen, war es, als ob er durch einen dunkelblauen Tunnel gehen würde, ab und zu hellte es sich plötzlich grün und golden auf und dort, wo die Sonnenstrahlen hinfielen, schienen überall Blumen zu erblühen. Kojuro ging langsam und schwerfällig und so, als würde er sich in seinen eigenen vier Wänden bewegen. Der Hund lief voraus, kletterte an den Steilhängen seitwärts hoch und wieder hinunter, stürzte sich, zabun, ins Nass, durchschwamm kraftvoll das träge, unheimliche Gewässer und stieg endlich am gegenüberliegenden, felsigen Ufer

aus dem Wasser, schüttelte sich, bis sich sein Fell wieder aufstellte, rümpfte die Nase und wartete auf seinen Meister. Kojuro
kam mit leicht verzogenem Mund heran, oberhalb seiner Knie
bildeten sich weiße Wellen, die aussahen wie Wandschirme, er
hob und senkte die Beine wie Zirkelstäbe.

Entschuldigung, dass ich so ausführlich erzähle, aber die
Bären in der Gegend vom Berg Nametoko liebten Kojuro. Der
Beweis dafür waren die Bären selbst. Wenn Kojuro mühsam im
Wasser die Schluchten durchquerte oder die schmalen, flachen
Ufer entlangging, an denen auch Disteln üppig wuchsen, be-
obachteten ihn die Bären ruhig von einem erhöhten Platz aus.
Oben in einem Baum, mit beiden Tatzen die Äste fest umklam-
mernd, oder an einem Steilhang sitzend, mit den Tatzen die
Knie umschließend, beobachteten sie Kojuro mit Interesse. Tat-
sächlich schienen die Bären selbst Kojuros Hund lieb zu haben.
Aber so gern die Bären sie auch hatten, es gefiel ihnen nicht so
sehr, wenn sie völlig unerwartet auf Kojuro trafen und sein
Hund sie wie ein Feuerball ansprang, und auch nicht, wenn
Kojuro mit einem eigenartigen Schimmer in den Augen sein
Gewehr auf sie richtete. In diesem Augenblick wedelten die
meisten Bären mit ihren Tatzen, als ob es eine Belästigung für
sie wäre und sie es ablehnten, so behandelt zu werden.

Auch Bären sind verschieden. Die aggressiven unter ihnen
richteten sich brüllend auf, gingen dann, die Vorderbeine ausgestreckt, zum Angriff gegen Kojuro über und trampelten dabei
fast den Hund nieder. Dann blieb Kojuro ganz ruhig hinter
einem Baum stehen, zielte auf den weißen Kragen des Bären
und feuerte, zudon, los. Das löste im ganzen Wald einen Auf-
schrei aus, der Bär fiel mit einem dumpfen Geräusch zu Boden.
Aus seinem Maul strömte dunkelrotes Blut, er schnaubte und
starb. Kojuro lehnte sein Gewehr gegen einen Baum, näherte
sich sehr vorsichtig und sagte Folgendes:

»Bär! Denke nicht, dass ich dich aus Hass getötet habe. Ich
muss meinen Beruf ausüben und dich schießen. Mir wäre es

lieber, eine andere, unschuldige Arbeit zu haben, aber ich besitze keine Felder und es wurde bestimmt, dass die Bäume der Obrigkeit gehören. Wenn ich ins Dorf gehe, will keiner etwas von mir wissen. Gezwungenermaßen arbeite ich als Jäger. Es ist dein Schicksal, dass du als Bär geboren wurdest, und es ist mein Schicksal, dass ich dieses Geschäft ausübe. He! Im nächsten Leben solltest du nicht als Bär geboren werden.« In diesem Moment blieb auch der Hund ganz niedergeschlagen sitzen, seine Augen waren halb geschlossen.

Dieser Hund hat auf jeden Fall gesund und munter überlebt, als in dem Sommer, in dem Kojuro vierzig Jahre alt wurde, alle seine Familienmitglieder an Ruhr erkrankten. Sein Sohn und auch seine Schwiegertochter starben schließlich daran.

Und dann zog Kojuro ein sehr scharfes Taschenmesser aus seinem Kimono-Ärmel und schnitt die Haut des Bären vom Kinn her über die Brust bis zum Bauch auf und zog sie ab. Was dann folgte, mag ich absolut nicht. Aber jedenfalls bin ich sicher, dass Kojuro am Ende die sehr rote Bärengalle in einen hölzernen Kasten legte, den er auf seinem Rücken getragen hatte, das Fell, dessen Haare vom Blut zu Büscheln verklebt waren, in der Schlucht wusch und zusammenrollte und, alles auf dem Rücken, selbst auch niedergeschlagen die Schlucht hinunterstieg.

Kojuro hatte das Gefühl, dass er sogar die Sprache der Bären irgendwie verstehen konnte. Es geschah in einem Vorfrühling, als noch kein Baum in den Bergen ergrünt war. Kojuro stieg, zusammen mit seinem Hund, am Shirasawa in die Höhe. Es wurde früh Abend, er wollte in der Bambusgrashütte übernachten, die er im letzten Sommer auf einem Kamm gebaut hatte, über welchen der Weg zum Gebirgsbach Bakkaizawa führte, und lief weiter hoch. Da wählte er, aus welchem Grund auch immer, einen falschen Weg. Immer wieder stieg er Schluchten hinunter, um dann wieder aufzusteigen, der Hund war todmüde und auch Kojuro atmete mit schiefem Mund, da fand er endlich die halb verfallene Hütte vom letzten Jahr. Kojuro erinnerte sich an eine Quelle, die sich etwas weiter unten befand, und als er den Berg ein Stück hinunterzusteigen begann, erblickte er überraschend eine Bärenmutter und ihr kaum einjähriges Bärenkind. Beide starrten, ganz wie Menschen, welche, die Hand an der Stirn, in die Ferne schauen, im fahlen Schein des Sechstagemondes unverwandt das gegenüberliegende Tal an. Kojuro schienen die beiden Bärenkörper von einem Heiligenschein umgeben, er stand wie angewurzelt da und starrte sie an. Da sagte das Bärenkind mit schmeichelnder Stimme: »Das sieht ganz wie Schnee aus, Mama, nur auf dieser Seite des Tales ist es weiß geworden. Es sieht ganz wie Schnee aus, Mama.« Die Bärenmutter betrachtete immer wieder die gleiche Stelle, endlich antwortete sie: »Es ist kein Schnee, es ist nicht möglich, dass es nur dort schneit.« Das Bärenkind entgegnete: »Weil er nicht geschmolzen ist, bleibt er liegen.« – »Nein, die Mama ist gestern vorbeigegangen, um die Distelsprossen zu begutachten.« Nun schaute auch Kojuro dorthin. Das blasse Licht des Mondes schlitterte auf die Berghänge. Dort funkelte es wie eine silberne Rüstung. Nach einer Weile sagte das Bärenkind: »Wenn es kein Schnee ist, ist es dann Reif? Bestimmt, es ist Reif.«

»Heute Abend wird es wirklich Reif geben. Nahe beim Mond zittern die Sterne des Widders so blau, und der Mond selbst hat die Farbe des Eises«, dachte Kojuro bei sich.

»Die Mama weiß jetzt, was es ist. Es sind die Blüten der Kobushi-Magnolien.«

»Ach, es sind die Blüten der Kobushi-Magnolien. Ich kenne sie.«

»Nein, du hast sie noch nie gesehen.«

»Ich kenne sie. Ich habe sie neulich gepflückt.«

»Nein, das waren keine Magnolienblüten, die du neulich gepflückt hast, es waren Blüten des kleinblütigen Trompetenbaumes.«

»Ist das so?«, antwortete das Bärenkind, sich dumm stellend. Kojuros Herz war von dem Erlebnis ganz erfüllt, er warf noch einmal einen flüchtigen Blick auf die weißen, wie Schnee wirkenden Blüten im Tal dort drüben und auf Mutter und Kind, die gedankenverloren im Mondschein standen, und begann leise, ganz heimlich, zurückzugehen. Er dachte immer wieder, der Wind trage seinen Geruch zu den Bären, und entfernte sich sehr langsam rückwärts. Auf einmal verband sich der Duft des Fieberstrauchs mit dem Licht des Mondes.

Aber wenn er in die Stadt ging, um die Bärenfelle und -gallen zu verkaufen, war das Elend des großartigen Kojuro mitleiderregend. Mitten in der Stadt gab es ein großes Haushaltswarengeschäft, in dem Körbe, Zucker, Wetzsteine, Zigaretten der Marken Goldener Tengu und Chamäleon und sogar gläserne Fliegenfallen nebeneinanderlagen. Wenn Kojuro, Berge von Fellen auf seinem Rücken, über die Schwelle trat, grinsten alle im Laden, als ob sie sagen wollten: »Bist du schon wieder da.« Der Ladenbesitzer saß im Hinterzimmer vor einem großen Kohlebecken aus Bronze.

»Verehrter Herr, ich bedanke mich noch für das letzte Mal«, sagte Kojuro, der Herr der Berge, höflich die Hände auf das Dielenbrett stützend, nachdem er die Felle neben sich abgelegt hatte.

»Ah, nichts zu danken. Was führt Sie heute zu mir?«

»Ich habe Ihnen wieder einige wenige Bärenfelle mitgebracht.«

»Bärenfelle? Aber die vom letzten Mal sind immer noch da, heute will ich keine.«

»Verehrter Herr, sagen Sie so was nicht, bitte kaufen Sie welche. Ich bin mit jedem Preis einverstanden.«

»Wie billig sie auch sind, ich brauche keine.« Der Besitzer sagte es gelassen und klopfte seine Pfeife auf der Handfläche aus. Kojuro, der großartige Herr der Berge, verzog jedes Mal, wenn er das hörte, sorgenvoll das Gesicht. Tatsächlich gab es in der Gegend, in der Kojuro lebte, in den Bergen Kastanien und auf dem sehr kleinen Feld hinter seinem Haus konnte er etwas

Hirse ernten. Aber es wuchs kein Reis, er hatte auch keine Miso*
und benötigte doch für seine siebenköpfige Familie – eine
Neunzigjährige und sonst nur Kinder – zumindest etwas Reis.
Die Leute im Dorf konnten Hanf anpflanzen, aber bei Kojuro
wuchsen nur Glyzinienranken, aus denen Behälter geflochten
wurden, und nichts, woraus man Stoff hätte herstellen können.
Kojuro sagte nach einer Weile mit heiserer Stimme: »Verehrter
Herr, ich bitte Sie. Gleichgültig, wie viel Sie bezahlen, bitte
kaufen Sie.« Und während Kojuro dies sagte, verbeugte er sich
sogar erneut. Nachdem der Besitzer zunächst ruhig den Pfei-
fenrauch ausgeblasen hatte, sagte er, sich das Lachen verbeißend:
»Es geht doch. Legen Sie die Felle hierhin. Also, Heisuke, gib
Herrn Kojuro zwei Yen.« Heisuke, ein Angestellter des Ladens,
setzte sich vor Kojuro hin und überreichte ihm vier große Sil-
bermünzen. Kojuro nahm sie respektvoll und lächelnd entgegen. Allmählich bekam der Besitzer gute Laune. »Also, Okino,
biete Herrn Kojuro Sake an.« Wenn Kojuro das hörte, freute er
sich immer und wartete gespannt. Der Besitzer sprach gemächlich über allerlei Dinge. Kojuro erzählte ihm, manierlich vor
ihm sitzend, von verschiedenen Erlebnissen in den Bergen. Bald
hörte man aus der Küche, dass das Esstischchen bereit sei. Kojuro lehnte halbherzig ab, aber schließlich wurde er in die Küche
mitgeschleppt und grüßte wieder höflich. Gleich wurden auf
einem schwarzen Tischchen gesalzener Lachs in Scheiben, ein-
gemachter Tintenfisch und ein Fläschchen Sake gebracht. Kojuro setzte sich ordentlich hin, legte ein wenig vom eingemach-
ten Tintenfisch auf seinen Handrücken, leckte daran und goss
mit großem Respekt von dem gelben Sake in ein Schälchen.
Auch wenn die Preise allgemein tief lagen, wird jeder denken,
dass zwei Yen für zwei Bärenfelle zu wenig ist. Es ist wirklich
wenig, Kojuro wusste auch, wie wenig es ist. Aber warum verkaufte Kojuro seine Bärenfelle an so ein Haushaltswarenge-

* Miso ist Paste aus vergorenen Sojabohnen.

schäft in der Stadt, hätte er sie nicht andernorts massenhaft verkaufen können? Das verstanden die meisten Leute irgendwie nicht. Aber in Japan gibt es das sogenannte Kitsune-Ken*, bei dem schon fest gelegt ist, dass der Fuchs gegen den Jäger verliert und der Jäger gegen den Herrn. Hier wurde der Bär von Kojuro reingelegt und Kojuro vom Ladenbesitzer. Da alle Herren in der Stadt unter Menschen wohnen, werden sie nicht so leicht von den Bären gefressen. Aber diese unangenehmen und gemeinen Kerle sterben allmählich von selbst aus, wenn die Welt langsam fortschrittlicher wird. Es ärgert mich wirklich, dass ich, zwar nur kurz, aber nun doch darüber geschrieben habe, wie dieser prächtige Kojuro von einem unangenehmen Kerl, den ich nie mehr sehen möchte, hereingelegt wurde.

Tatsache war, dass Kojuro, obwohl er die Bären tötete, sie niemals hasste. In einem Sommer geschah etwas Seltsames. Kojuro durchquerte, batscha bascha, eine Schlucht und als er auf einen Felsen hochgestiegen war, sah er plötzlich, direkt vor sich, einen großen Bären, der wie eine Katze mit rundem Buckel auf einen Baum kletterte. Sofort richtete Kojuro sein Gewehr auf ihn. Der Hund lief hocherfreut zum Fuß des Baumes und umkreiste ihn wie wild. Der Bär auf dem Baum schien eine Weile zu überlegen, ob er sich auf Kojuro stürzen oder sich schießen lassen sollte, dann löste er plötzlich seine beiden Tatzen vom Baum und fiel, dotari, herunter. Als Kojuro sich sofort mit angespannter Aufmerksamkeit, das Gewehr schussbereit, näherte, hob der Bär die beiden Vorderbeine und rief: »Was möchtest du von mir haben, wenn du mich tötest?« – »Ach, ich brauche dein Fell und zusätzlich noch deine Galle, sonst nichts. Ich bringe sie dann in die Stadt, um sie zu verkaufen, besonders viel bekomme ich nicht dafür, wirklich, es tut mir leid, aber da ist nichts zu machen. Aber, wenn du mich jetzt so fragst, möchte

---

* Kitsune-Ken ist eine Variation des Stein-Schere-Papier-Spieles, bei dem es um Fuchs, Dorfvorstand und Gewehr geht.

ich am liebsten so etwas wie Kastanien oder Eicheln essen und wenn ich dann sterben würde, hätte ich das Gefühl, es wäre gut so.« – »Bitte warte noch etwa zwei Jahre, auch mir macht es nichts aus zu sterben, aber es gibt noch Arbeit, die ich erledigen muss, bitte warte nur noch zwei Jahre. Bevor sie um sind, werde ich tot vor deinem Haus liegen. Sowohl mein Fell als auch meinen Magen werde ich dir geben.« Kojuro hatte ein seltsames Gefühl und blieb in Gedanken versunken stehen. Der Bär hatte in der Zwischenzeit seine Vordertatzen auf den Boden gesetzt und begann ganz langsam davonzutrotten. Kojuro stand noch immer nachdenklich da. Der Bär schien zu wissen, dass Kojuro nicht plötzlich von hinten auf ihn schießen würde, er entfernte sich langsam, langsam, ohne sich je umzudrehen. Und in dem Augenblick, als dieser große, dunkelrote Rücken in den Sonnenstrahlen aufleuchtete, die zwischen die Äste der Bäume fielen, stöhnte Kojuro schmerzlich auf und begann, die Schluchten durchquerend, zurückzukehren.

Es waren noch nicht ganz zwei Jahre vergangen. An einem Morgen, da ein starker Wind blies, dachte Kojuro, dass Bäume und auch Hecken umgestürzt sein könnten, und ging nach draußen. Die Hecke aus Muschelzypressen war unverändert, aber daneben lag etwas Dunkelrotes, was er im Lauf der Zeit immer wieder gesehen hatte. Da es im zweiten Jahr nach der Begegnung mit jenem Bären war, erschrak er, denn er hatte sich gerade in dieser Zeit Gedanken darüber gemacht, dass jener Bär kommen könnte. Als er sich näherte, lag der Bär von damals mit über und über blutverschmiertem Maul da. Unwillkürlich faltete Kojuro die Hände, als ob er beten würde.

An einem Januartag geschah Folgendes. Als Kojuro sein Haus am Morgen verließ, sagte er etwas, das er bisher noch nie gesagt hatte:

»Mutter, auch ich bin älter geworden, es ist heute Morgen das erste Mal in meinem Leben, dass ich irgendwie keine Lust habe, die Gewässer zu durchqueren.«

Darauf hob Kojuros neunzigjährige Mutter, die in der Sonne auf dem Vorplatz unter dem Dach Garn spann, die Augen, mit denen sie nicht so gut sehen konnte, blickte Kojuro kurz an und machte ein Gesicht, als ob sie lachen oder weinen würde. Kojuro band seine Strohsandalen, stand mühevoll auf und machte sich auf den Weg. Die Kinder erschienen eins nach dem andern vor dem Pferdestall und sagten lachend: »Opa, komm bald zurück.« Kojuro blickte zum tiefblauen, glänzenden Himmel hoch, dann wandte er sich den Enkelkindern zu und sagte: »Bis bald.«

Kojuro begann auf dem blendend weißen Harschschnee in Richtung des Shirasawa aufzusteigen. Der Hund hechelte, ließ seine rote Zunge heraushängen und rannte, blieb dann stehen, rannte erneut und blieb wieder stehen. Bald war Kojuros Schatten hinter den Hügeln verschwunden, die Kinder nahmen Hirsestroh und spielten damit das Glyzinienrankenspiel.

Kojuro stieg am Ufer des Shirasawa hoch. An manchen Stellen war sein Wasser tief und dunkelblau, an anderen war die Oberfläche gefroren, als hätte man eine Glasplatte darauf gelegt, unzählige Eiszapfen hatten sich gebildet, es sah aus wie eine buddhistische Gebetsschnur und an beiden Ufern stachen hie und da rote und gelbe Beeren des Spindelbaumes wie Blumen hervor. Kojuro stieg mit seinem Hund weiter aufwärts und sah, wie sein Schatten und der Schatten seines Hundes zusammen mit den Schatten der Birkenstämme auf dem Schnee indigofarben flimmerten. Bereits im Sommer hatte Kojuro einen Bären beobachtet, dessen Höhle man erreichte, wenn man vom Shirasawa her einen Gipfel überquerte.

Kojuro durchwatete fünf kleine Nebenflüsse, die ins Tal hinunterflossen, immer wieder, von rechts nach links und von links nach rechts, durchquerte er die Gewässer und stieg flussaufwärts. Da erreichte er das Becken eines kleinen Wasserfalls und stieg von dort gleich weiter auf, in Richtung Nagane. Der Schnee blendete wie Glut. Als Kojuro weiterstieg, hatte er das Gefühl, eine violette Brille vor den Augen zu haben. Der Hund zeigte trotz des Steilhanges seinen starken Willen, nicht aufzugeben, von Zeit zu Zeit rutschte er fast ab, aber er kletterte, sich in den Schnee krallend, weiter hoch. Endlich oben angekommen, befanden sie sich an einem leichten Hang, auf dem zerstreut einige Kastanienbäume standen, der Schnee erstrahlte in vollem Glanz, wie Marmor, und ringsum tauchten all die hohen schneebedeckten Bergspitzen auf.

Als er sich auf dem Gipfel gerade etwas ausruhte, begann sein Hund plötzlich fürchterlich zu jaulen. Kojuro drehte sich erschrocken um, da kam der große Bär, auf den er im letzten Sommer ein Auge geworfen hatte, auf den Hinterläufen auf ihn zu. Kojuro stand ruhig und gefasst mit gespreizten Beinen und machte sich zum Schießen bereit. Der Bär hielt seine beiden Vordertatzen wie Knüppel in ungleicher Höhe vor sich erhoben und stürzte geradewegs auf ihn zu. Tatsächlich veränderte sich Kojuros Gesichtsfarbe ein wenig. Er vernahm noch den Knall seines Gewehrs. Aber der Bär schien keineswegs zusammenzubrechen, sondern schwarz und schwankend auf ihn loszustürmen. Kaum hatte der Hund mit den Zähnen einen seiner Hinterläufe gepackt, dröhnte es in Kojuros Kopf, die Umgebung ringsum verblasste. Dann hörte er von weit weg die folgenden Worte: »Oh, Kojuro, ich wollte dich nicht töten.« – »Ich bin schon tot«, dachte Kojuro. Da sah er überall Lichter wie blaue Sterne flimmern. »Das ist das Zeichen des Todes. Das Licht, das man im Sterben sieht. Ihr Bären, verzeiht mir.« So dachte Kojuro. Was Kojuro weiter fühlte, weiß ich nicht.

Es war gerade am Abend des dritten Tages danach. Der Mond am Himmel sah aus wie eine Eiskugel. Der Schnee schimmerte blassblau, das Wasser phosphoreszierte. Die Plejaden und auch die drei Sterne des Orion schienen grün und orange glitzernd zu atmen. Auf der von Kastanienbäumen und verschneiten Berggipfeln umgebenen Hochebene waren viele dunkle, große Gestalten in einem Kreis versammelt, jede einzelne warf einen schwarzen Schatten, sie lagen auf dem Schnee, niedergeworfen wie muslimische Gläubige im Gebet, unbeweglich. Und im Licht des Schnees und des Mondes war, erhöht, Kojuros Leiche in halb sitzender Stellung zu erkennen. Das Gesicht des toten, gefrorenen Kojuro sah unverändert aus, wie zu seinen Lebzeiten, und schien zu lächeln. Die großen, dunklen Gestalten blieben, auch als Orion im Zenit stand und sich dann weiter nach Westen wandte, still, bewegungslos, wie versteinert.

Kenji Miyazawa

Der Fuchs

Kapitel 1

In einer Mondnacht waren sieben Kinder unterwegs. Große und kleine waren dabei. Der Mond schien von hoch oben. Die Schatten der Kinder auf dem Boden waren kurz. Sie schauten auf ihre Schatten und dachten, ihre Köpfe seien ziemlich groß und ihre Beine kurz. Darum begannen einige zu lachen und andere rannten versuchsweise zwei, drei Schritte weit, weil sie als Schatten so komisch ausschauten. In einer solchen Mondnacht haben Kinder leicht Vorstellungen wie in einem Traum.

Die Kinder waren auf dem Weg nach Hongo, das von ihrem kleinen Dorf etwa zwei Kilometer entfernt lag, um an einem Fest teilzunehmen. Als sie auf dem Hohlweg hochgestiegen waren, hörten sie Flöten, hyuu hyara ryarya, spielen. Die Schritte der Kinder wurden unwillkürlich schneller. Ein Kind konnte dabei den anderen nicht recht folgen.

»Bunroku, komm schnell«, so riefen die anderen Kinder. Bunroku wirkte auch im Mondlicht dünn und hellhäutig und hatte auffallend große Augen. Er versuchte möglichst schnell, die anderen einzuholen.

»Ich habe ja die Geta meiner Mutter an«, sagte er und schniefte. In der Tat steckten seine dünnen, langen Füße in Mutters Geta, die zu groß, weil sie für Erwachsene gedacht waren.

Kapitel 2

Gleich nachdem sie in Hongo angekommen waren, sahen sie einen Geta-Laden am Straßenrand. Die Kinder gingen hinein. Sie wollten ein Paar Geta für Bunroku kaufen. Bunrokus Mutter hatte sie darum gebeten.

»Eh, Frau«, sagte Yoshinori mit spitzem Mund zur Besitzerin. »Er ist das Kind vom Böttcher Sei. Geben Sie ihm ein Paar Geta. Später bringt Ihnen Bunrokus Mutter das Geld.«

Alle stießen das Kind von Sei's Böttcherei nach vorne, damit sie es besser sehen konnte. Es war Bunroku, der ein paarmal blinzelte und steif dastand.

Die Ladenbesitzerin begann zu lachen und holte Geta vom Regal. Um zu sehen, welche Geta Bunrokus Füßen passten, musste man Bunrokus Füße hineinstecken. Yoshinori maß die Geta an Bunrokus Füßen, als wäre er so etwas wie Bunrokus Vater. Bunroku war nämlich ein Einzelkind und ein Muttersöhnchen.

Gerade als Bunroku seine neuen Geta anzog, kam eine alte Frau mit gebeugtem Rücken in den Laden und sagte unvermittelt: »Ach! Ich weiß nicht, woher das Kind kommt, aber es heißt, wer ein Paar Geta das erste Mal gegen Abend anzieht, wird von einem Fuchs besessen sein.«

Die Kinder erschraken und schauten in das Gesicht der alten Frau.

»Das ist eine Lüge«, sagte Yoshinori schließlich.

»Ein Aberglaube«, sagte ein anderer.

Trotzdem war den Kindern die Angst ins Gesicht geschrieben.

»Also, dann werde ich das durch einen Zauber bannen«, sagte die Geta-Frau leichtfertig.

Sie tat, als würde sie ein Streichholz anzünden und damit die Sohle von Bunrokus neuen Geta berühren.

»Nun, das wird schon reichen. Jetzt wird er nicht mehr von Füchsen, auch nicht von Marderhunden besessen sein.«

Dann verließen die Kinder den Geta-Laden.

Kapitel 3

Während die Kinder Zuckerwatte aßen, sahen sie ein kleines Mädchen auf der Bühne tanzen und gleichzeitig zwei Fächer blitzschnell kreisen lassen. Sie war ganz weiß geschminkt, aber wenn man genauer hinsah, war es Toneko, das Mädchen vom Tafuku-Badehaus. Darum flüsterten die Kinder untereinander: »Das ist Toneko, ja, ja.«

Als sie das Interesse daran verloren, gingen sie an einen dunklen Ort, brannten Feuerräder ab und warfen Knallerbsen an die Steinmauer.

An die hellen Lampen, welche die Bühne beleuchteten, flogen viele Insekten und umkreisten sie. An der Unterseite des Vordachs klebten große, erdfarbene Nachtfalter.

Als das Vorspiel des Puppentheaters auf dem engen Platz direkt vor dem geschmückten Festwagen begann, schienen weniger Leute auf der Schrein-Anlage zu sein. Den Lärm der Feuerwerke und Gummiballone hörte man auch weniger. Die Kinder stellten sich gleich unterhalb des Wagens auf und die Köpfe nach oben gerichtet schauten sie in das Gesicht einer Puppe. Es ähnelte weder dem Gesicht eines Erwachsenen noch dem eines Kindes. Die schwarzen Augen schienen wirklich lebendig. Ab und zu blinzelten sie, weil die Leute, die die Puppe tanzen ließen, das mit Fäden steuerten. Die Kinder wussten das ganz genau. Aber wenn die Puppe blinzelte, fühlten sie sich irgendwie traurig und es war ihnen unheimlich.

Da machte die Puppe plötzlich den Mund auf, streckte die Zunge schnell heraus und schloss im Nu wieder den Mund. Im Mund war es ganz rot. Das machte auch jemand, der hinten die Fäden zog. Die Kinder wussten auch das genau. Tagsüber hätten sie daran Spaß gehabt und laut gelacht. Aber jetzt lachten sie nicht. Im Licht der Lampions, im Licht, das überall Schatten warf, blinzelte sie wie ein lebendiger Mensch und streckte schnell die Zunge heraus – was für ein unheimliches Ding.

Die Kinder erinnerten sich an Bunrokus neue Geta und an das, was die alte Frau gesagt hatte: »Wer ein Paar Geta das erste Mal gegen Abend anzieht, wird von einem Fuchs besessen sein.«

Die Kinder bemerkten, dass sie sich zu lange vergnügt hatten und jetzt nach Hause zurückgehen mussten, und dachten auch daran, dass der Heimweg etwa zwei Kilometer weit über die Felder führte.

Kapitel 4

Auf dem Rückweg schien noch immer der Mond. Aber die Mondnacht auf dem Heimweg war für sie irgendwie uninteressant. Die Kinder gingen schweigsam – als ob jedes einen Blick in die eigene Seele geworfen hätte.

Als sie auf dem Hohlweg hinunterzusteigen begannen, flüsterte ein Kind einem anderen etwas ins Ohr. Und das Kind, dem das zugeflüstert wurde, ging zu einem anderen Kind und flüsterte ihm etwas ins Ohr. Das Kind flüsterte wiederum einem anderen ins Ohr. So teilten sie sich, allen außer Bunroku, irgendetwas von einem Ohr zum anderen mit.

Es ging darum: »Die Geta-Laden-Tante hat an Bunrokus Geta nicht wirklich ein Streichholz angezündet und nicht die Dämonen gebannt. Sie tat nur als ob.«

Dann gingen die Kinder wieder still weiter. Als sie so still waren, machten sie sich Gedanken. »Wie ist es, wenn man von einem Fuchs besessen ist? In Bunrokus Körper geht ein Fuchs hinein? Bunrokus Gestalt bleibt, wie sie ist, und seine Seele ist von einem Fuchs besessen? Wenn das so ist, wäre er jetzt schon von einem Fuchs besessen. Bunroku schweigt, daher weiß man es nicht, aber in seiner Seele ist er möglicherweise schon ein Fuchs geworden.«

Wenn man in einer Nacht mit jemandem unterwegs ist, sogar auf demselben Feldweg, denkt man anscheinend so ähnlich. Da wurden die Schritte der Kinder von selbst schneller.

Gerade als sie nah an den von niedrigen Pfirsichbäumen umgebenen Teich gekommen waren, hustete eines der Kinder kurz: »Kon.« Da sie gerade still gingen, war es nicht möglich, dieses leise Geräusch zu überhören. Darum wollten sie herausfinden, wer da gerade hustete. Da merkten sie, dass Bunroku derjenige war. Bunroku hustete, kon, also müsse der Husten eine besondere Bedeutung haben, so dachten die Kinder. Bei näherer Überlegung schien das kein Husten gewesen zu sein. Das war wie die Stimme eines Fuchses.

»Kon«, machte Bunroku noch einmal.

Bunroku ist doch ein Fuchs geworden, so glaubten die Kinder. Unter uns ist ein Fuchs, so dachten sie entsetzt.

Kapitel 5

Bunrokus Böttcherei-Haus befand sich in einiger Entfernung von den Häusern der anderen. Es stand mitten in einem großen Mandarinengarten ganz allein auf einem sumpfigen Boden. Gewöhnlich machten die Kinder nach dem Wasserrad einen kleinen Umweg und brachten Bunroku bis zum Eingang des Hauses. Denn Bunroku war das wichtige Einzelkind von Böttcher Seiroku und ein Muttersöhnchen.

Bunrokus Mutter gab allen Kindern oft Mandarinen oder Süßigkeiten und bat sie, mit Bunroku zu spielen. Als sie diesen Abend zu dem Fest gegangen waren, hatten sie ihn am Gartentor abgeholt.

Nun kamen sie schließlich zu dem Wasserrad. Daneben zweigte ein schmaler Weg ab, der im Gras hinabführte. Der Weg leitete sie zu Bunrokus Haus. Aber an diesem Abend wollte niemand Bunroku nach Hause begleiten, so als ob sie Bunroku vergessen hätten. Sie vergaßen ihn nicht im Entferntesten. Sie hatten Angst vor Bunroku. Das Muttersöhnchen Bunroku dachte jedoch, dass ihn zumindest der immer nette Yoshinori begleiten würde, sah sich mehrmals um und verschwand hinter dem Wasserrad. Aber niemand ging mit ihm.

Nun begann Bunroku allein den schmalen Weg hinunterzugehen, der zu dem mondbeschienenen Sumpfland führte. Irgendwo quakten Frösche mit verhaltener Stimme.

Da Bunrokus Haus nicht weit entfernt lag, gab es keinen Grund, sich Sorgen zu machen, dass er in Schwierigkeiten geraten würde. Aber man hatte ihn sonst immer begleitet. Ausgerechnet heute Abend wollte niemand ihn begleiten.

Bunroku schien verträumt zu sein, aber er wusste genau, wie sie alle miteinander über seine Geta gesprochen und wie die Situation sich wegen seines Hustens entwickelt hatte.

Bis sie zum Fest gegangen waren, hatten sie sich alle ihm gegenüber sehr freundschaftlich verhalten, aber jetzt machte sich niemand Sorgen um Bunroku, weil er am Abend neue Geta zum ersten Mal angezogen hatte und von einem Fuchs besessen sein konnte. Das machte ihn traurig.

Yoshinori zum Beispiel war vier Klassen über ihm, ein freundliches Kind, normalerweise zog er seinen Haori, einen japanischen Überzieher, den er über seiner westlichen Kleidung trug, aus und gab ihn Bunroku, wenn dieser zu frieren schien.[*] Aber heute Abend, so oft Bunroku auch hustete, sagte Yoshinori nicht, dass er Bunroku seinen Haori leihen wollte.

Bunroku kam bis zur Steineibenhecke, die das Grundstück seiner Familie umgab. Er öffnete das kleine hölzerne Tor hinter dem Haus und ging hindurch, da bekam er plötzlich Angst, als er seinen kurzen Schatten erblickte. Er dachte, er könnte doch von einem Fuchs besessen sein. Was würden seine Eltern dann mit ihm tun?

---

[*] Buben auf dem Land trugen Haori über der westlichen Kleidung, wenn es kalt war.

Kapitel 6

Bunrokus Vater war zum Zunftabend der Böttcher gegangen, Bunroku und seine Mutter wollten daher früher schlafen gehen.

Bunroku besuchte die dritte Klasse der Volksschule, aber er schlief noch im gleichen Zimmer wie seine Mutter. Da er ein Einzelkind war, konnte man da nichts machen.

»Erzähle mir doch von dem Fest«, so sagte die Mutter, während sie ihrem Sohn den Kimonokragen zurechtlegte.

Wenn er von der Schule zurückkam, wurde er über die Schule befragt, wenn er in die Stadt ging, über die Stadt, wenn er einen Film sehen ging, über den Film. Bunroku war nicht gut im Reden, daher erzählte er die Geschichten stockend, aber trotzdem freute sich die Mutter über seine Geschichten. Sie hörte ihm sehr gern zu.

»Die Tänzerin im Schrein war, als ich genau hingesehen habe, Tomoko vom Otafuku-Badehaus«, so erzählte Bunroku.

Die Mutter hörte ihm mit offensichtlichem Interesse zu und lachte.

»Weißt du, wer sonst noch aufgetreten ist?«, fragte die Mutter.

Bunroku machte die Augen weit auf und blieb still, während er versuchte, sich daran zu erinnern. Dann beendete er das Gespräch über das Fest und begann mit Folgendem: »Mutter, wenn man neue Geta am Abend zum ersten Mal angezogen hat, wird man dann von einem Fuchs besessen sein?«

Die Mutter sah ihm eine Weile erstaunt ins Gesicht, dabei überlegte sie sich, was Bunroku sagen wollte. Sie bekam eine vage Ahnung, was ihm diesen Abend passiert sein konnte.

»Wer hat so was gesagt?«

Bunroku wiederholte aufgeregt seine vorherige Frage. »Ist das wirklich wahr?«

»Das ist eine Lüge. Nur früher hat man so etwas gesagt.«

»Ist das eine Lüge?«

»Das ist sicher eine Lüge.«

»Bestimmt?«

»Bestimmt.«

Eine kurze Zeit blieb Bunroku still. Währenddessen drehten sich seine großen Augäpfel zweimal herum. Dann sagte er: »Wenn es wahr wäre, was würdest du machen?«

»Wie, was?«, fragte die Mutter zurück.

»Wenn ich wirklich ein Fuchs werden würde, was würdest du machen?«

Die Mutter begann zu lachen, als ob sie das für urkomisch hielte.

»Ne, Ne, Ne.« Bunroku machte ein verlegenes Gesicht und stieß immer wieder mit beiden Händen gegen die Brust seiner Mutter.

»Jaa …«, sagte die Mutter nach einer kurzen Überlegung, »wenn es so wäre, könnten wir dich nicht zu Hause bleiben lassen.«

Als Bunroku das hörte, machte er ein trauriges Gesicht.

»Dann – wohin soll ich gehen?«

»In Richtung des Berges Karasune kannst du gehen. Da dort wahrscheinlich immer noch Füchse leben, gehst du dorthin.«

»Was machen Mutter und Vater?«

Da sagte die Mutter mit sehr ernsthaftem Gesicht, wie wenn Erwachsene Kinder foppen: »Wir, Vater und Mutter, besprechen Folgendes: Da der liebe Bunroku ja ein Fuchs geworden ist, haben wir überhaupt keine Freude mehr am Leben. Wir fassen den Entschluss, aufzuhören als Menschen zu leben und stattdessen Füchse zu werden.«

»Werden Vater und Mutter Füchse?«

»Ja, wir werden morgen gegen Abend neue Geta kaufen und gemeinsam Füchse werden. Dann gehen wir mit dem Fuchs Bunroku zum Berg Karasune.«

Bunrokus Augen leuchteten.

»Befindet sich der Karasune im Westen?«

»Das ist der Berg südwestlich von Narawa.«

»Ist er ein dicht bewaldeter Berg?«

»Dort wachsen Kiefern.«

»Gibt es keine Jäger?«

»Meinst du die Menschen, die mit dem Gewehr schießen? Tief in den Bergen kann es welche geben.«

»Wenn Jäger uns schießen kommen, was machen wir, Mutter?«

»Wenn wir in eine tiefe Höhle hineingehen und uns klein machen, können sie uns nicht finden.«

»Aber wenn es schneit, gibt es wahrscheinlich nichts mehr zu essen. Wenn wir etwas zum Essen suchen gehen und die Hunde des Jägers uns finden, was machen wir?«

»Wenn es so ist, fliehen wir, so geschwind wir können.«

»Aber Vater und Mutter können schnell fliehen, ich bin ein Fuchsjunge und komme zu spät nach.«

»Vater und Mutter führen dich an der Hand mit unseren beiden Händen.«

»Wenn die Hunde dicht hinter uns herkommen?«

Die Mutter blieb eine Weile still. Dann sprach sie langsam. Ihre Stimme klang ganz ernst.

»Wenn es so ist, gehe ich langsam, hinkend.«

»Wieso?«

»Wahrscheinlich beißt mich der Hund. Gleich kommt der Jäger und schleppt mich gefesselt fort. Inzwischen müsst ihr, du und Vater, entkommen.«

Bunroku war erschrocken und starrte ins Gesicht der Mutter.

»Nein, Mutter, das geht nicht. Dann wäre die Mutter verloren.«

»Aber da kann man nichts machen. Ich werde hinkend, hinkend, langsam gehen.«

»Nein, Mutter, du bist verloren!«

»Aber da kann man nichts machen. Ich werde hinkend, hinkend, langsam, langsam …«

»Nein, nein, nein!«

Bunroku schrie und klammerte sich an die Brust der Mutter. Er brach in Tränen aus.

Die Mutter wischte sich heimlich mit dem Ärmel ihres Nachthemds die Augen, hob das kleine Kissen auf, das Bunroku weggeschleudert hatte, und legte es unter seinen Kopf.

Nankichi Niimi

Der Handschuhkauf

In die Wälder, in denen die Füchsin mit ihrem Fuchsjungen wohnte, brach von Norden her der kalte Winter ein.

Eines Morgens, als das Fuchskind die Höhle verlassen wollte, schrie es: »Au«, hielt sich die Augen zu und sprang zu Mutter Fuchs.

»Mama, etwas hat mir in die Augen gestochen, bitte nimm es heraus, schnell, schnell«, sagte es.

Mutter Fuchs erschrak. Ganz außer sich schob sie angstvoll die Pfötchen von den Augen des Kindes und schaute sich diese an, aber nichts, was hätte stechen können, war zu sehen.

Erst als Mutter Fuchs aus dem Höhleneingang nach draußen ging, erkannte sie, was geschehen war. In der vergangenen Nacht war viel blütenweißer Schnee gefallen. Da die Sonnenstrahlen darauf tanzten und funkelten, blendete der Widerschein. Das Fuchskind, das Schnee nicht kannte, war von der starken Strahlung überrascht worden und dachte deshalb, dass ihm etwas in die Augen gestochen hätte.

Das Fuchskind ging spielen. Auf dem seidenweichen Schnee sprang es herum, wie Wasserspritzer flogen die Flocken und kleine Regenbögen leuchteten auf.

Da ertönte plötzlich hinter ihm ein gewaltiger Lärm, dota dota, zaa, Pulverschnee, wie Weißbrotkrümel, fiel herunter und bedeckte das Fuchskind. Erschrocken ließ es sich im Schnee wohl zehn Meter zurückrollen. Was ist denn das, fragte es sich. Als es sich umdrehte, gab es aber nichts zu sehen. Es war nur Schnee von den Zweigen einer Tanne heruntergefallen. Noch rieselte es wie weiße Seidenfäden zwischen den Zweigen.

Das Fuchskind, das schnell in die Höhle zurückgekehrt war, klagte: »Mama, meine Pfoten sind kalt, meine Pfoten tun weh«, und es streckte der Mutter die beiden Pfötchen hin, die ganz rosa geworden waren. Während Mutter Fuchs sie anhauchte und mit ihren warmen Pfoten sanft umschloss, tröstete sie ihr Kind: »Deine Pfoten werden gleich wieder warm werden. Wenn man den Schnee berührt hat, spürt man bald danach die Wärme.« Insgeheim aber dachte sie: »Wenn mein lieber Junge Frostbeulen an den Pfötchen hätte, würde mir das in der Seele wehtun. Am Abend werde ich in der Stadt ein Paar passende Wollhandschuhe für den Jungen kaufen gehen.«

Ein sehr dunkler Abend kam und wollte mit seinen Schatten Felder und Wälder wie mit großen Tüchern einwickeln, aber da der Schnee so strahlend weiß war, drang er doch durch, obwohl der Abend immer wieder versuchte ihn einzupacken.

Mutter und Sohn Silberfuchs stiegen aus ihrem Bau. Das Kind schlüpfte unter den Bauch seiner Mutter, von dort blickte es unterwegs mit seinen neugierigen, kugelrunden Augen hierhin und dorthin.

Bald wurde ein einsames Licht von ferne sichtbar. Bei seinem Anblick fragte der kleine Fuchs:

»Mama, ist ein Stern so weit heruntergefallen?«

»Das ist kein Stern«, antwortete Mutter Fuchs und blieb vor Schreck stehen.

»Das sind die Lichter der Stadt.«

In dem Augenblick, als sie die Lichter gesehen hatte, war in Mutter Fuchs die Erinnerung an etwas Schreckliches hochgekommen, an etwas, das sie erlebt hatte, als sie einmal mit ihrer Freundin ausgegangen war. Diese Freundin hatte nicht auf sie gehört und wollte auf einem Hof eine Ente stehlen. Der Bauer hatte sie beobachtet, so wurden sie beide erbarmungslos gehetzt, kamen aber schließlich noch einmal mit dem Leben davon.

»Mama, was ist los, lass uns schnell weitergehen«, bettelte das Fuchskind unter dem Bauch der Mutter. Die Pfoten von

Mutter Fuchs jedoch bewegten sich nicht. Es war nichts zu machen. Also entschloss sie sich, den Jungen alleine in die Stadt zu schicken.

»Junge, gib mir eine Pfote«, sagte Mutter Fuchs. Während sie die Pfote eine Weile in der ihren hielt, verwandelte sie diese in eine niedliche Menschenkindhand. Das Fuchskind öffnete und schloss sie, mal zwickte es sich in die Hand, mal schnupperte es an ihr.

»Das ist etwas Komisches, Mama, was ist das?«, fragte der Junge und schaute im hellen Schnee immer wieder die Pfote an, die in eine Menschenhand verzaubert worden war.

»Das ist eine Menschenhand. Hör gut zu, mein Junge, wenn du in der Stadt bist, wirst du viele Häuser sehen mit Menschen darin. Zunächst musst du eines suchen, über dessen Eingang ein Schild mit einem runden Hut hängt. Wenn du das gefunden hast, klopfst du an die Tür, ton ton, und sagst: ›Guten Abend!‹ Daraufhin wird ein Mensch die Tür von innen ein wenig auftun. Durch den Türspalt streckst du die Hand, hast du gehört?, diese Menschenhand. Für diese Hand verlangst du passende Handschuhe, hast du verstanden? Auf keinen Fall darfst du die andere Pfote zeigen«, mahnte Mutter Fuchs mehrmals.

»Wieso denn?«, fragte der kleine Fuchs.

»Wenn die Menschen bemerken, dass ihr Gegenüber ein Fuchs ist, werden sie dir keine Handschuhe verkaufen, und nicht nur das, sie werden dich in einen Käfig sperren, die Menschen sind wirklich grausam.«

»Soo?!«

»Nie, niemals darfst du diese Pfote zeigen. Schau, diese Menschenhand musst du hineinstrecken«, sagte Mutter Fuchs und drückte ihrem Kind zwei Nickelmünzen, die sie mitgenommen hatte, in die Menschenhand.

Das Fuchskind ließ sich von den Lichtern der Stadt führen und tapste durch die vom Schnee erhellten Felder.

Zuerst hatte es nur ein Licht gesehen, dann wurden es zwei, dann drei, schließlich sogar zehn. Als das Fuchskind sie genauer ansah, erkannte es, dass es bei den Lichtern wie bei den Sternen rote, gelbe und blaue gab.

Bald erreichte es die Stadt, die Türen der Häuser an den Straßen waren alle schon geschlossen, nur aus den hohen Fenstern fiel etwas warmes Licht auf die schneebedeckten Wege.

Aber da die Schilder über den Eingängen meistens von einer kleinen Lampe beleuchtet waren, suchte das Fuchskind mithilfe dieser Lichter den Hutladen. Es gab ein Fahrradschild, ein Brillenschild und noch viele andere Schilder, einige waren frisch angemalt, bei anderen war die Farbe verblasst wie bei alten Wänden. Das Fuchskind war zum ersten Mal in der Stadt und wusste darum nicht, was sie bedeuteten.

Endlich entdeckte es den Hutladen. Das Schild mit einem großen Zylinderhut, das die Mutter auf dem Weg gut beschrieben hatte, hing unter einem blauen elektrischen Licht.

Das Fuchskind tat wie ihm befohlen und klopfte, ton ton, an die Tür.

»Guten Abend!«

Daraufhin hörte es von drinnen ein Geräusch und bald wurde die Tür ungefähr 1 Sun* weit geöffnet und ein langer Lichtstrahl breitete sich auf der schneebedeckten Straße aus. Das Fuchskind, von diesem Strahl geblendet, streckte verwirrt leider die falsche Pfote durch die Türspalte, genau die, welche die Mutter ihm verboten hatte zu zeigen.

»Bitte gib mir für diese Hand passende Handschuhe.«

So etwas, dachte der Hutladenbesitzer. Eine Fuchspfote! Eine Fuchspfote bittet um Handschuhe. Sicher wird der Fuchs mit Blättern von einem Baum bezahlen wollen. Darum sagte er:

»Gib mir bitte zuerst das Geld.« Da reichte das Fuchskind dem Hutladenbesitzer brav die zwei mitgebrachten Nickelmün-

---

* etwa 3 cm

zen. Der Ladenbesitzer schlug die Münzen mit seinen beiden Zeigefingern gegeneinander. Sie klangen gut, tschin tschin, und es wurde ihm klar, dass es keine Blätter von einem Baum waren, sondern tatsächlich echtes Geld.

Er nahm Kinderwollhandschuhe vom Regal und gab sie dem kleinen Fuchs. Dieser bedankte sich und machte sich wieder auf den Rückweg.

Zwar hat Mutter gesagt, die Menschen seien furchtbar, aber so furchtbar scheinen sie gar nicht zu sein. Denn auch als der Mann meine Pfote sah, hat er mir nichts getan, dachte er bei sich. Aber der kleine Fuchs hätte gerne erfahren, wie die Menschen wirklich sind.

Als er unter einem Fenster vorbeilief, hörte der Fuchsjunge eine menschliche Stimme. Was für eine zarte, schöne, ruhige Stimme!

»Schlaf, schlaf an der Mutter Brust, schlaf, schlaf in den Armen der Mutter …«

Das Fuchskind dachte, dies sei gewiss die Stimme einer Menschenmutter, denn nach dem Zubettgehen wurde es selbst auch von seiner Mutter mit einer solch zarten Stimme in den Schlaf gewiegt. Dann hörte es die Stimme des Kindes: »Mama, an so einem kalten Abend jault wohl das Fuchskind in den Wäldern: ›Es ist kalt, es ist kalt!‹«

Darauf war die Stimme der Mutter zu hören: »Auch das Fuchskind in den Wäldern hört wohl das Wiegenlied der Fuchsmutter und wird in seinem Bau auch einschlafen. Also, mein Junge, schlaf rasch ein. Wer von euch beiden wird wohl schneller einschlafen? Sicher wirst du es sein!«

Als das Fuchskind dies hörte, bekam es Sehnsucht nach seiner Mutter und rannte an den Ort zurück, wo Mutter Fuchs wartete.

Mutter Fuchs machte sich schon große Sorgen um ihr Kind und wartete zitternd auf seine Rückkehr. Als der Junge endlich zurückkam, drückte sie ihn an ihre warme Brust und hätte vor Freude weinen können.

Die beiden kehrten zusammen in ihren Wald zurück. Der Mond ging auf und das Fell der Füchse strahlte silberhell, in ihren Fußspuren hingegen blieben tiefblaue Schatten zurück.

»Mama, die Menschen sind gar nicht so furchtbar.«

»Wie kommst du darauf?«

»Ich habe meine Pfote gezeigt, aber die falsche. Und der Hutladenbesitzer hat mich nicht festgehalten und mir sogar diese warmen Handschuhe gegeben.«

Während der kleine Fuchs das sagte, zeigte er der Mutter die behandschuhten Pfoten und klopfte sie, pan pan, gegeneinander. »Um Gottes willen!« Mutter Fuchs erschrak.

»Sind denn die Menschen wirklich so gut? Sind denn die Menschen wirklich so gut?«, murmelte sie.

Nankichi Niimi

Der kleine Fuchs Gon

Kapitel 1

Dies ist die Geschichte, die mir als Kind ein alter Mann aus unserem Dorf erzählt hat. Er hieß Mohei.

Früher befand sich in der Nähe unseres Dorfes, in einem Ort namens Nakayama, ein kleines Schloss, dessen Besitzer Fürst Nakayama war.

Etwas entfernt von diesem Ort, in den Bergen, wohnte ein Fuchs mit Namen Gon. Gon war ein kleiner Fuchs und hatte im üppig wachsenden Farnkraut inmitten des Waldes seine Höhle gegraben, wo er mutterseelenallein lebte. Nachts wie auch tagsüber erschien er in der Umgebung des Dorfes und hatte nichts als Streiche im Kopf. Er ging auf die Felder, grub die Kartoffeln aus und ließ sie verstreut liegen, zündete zum Trocknen ausgebreitete Rapsspreu an, riss einzelne Pfefferschoten herunter, die an der Hinterseite der Bauernhöfe aufgehängt waren, und trieb auch sonst allerlei Unfug.

Es geschah in einem Herbst. Während der Regen zwei, drei Tage ununterbrochen gefallen war, hatte Gon gar nicht nach draußen gehen können und hatte in der Höhle gekauert.

Als der Regen aufhörte, fiel Gon ein Stein vom Herzen und er kroch aus seiner Höhle hinaus. Der Himmel klärte sich auf, der helle Ruf des Würgers hallte wider.

Gon lief zum Deich am kleinen Fluss des Dorfes. Ringsum funkelten noch die Regentropfen an den Ähren des Stielblütengrases. Der kleine Fluss führte sonst wenig Wasser, da aber drei Tage lang Regen gefallen war, hatte die Wassermenge kräftig zugenommen. Manche Stielblütengräser am Fluss und auch die Hagi-Sträucher, die gewöhnlich gar nicht im Wasser standen, lagen geknickt im gelblich trüben Nass und wurden hin und her getrieben. Gon lief weiter den schlammigen Weg entlang flussabwärts.

Zufällig erblickte er einen Menschen mitten im Fluss, der gerade mit etwas beschäftigt war. Gon schlich möglichst unauffällig ins hohe Gras und beobachtete ihn von dort aus bewegungslos.

»Es ist wohl Hyoju«, dachte Gon. Hyoju hatte seinen zerrissenen schwarzen Kimono hochgegürtet, stand bis zur Hüfte im Wasser und schüttelte ein Netz, das Harikiri genannt wird und dem Fischfang dient. Auf seiner einen Gesichtshälfte klebte unterhalb des Stirnbandes ein rundes Blatt des Hagi-Strauches, es sah aus wie ein großes Muttermal.

Nach einer Weile hob Hyoju den hintersten Zipfel des Harikiri-Netzes, der wie ein Beutel verschlossen war, aus dem Wasser. Es enthielt ein Durcheinander von Rasenwurzeln, Gräsern, faulen Holzstücken und vieles mehr, aber hie und da leuchtete und funkelte etwas Weißes. Das waren die Bäuche von fetten Aalen und auch von großen Kisu-Fischen. Hyoju warf diese Aale und Kisu-Fische zusammen mit dem Abfall in einen Fischkorb. Dann schnürte er die Netzöffnung wieder zusammen und versenkte das Harikiri im Wasser.

Anschließend stieg Hyoju mit dem Fischkorb aus dem Fluss, ließ ihn auf dem Deich stehen und lief, wohl irgendetwas suchend, flussaufwärts.

Als er verschwunden war, hüpfte Gon aus dem Gras hinaus und sprang zum Fischkorb. Gleich bekam er Lust, Hyoju einen Streich zu spielen. Er nahm einen Fisch nach dem anderen aus dem Korb heraus und warf ihn mit viel Schwung unterhalb des Harakiri-Netzes in den Fluss zurück. Jeder Fisch tauchte mit einem lauten Knall ins trübe Wasser ein. Zuletzt versuchte er einen dicken Aal zu packen, aber er konnte ihn nicht fangen, denn der Aal war schlüpfrig, glitt ihm aus der Pfote und entwischte ihm. Gon wurde ungeduldig, streckte den Kopf in den Korb und nahm den Kopf des Aals in die Schnauze. Der Aal quietschte und wickelte sich um seinen Hals. Gerade in diesem Augenblick brüllte Hyoju von weit hinten aus vollem Halse:

»Du diebischer Fuchs!« Gon sprang erschrocken auf. Er wollte den Aal loslassen und fliehen, aber dieser blieb um seinen Hals gewickelt und war nicht loszuwerden. Gon tat einen Sprung zur Seite und flitzte, den Aal um den Hals, davon.

Unter einem Han-Baum in der Nähe seiner Höhle blieb er stehen und blickte zurück, aber Hyoju war ihm nicht nachgelaufen.

Gon atmete auf. Er durchbiss den Kopf des Aals, konnte sich endlich von ihm befreien und legte ihn ins Gras vor seiner Höhle.

Kapitel 2

Es war ungefähr zehn Tage später, da lief Gon hinter Yasukes Bauernhof vorbei, wo dessen Frau sich im Schatten des Feigenbaumes die Zähne schwärzte. Und als Gon an der Rückseite von Schmied Shinbees Haus vorbeikam, kämmte sich dessen Frau die Haare. Gon dachte: »Hm, es ist anscheinend etwas los im Dorf. Was mag es sein, vielleicht ein Herbstfest? Aber wäre es ein Fest, so würde man den Klang der großen Trommeln und der Flöten hören. Außerdem müssten auf jeden Fall Banner vor dem Schrein flattern.«

Während er über solche Dinge nachdachte und dabei weiterlief, kam er unversehens zu Hyojus Haus, vor dem ein roter Brunnen stand. In diesem kleinen, baufälligen Haus hatten sich viele Menschen versammelt. Frauen in Sonntagskimonos, an deren Gürteln Handtücher hingen, machten draußen im Herd ein Feuer. In einem großen Topf brodelte irgendetwas.

»Ah, eine Beerdigung«, dachte Gon. »Wer aus Hyojus Familie ist wohl gestorben?«

Als der Mittag vorbei war, lief Gon auf den Friedhof des Dorfes und versteckte sich hinter den sechs Jizo-Statuen. Das Wetter war schön, in der Ferne leuchteten die Dachziegel des Schlosses. Auf dem Friedhof blühten überall die Nirwana-Blümchen, es sah aus, als hätte man rote Tücher ausgebreitet. Da ertönte vom Dorf her, kaan, kaan, eine Glocke. Es war das Zeichen, dass die Trauerfeier begann.

Bald darauf wurde nach und nach die in weiße Kimonos gekleidete Trauergesellschaft sichtbar. Auch die Stimmen kamen näher. Der Leichenzug betrat den Friedhof. Nachdem er vorbei war, waren die Nirwana-Blümchen zertrampelt.

Gon stellte sich auf die Hinterbeine und beobachtete. Hyoju war mit einem weißen Kamishimo, einem Festgewand, bekleidet und hielt ein Ahnentäfelchen hoch. Sein für gewöhnlich gesundes Gesicht, rot wie eine Süßkartoffel, war heute irgendwie welk.

»Aha, die Person, die verstorben ist, war Hyojus Mutter.«

Während Gon das dachte, zog er seinen Kopf zurück.

An diesem Abend sinnierte Gon in seiner Höhle.

»Die Mutter von Hyoju muss an jenem Tag krank gewesen sein und gesagt haben, dass sie gerne einen Aal essen möchte. Deswegen hat Hyoju sein Harikiri-Netz hervorgenommen. Aber ich habe ihm einen Streich gespielt und den Aal gestohlen. Deshalb konnte Hyoju seiner Mutter keinen Aal zum Essen geben. So muss an diesem Tag die Mutter gestorben sein, ohne ihn zu bekommen. ›Ach, ich möchte so gern einen Aal essen! Ich möchte einen Aal essen!‹ Während sie so den Aal erwartete und sich ihn immerzu wünschte, ist sie wohl gestorben. Verdammt, hätte ich das nie getan!«

Kapitel 3

Hyoju spülte am roten Brunnen Gerste.

Er hatte bis jetzt mit seiner Mutter, nur sie beide zusammen, ein ärmliches Leben geführt, und da nun die Mutter gestorben war, blieb er allein zurück.

»Genauso wie ich ist Hyoju mutterseelenallein.«

So dachte Gon, während er hinter dem Schuppen hervorguckte.

Als Gon sich gerade vom Schuppen entfernen wollte, hörte er von irgendwoher die Stimme eines Sardinenverkäufers.

»Günstige Sardinen zu verkaufen! Frische Sardinen!«

Gon lief in die Richtung, aus der diese energische Stimme kam. Da rief Yasukes Frau vom Hintereingang ihres Hauses: »Bring bitte Sardinen hierher.«

Der Sardinenverkäufer ließ den Wagen mit den Sardinenkörben am Straßenrand stehen, nahm mit beiden Händen glänzende Sardinen aus einem Korb und trug sie in Yasukes Haus. Gon nützte die Gelegenheit, nahm fünf oder sechs Sardinen aus dem Korb und rannte damit dorthin zurück, wo er hergekommen war. Dann warf er die Sardinen durch die Hintertür in Hyojus Haus und lief schnell zu seiner Höhle zurück. Als er sich unterwegs auf einer Anhöhe umdrehte, erkannte er ganz klein Hyoju, der immer noch am Brunnen Gerste spülte.

Gon war der Meinung, er habe eine erste gute Tat als Entschädigung für den Aal vollbracht.

Am nächsten Tag sammelte Gon am Berg haufenweise Kastanien und brachte sie zu Hyojus Haus. Vom Hintereingang aus blickte er hinein, Hyoju fing eben mit seinem Mittagessen an und während er seine Schale in der Hand hielt, saß er ganz in Gedanken versunken da. Merkwürdigerweise hatte Hyojus Wange eine Schramme. »Was mag wohl geschehen sein?« Während Gon überlegte, murmelte Hyoju vor sich hin:

»Wer hat wohl Sardinen in mein Haus geworfen? Deswegen wurde ich für einen Dieb gehalten und vom Sardinenverkäufer übel zugerichtet«, klagte er.

Gon erkannte, dass er eine Dummheit begangen hatte. »Der arme Hyoju ist vom Sardinenverkäufer geschlagen worden, sogar eine solche Wunde hat er davongetragen.«

Während Gon das dachte, lief er zum Schuppen, legte die Kastanien am Eingang ab und zog sich zurück.

Am nächsten Tag und auch am übernächsten Tag sammelte er Kastanien und brachte sie zu Hyojus Haus. Am folgenden Tag waren es nicht nur Kastanien, sondern auch ein paar Kiefernpilze.

Kapitel 4

Es war ein schöner, mondheller Abend. Gon spazierte vergnügt herum. Als er am Schloss des Herrn Nakayama vorbeigelaufen und ein Stück weitergekommen war, kam ihm auf einem schmalen Weg etwas entgegen. Er vernahm Stimmen. Grillen ließen ihr Zirpen, tschintschirorin, tschintschirorin, hören.

Gon versteckte sich am Wegrand und hielt sich still. Die Stimmen kamen langsam näher, sie gehörten Hyoju und einem Bauern, Kasuke genannt, die unterwegs waren.

»Ach ja, na, Kasuke«, sagte Hyoju.

»Was denn?«

»Ach, in den letzten Tagen sind mir sehr seltsame Sachen widerfahren.«

»Was denn?«

»Seit meine Mutter gestorben ist, bringt mir jemand, ich weiß nicht wer, tagtäglich Kastanien oder Kiefernpilze ins Haus.«

»Hm, wer mag das sein?«

»Das weiß ich nicht. Sie werden ins Haus gebracht, ohne dass ich es merke.«

Gon folgte den beiden.

»Ist das wirklich wahr?«

»Es stimmt aufs Wort. Komm morgen vorbei, wenn du meinst, es sei eine Lüge. Dann zeig ich dir die Kastanien.«

»Hm, das ist eine seltsame Sache, wie ist so was möglich?«

Dann gingen die beiden schweigend weiter.

Kasuke drehte sich plötzlich um. Überrascht duckte sich Gon und wartete. Kasuke lief einfach weiter, ohne Gon bemerkt zu haben. Als sie beim Haus des Bauern Kichibe angekommen waren, gingen die beiden hinein. »Pon pon pon pon«, das war der Klang, der mit dem Zen-Gong erzeugt wurde. In den erleuchteten Papierfenstern sah man den großen Schatten eines Priesterkopfes, der sich bewegte.

Gon dachte: »Es gibt eine Anrufung Buddhas«, und kauerte sich neben den Brunnen. Nach einer Weile betraten einige weitere Personen gemeinsam Kichibes Haus. Man konnte draußen die Stimmen hören, die Sutras vorlasen.

Kapitel 5

Gon blieb bis zum Ende der Anrufung Buddhas beim Brunnen hocken. Hyoju und Kasuke kehrten wieder gemeinsam zurück. Gon schlich ihnen nach, um die beiden zu belauschen. Er lief in Hyojus Schatten hinterher.

Als sie vor dem Schloss ankamen, sagte Kasuke:

»Wegen des Gesprächs von vorhin, bestimmt ist das die Tat eines Kami-Gottes.«

»Wie bitte?«, sagte Hyoju, während er Kasuke überrascht ins Gesicht schaute.

»Ich habe die ganze Zeit nachgedacht, das ist keine Tat von Menschen, sondern von einem Kami-Gott, der Kami-Gott hat Mitleid mit dir, weil du jetzt allein bist, deshalb segnet er dich mit verschiedenen Geschenken.«

»Ist das so?«

»Es ist so. Deshalb solltest du jeden Tag dem Kami-Gott danken.«

»Ja.«

Gon dachte, das sei eine dumme Sache. »Ich habe ja die Kastanien und die Kiefernpilze gebracht und man bedankt sich nicht bei mir, sondern bei dem Kami-Gott, in diesem Fall ist, was ich tue, sinnlos.«

Kapitel 6

Auch am nächsten Tag ging Gon mit Kastanien zu Hyojus Haus. Hyoju war im Schuppen und drehte Seile. Deswegen schlich Gon heimlich durch die Hintertür ins Haus. Gerade in diesem Augenblick hob Hyoju den Kopf. Da sah er einen Fuchs ins Haus schleichen und dachte: »Der Fuchs Gon, der mir neulich die Aale gestohlen hat, ist wiedergekommen, um Unfug anzustellen. – Gut.«

Hyoju stand auf, nahm eine Flinte, die in der Scheune hing, und füllte Pulver hinein.

Darauf näherte er sich auf Zehenspitzen dem Haus und schoss mit einem Knall auf Gon, der eben durch die Tür verschwinden wollte. Gon fiel auf der Stelle um. Hyoju eilte hinzu. Als er ins Haus hineinblickte, sah er auf dem Boden Kastanien, die dort aufgehäuft worden waren.

»Nanu!«, sagte Hyoju und blickte Gon erstaunt an.

»Gon, du warst es. Du warst derjenige, der mir immer wieder Kastanien gebracht hat.«

Gon nickte, todmüde, mit geschlossenen Augen. Hyoju fiel seine Flinte aus der Hand, sie schlug auf dem Boden auf. Ein blauer Rauch stieg noch aus dem Rohr der Flinte empor.

Nankichi Niimi